Ein reiner Schrei

Siobhan Dowd, in London geboren, stammt aus County Waterford, Irland, und verbrachte dort einen großen Teil ihrer Kindheit. Sie ging in London auf eine katholische Schule und studierte in Oxford. Dort lebte sie zusammen mit ihrem Mann Geoff, bis sie im August 2007, im Alter von 47 Jahren, an Krebs starb.

Siobhan Dowd

Ein reiner Schrei

Aus dem Englischen von Salah Naoura

Außerdem von Siobhan Dowd im Carlsen Verlag lieferbar:
Anfang und Ende allen Kummers ist dieser Ort
Auf der anderen Seite des Meeres
Der Junge, der sich in Luft auflöste

Die Übersetzung des Joyce-Zitats stammt
aus James Joyce, Ulysses/Werke, Frankfurter Ausgabe,
übersetzt von Hans Wollschläger, Suhrkamp Verlag, Frankfurt
am Main 1975 – mit freundlicher Genehmigung des Verlages

Veröffentlicht im Carlsen Verlag
2 3 4   14 13 12
Oktober 2009
Originalcopyright © 2006 Siobhan Dowd
Originalverlag: David Fickling Books, an
Imprint of Random House Children's Books
Originaltitel: A Swift Pure Cry
Copyright © der deutschsprachigen Ausgaben:
2006, 2009 Carlsen Verlag GmbH, Hamburg
Umschlagbild: Getty Images / © Dong Plummer
Umschlaggestaltung: formlabor
Corporate Design Taschenbuch: bell étage
Gesetzt aus der Minion von Dörlemann Satz, Lemförde
Druck und Bindung: GGP Media GmbH, Pößneck
ISBN 978-3-551-35861-5
Printed in Germany

Alle Bücher im Internet: www.carlsen.de

Es schwang sich auf, ein Vogel, hielt den Flug,
ein rascher reiner Schrei, aufsteigendes Silberrund,
sprang heiter hoch, hineilend, ausgehalten ...

JAMES JOYCE, *Ulysses*

SÜDIRLAND, 1984

Teil 1 *Frühling*

Eins

Der Raum erinnerte an ein sinkendes Schiff. Holz knarrte am Boden, in den Kirchenbänken, oben auf der Empore. Um die Mauern herum jagte ein heftiger Märzwind immerzu im Kreis.

Die Gemeinde stimmte das Vaterunser an, als stünde jede einzelne Seele auf dem Spiel. *Himmel. Brot. Unseren Schuldigern. Versuchung.* Die Worte huschten an Shells Ohren vorbei wie Kaninchen, die in ihren Löchern verschwanden. Sie versuchte die Nase zu verziehen, damit sie schmaler wurde. *Uns vor dem Bösen.* Vor ihr schaukelte der Hut von Mrs McGrath, die Feder wirkte, als wäre sie betrunken: Shell hätte drei zu eins gewettet, dass sie jeden Moment herunterfallen würde. Declan Ronan, der Messdiener an diesem Tag, prüfte gerade das Tabernakel, während er sich mit halb geschlossenen Augen die Lippen leckte. Was immer er wohl gerade dachte, heilig war es nicht.

Trix und Jimmy saßen links und rechts von ihr und schwangen ihre Beine mit den rutschenden Socken. Sie spielten: Wer kommt höher, wer ist schneller.

»Pscht!«, zischte Shell und stieß Jimmy in die Rippen.

»Selber pscht«, sagte Jimmy laut.

Zum Glück hörte Dad es nicht. Inzwischen stand er oben am Mikrofon und hielt die Lesung wie ein geistig umnachteter Prophet. Seine Koteletten schimmerten grau. Die Falten auf seiner wuchtigen Stirn hoben und senkten sich. Im vergangenen Jahr war er ungeheuer fromm geworden. Zum vorbildlichsten Kirchgänger, der die Gesangbücher verteilte und bei jeder Kollekte mit der Sammelbüchse herumging. An den meisten Tagen fuhr er ins nahe gelegene Castlerock und lief dort die Straßen ab, um für kirchliche Zwecke zu sammeln. Oft sah Shell ihn sonntagmorgens, wie er oben im Schlafzimmer seine Lesung probte. Dann saß er kerzengerade vor dem dreiteiligen Spiegel von Mums alter Frisierkommode und spie die Worte aus wie faule Trauben.

Shell dagegen hatte für die Kirche keine Zeit. Nicht seit Mums Tod, der inzwischen länger als ein Jahr zurücklag. Damals, als Shell noch klein gewesen war, hatte Mum immer dafür gesorgt, dass sie, Jimmy und Trix strahlend saubere Sachen anzogen, und dann hatte sie ihnen mit Buntstiften und Papier geholfen die Messe durchzustehen. »Shell, mal mir doch mal einen Engel, der im Regen Hurling spielt«, »Jimmy, mal mir eine Katze, die mit einem Fallschirm aus dem Flugzeug springt.« Mum hatte die Priester, die Kerzen und die Rosenkränze so geliebt. Am meisten aber hatte sie die Heilige Jungfrau Maria geliebt. Bei jeder Gelegenheit hatte sie »Heilige Jungfrau Maria« gesagt, von morgens bis abends. »Heilige Jungfrau Maria«, wenn die Kartoffeln überkochten oder wenn der Hund eine Krähe gefangen hatte. »Heilige

Jungfrau Maria«, wenn die Scones schön weich aus dem Backofen kamen.

Dann starb sie.

Shell erinnerte sich daran, wie es gewesen war, an Mums Bett zu stehen, während sie entschwebte. Dr. Fallon, Mrs Duggan und Mrs McGrath waren da gewesen, zusammen mit Pater Carroll, der mit ihnen einmal den Rosenkranz gebetet hatte. Dad hatte danebengestanden wie ein Statist in einem Film, hatte die Worte mehr mit dem Mund geformt, als sie tatsächlich mitzusprechen. *Jetzt und in der Stunde unseres ...* Bei dem Wort »Todes« war Shell erstarrt. Tod. Ein Wort wie fauliger Atem. Je näher man ihm kam, desto weiter wünschte man sich fort. In diesem Moment war ihr bewusst geworden, dass sie nicht mehr an den Himmel glaubte. Mum kam nirgendwohin. Sie ging ins Nichts und Nirgends. Ihr Gesicht war eingefallen, faltig und aschfahl. Ihre dünnen Finger kneteten die Bettdecke und fuhren dabei mechanisch auf und ab. Vor Shells geistigem Auge stieg Jesus vom Kreuz und ging in die nächste Bar. Mums Gesicht verzog sich wie das eines Babys, kurz bevor es losweinte. Dann starb sie. Jesus trank sein Bier aus und verschwand ganz und gar aus Shells Leben. Mrs McGrath hielt Mum den Spiegel, den sie sonst immer zum Augenbrauenzupfen benutzt hatte, an den Mund und sagte: »Sie ist von uns gegangen.« Es war still. Dad rührte sich nicht. Nur sein Mund formte immer noch die Worte der Gebete, stumm, wie das Maul eines Fisches auf dem Trockenen.

Drei Tage lang hielten sie Totenwache. Mums Gesicht wurde wächsern. Ihre Finger liefen blau an und wurden steif, dann gelb und wieder schlaff. Sie umwickelten sie mit den milchweißen Perlen ihres Rosenkranzes. Dann begruben sie Mum. Es war ein Schauspiel, alle aus dem Dorf standen mit gesenkten Köpfen da, die Männer zogen die Hüte. Es gab Prozessionen und Kerzen, ernste Blicke, Gebete und Tag und Nacht Besucher. Euer Kummer tut mir leid, hieß es immer wieder. Es wurde viel getrunken. Shell weinte nicht. Jedenfalls zuerst nicht. Es musste erst ein ganzes Jahr vergehen. Dann weinte sie lange und heftig, während sie an einem Novembertag, dem ersten Todestag, am Grab die Osterglocken setzte.

Je unwichtiger der Glaube für Shell wurde, desto wichtiger wurde er für Dad. Vor Mums Tod war er nur der Form halber mitgekommen, hatte am Hinterausgang der Kirche gestanden und mit den anderen Männern über den letzten Viehmarkt oder das letzte aufregende Spiel getuschelt. Mum hatte das nichts ausgemacht. Sie witzelte, man könne die Männer in zwei Gruppen einteilen: Entweder galt ihre Leidenschaft Gott, und Frauen bedeuteten ihnen nichts, oder ihre Leidenschaft galt den Frauen, und Gott bedeutete ihnen nichts. Wäre sie noch am Leben gewesen, sie hätte ihren Mann nicht wiedererkannt. Er war die Frömmigkeit in Person. Dad hatte den Fernseher verkauft, mit der Begründung, er sei ein Werkzeug des Teufels. Er hatte nun Mums Rolle übernommen und betete mit Shell, Jimmy und Trix jeden Abend zehnmal den Rosenkranz, außer mittwochs und samstags, wenn er nach seinem Sammeltag direkt in Stack's Bar einkehrte. Seine Arbeit auf dem Hof der Duggans hatte er aufgegeben. Er wolle sein Leben nun Gott widmen, sagte er.

An diesem Tag brüllte er fast. Racheengel, einstürzende Tempel und falsche Götter hallten durch die kleine Kirche, dass es einem in den Ohren dröhnte. Mrs McGrath rutschte der Hut vom Kopf, als durch die Wucht des Wortes *Donner* mit einem schrillen Fiepen das Mikrofon aussetzte. Dads Augen flackerten. Einen kurzen Moment lang war er abgelenkt, hob den Kopf und starrte geistesabwesend in die Gemeinde, irgendwohin, ohne wirklich jemanden zu sehen. Seine Hände umklammerten die Ränder des Chorpultes. Shell hielt den Atem an. Hatte er den Faden verloren? Nein. Er sprach weiter, aber das Feuer seiner Rede war erloschen. Jimmy versetzte der Bank einen Fausthieb, dass es nur so polterte, als Dad stammelnd zum Ende kam.

»So ... spricht ... der ... Herr«, sagte er mit schleppender Stimme.

»Dank sei Gott dem Herrn«, antwortete die Gemeinde im Chor. Und Shell meinte es ausnahmsweise so. Dad war fertig. Jimmy grinste frech, rollte das Gesangsblatt zu einem Fernrohr und verrenkte sich, um die Leute auf der Empore ins Visier zu nehmen. Trix rollte sich auf dem Fußboden zusammen, den Kopf auf die Kniebank gebettet. Dad stieg vom Altar herunter. Alle erhoben sich. Shell wandte den Blick ab, als er schleppenden Schrittes zu ihr herüberkam und sich neben sie stellte. Bridie Quinn, ihre Schulfreundin, sah sie an. Sie hatte zwei Finger an ihrer Schläfe und machte kreisende Bewegungen, als wollte sie sagen: *Dein Dad ist verrückt.* Shell zuckte mit den Schultern, wie um zu antworten: *Ich kann nichts dafür.* Alle warteten darauf, dass Pater Carroll das Evangelium lesen würde. Er war alt, hatte einen krummen Rücken und eine sanfte, singende Stimme. Wenn seine Worte auf einen herabrauschten, konnte man friedlich vor sich hin träumen.

Es entstand eine lange Pause.

Draußen verstummte der Wind. Krähen schrien.

Es war nicht Pater Carroll, der ans Mikrofon trat, sondern der neue Kurat, Pater Rose. Er hatte gerade erst sein Priesterseminar beendet, oben in den Midlands, hieß es. Es war sein erster öffentlicher Auftritt. Shell hatte bislang nur gesehen, wie er an Pater Carrolls Seite schweigend die Rituale verrichtete. Gespannte Aufmerksamkeit machte sich breit.

Pater Rose stellte sich ans Chorpult, den Blick gesenkt, und begann mit einem konzentrierten, leichten Stirnrunzeln in der Bibel zu blättern. Er war ein junger Mann, mit vollem Haar, das nach oben stand wie Farnkraut. Sein Kopf war zur Seite geneigt, als dächte er über einen bestimmten Aspekt der Theologie nach. Als er die richtige Stelle gefunden hatte, richtete er sich auf und lächelte. Es war ein Lächeln, das in alle Richtungen ausstrahlte, zu jedem Einzelnen. Aber Shell hatte das Gefühl, dass er nur sie angelächelt hatte. Sie hörte, wie er Luft holte.

»Am nächsten Tag, da sie Bethlehem verließen ...«, begann er.

Seine Stimme war ruhig und ausdrucksstark. In seinen Worten schwang ein neuer Tonfall, ein Akzent aus einer anderen Gegend, einer reicheren Gemeinde. Er las die Worte, als hätte er sie selbst geschrieben, erzählte die Geschichte, wie Jesus die Tische der Geldverleiher umgeworfen hatte, draußen vor dem Tempel. Jesus wütete mit gerechtem Zorn und Pater Roses Mund bewegte sich feierlich im Takt dazu. Um ihn herum bebte die Luft vor leuchtenden Bildern. Shell konnte die Vögel in ihren Käfigen unter dem Deckengewölbe hören, das

Klimpern der römischen Münzen. Sie sah die fantastischen Farben der jüdischen Gewänder, das Licht, das zwischen den Säulen des Tempels einfiel. Die Bilder und Töne ergossen sich von der Kanzel, hingen in der Luft und drehten sich wie Engel im Licht des Frühlings.

»Bitte setzt euch«, sagte Pater Rose, als er geendet hatte. Die Gemeinde nahm Platz. Nur Shell blieb stehen, mit offenem Mund. Die Tische der Geldmänner wurden zu zischenden Schlangen. Die Massen verfielen in Schweigen. Jesus wurde Mensch, zu einem traurigen und leibhaftigen, der Shell anlächelte, während sie wie benommen dastand.

»Setz dich bitte«, wiederholte Pater Rose sanft.

Um sie herum wurde es unruhig und Shell fiel wieder ein, wo sie sich befand. O Gott. Alle starren mich an. Sie sank auf die Bank. Trix kicherte. Jimmy rammte ihr sein Fernrohr in die Seite.

Pater Rose stieg die Altarstufen herab und stellte sich vor die Gemeinde, die Arme verschränkt, grinsend, als würde er Gäste zum Abendessen begrüßen. Das Abweichen vom üblichen Verlauf wurde mit Gemurmel kommentiert. Pater Carroll bestieg für seine Predigt sonst immer die Kanzel. Pater Rose begann zu sprechen.

»Nun. Heute haben wir ja so einiges von düsterer Verdammnis zu hören bekommen«, sagte er. »Von zerstörten Tempeln und Gottes Zorn. Aber ...«, er hob seine beiden Handflächen und warf einen durchdringenden Blick mitten ins Herz der Gemeinde, »... ist euch jemals der Gedanke gekommen, dass es ohne Zorn auch keine Liebe geben kann?« Ein Satz ergab den nächsten, sie funkelten wie kostbare Juwelen einer Halskette. Sein Gewand glitzerte, während er gestikulierte. Sein dichtes Haar war von blonden und braunen Strähnen durchzogen. Er sprach von Möglichkeiten und von Versuchung. Er sprach von Neuanfängen. Er beschrieb, wie er vor kurzem das Rauchen aufgegeben habe. Er sei auf die Packung gesprungen, sagte er, und habe sie in den Boden getreten, um sein Innerstes vom Nikotinfluch zu befreien. Vielleicht war es etwas Ähnliches gewesen wie die umgekippten Tische in der Geschichte aus der Bibel. Er sprach von Engeln und von Wiedergeburt. Shell beugte sich vor, die Hände fest zusammengepresst. Es war ein Wunder, das da geschah. Jesus trat aus der Kneipe und stieg sofort wieder hinauf ans Kreuz. Und Mum im Himmel tanzte Walzer mit den Geistern.

Als Pater Rose geendet hatte, erhoben sich alle und sangen *Großer Gott, wir loben dich*. Zwischen den Tönen war das Gesumm tratschender Stimmen zu hören. Nora Canterville stieß Mrs Fallon, die Frau des Doktors, an und zog eine Grimasse. Mrs McGrath fächelte sich mit ihrem Hut frische Luft zu, als wäre der Teufel gerade vorbeigekommen. Dads Augenbrauen zogen sich zusammen, schwarz wie Mistkäfer.

Und bewundert deine Werke ..., sang Shell aus voller Kehle. Sie hatte nicht die Stimme ihrer Mutter, aber sie konnte den Ton halten. Sie ertappte Declan Ronan dabei, wie er sie imitierte, den Mund zuklappte und aufriss wie ein gequälter Fisch. *So bleibst du in Ewigkeit*. Sie schaute in seine Richtung, zog die Nase kraus und schaute wieder weg. Sogar Dinge wie das Hammelgericht, das sie fürs Abendessen kochen musste, während Trix und Jimmy die Küche belagern würden wie lästige Fliegen, oder ungemachte Schulaufgaben und düstere Zukunftsaussichten waren in ihren Gedanken plötzlich nicht mehr wichtig. Jesus Christus war in Gestalt von Pater Rose auf die Erde zurückgekehrt. Er wandelte unter ihnen, mitten in ihrer Kirchengemeinde, in dem kleinen Dorf Coolbar, in der Grafschaft Cork.

Zwei

Den Rest des Tages schwebte sie auf einer Pater-Rose-Wolke. Sein Gesicht – oder war es das von Jesus? – schwamm in den Kartoffelschalen der Wasserschüssel. Es schimmerte im Spiegel, als das Licht nachließ, und schwebte durch die Dunkelheit, während sie in den Schlaf hinüberglitt.

Am nächsten Tag waren sie bereits früh auf den Beinen, um auf dem Acker hinter dem Haus die Steine aufzulesen. Dad ließ sie das seit Wintereinbruch machen. Einen Grund dafür hatte er nie genannt. Falls er vorhatte das Feld umzupflügen, zeigte er es nicht. Inzwischen hatten Shell, Jimmy und Trix in der Nordostecke einen großen Steinhaufen angelegt, der immer größer wurde. Morgens waren sie meist wie drei schweigende Wachposten, die im Zwielicht den Hügel hinaufstiegen, schwer gebeugt von ihrer Last.

An diesem Tag nahm Shell die alte Reisetasche, die sie zum Steinesammeln immer benutzten. Sie fror und hatte Hunger. Es nieselte.

»Dad«, sagte sie. Er saß wie üblich in seinem Sessel am Feuer, den Schürhaken lose in der Hand haltend, und starrte in die Flammen, als ob sie die Antwort auf das Rätsel des Lebens bereithielten. »*Warum* müssen wir eigentlich die Steine aufsammeln?«

Er blickte auf. »Was war das?«

»Warum müssen wir die Steine aufsammeln, Dad?«

Er runzelte die Stirn. »Weil ich es sage. Reicht das denn nicht?«

»Heute regnet es, Dad. Wir werden in der Schule den ganzen Tag lang nass sein bis auf die Haut.«

»Verschwinde, Shell. Fort mit dir, aber schnell.«

»Es ist nur ...«

Er ließ den Schürhaken fallen und kam auf sie zu, mit erhobenen Händen, als wolle er zuschlagen. »Hau ab!«

»Ich bin schon weg«, sagte sie und schoss zur Tür hinaus.

Trix und Jimmy kauerten bereits über dem Erdboden. Shell gesellte sich zu ihnen, gemeinsam stapften sie den Hügel hinauf. Über Nacht schienen die Steine immer wieder zurückzukehren. Ganz gleich wie viele sie aufsammelten, es waren immer noch welche da. Auf halbem Weg nach oben beugte sich Shell weit nach vorn und schaute sich durch das Dreieck ihrer weißen dünnen Beine an, wie die Welt auf dem Kopf stand. Wenn Zorn und Liebe zusammengehörten, so wie Pater Rose gesagt hatte, dann musste es bedeuten, dass sie ihren Vater liebte. Sie wusste, dass sie es früher einmal getan hatte, vor langer Zeit, als er sie in seinen Armen durch die Luft gewirbelt hatte und sie an ihm hochklettern durfte, als wäre er ein Baum. Sie konnte sich nur noch schemenhaft daran erinnern. In ihrer Vorstellung schwappte der ganze Hass aus ihrem Hirn und lief ihr zu den Ohren hinaus. Vielleicht hatte es funktioniert, denn als sie sich wieder aufrichtete, war ihr leichter zu Mute. Sie blickte über den Acker zum rostigen Gartentor, auf die andere Seite der Straße, den Hang hinauf und in die gelbe Brühe des Himmels.

»Dank sei dir, Jesus, für die Steine«, sagte sie.

Jimmy warf mit einem nach ihr. »Ich hasse die Steine«, sagte er. »Ich hasse Jesus. Ich hasse dich.«

Der Stein traf sie mit voller Wucht am Bauch. Shell rieb sich die Stelle, dann sah sie Jimmy in die Augen. Sein Gesicht war verzerrt, zwischen den Sommersprossen stach das Weiß hervor. Sie wusste, dass sie in letzter Zeit sehr streng mit ihm gewesen war. Erst vor kurzem hatte sie ihn geschlagen, als er einen ihrer frisch gebackenen Scones vom Gestell gestohlen hatte, wo sie abkühlen sollten. Und als er vergangenen Sonntag zum Jahrmarkt wollte, hatte sie patzig abgelehnt. Sie wäre selber gern gegangen, aber sie hatten kein Geld. Ohne Moos nichts los, hatte sie gesagt – seither hatte er nicht mehr mit ihr gesprochen.

Sie breitete die Arme aus. »Wirf noch einen«, sagte sie.

Jimmy schaute zu Trix, Trix schaute zu Jimmy. »Los, macht schon«, sagte Shell. »Alle beide. Für die Liebe Gottes.«

Sie hoben zwei Steine auf und warfen sie. Der eine verfehlte Shell, der andere streifte ihre Wange.

»Weiter. Habt keine Angst.« Scones, dachte sie lächelnd. Keine Steine. Stell dir vor, es sind weiche, leichte Scones.

Wieder warfen sie. Von der Straße hörte Shell das Geräusch eines Wagens, der sich den Hang hinaufmühte. Beim dritten Wurf schrie sie unwillkürlich auf.

»Weiter«, presste sie hervor.

»Nein«, sagte Trix. »Is ja langweilig.« Sie rannte davon, das

Feld hinunter, und sang dabei irgendetwas vor sich hin. Aber Jimmy hob einen großen Stein auf, so groß wie drei Scones auf einmal. Er schielte, als ob der Teufel durch sein Auge einen kurzen, verstohlenen Blick riskierte.

»Der hier wird aber wehtun!«

»Ganz recht, Jimmy. Guter Junge. Wirf ihn.«

Ächzend stemmte er ihn mit beiden Händen hoch bis zur Schulter, wie eine verkleinerte Version von Superman.

»Los«, sagte Shell. »Tu es.«

»Halt.« Eine Stimme, dunkel und tief wie ein unterirdisches Erdbeben, schallte zu ihnen herüber. Shell schloss die Augen.

»Tu es«, flüsterte sie. Ein Luftzug wehte durch ihre Stirnfransen. Hinter ihren geschlossenen Augenlidern explodierten gelbe Raketen.

»Lass ihn fallen, Junge!« Es war ein Befehl, nachdrücklich, aber nicht barsch. Shell öffnete die Augen. Der Teufel fuhr auf der Stelle aus Jimmy heraus. Sie drehte sich um. Pater Rose hatte am Gartentor gehalten. Im grellen Morgenlicht, das durch die schweren Wolken brach, konnte sie ihn und den Wagen kaum erkennen. Er hatte das Fenster heruntergekurbelt.

»Wir haben nur Quatsch gemacht!«, brüllte Jimmy und ließ den Stein fallen, dann rannte er den Hügel hinab davon.

Pater Rose sah Shell an. »Was hat denn das hier zu bedeuten?«, fragte er.

Shell zuckte mit den Schultern.

»Du bist das Talent-Mädchen, nicht wahr?«

Sie nickte.

»Wie ist dein Vorname?«

»Michelle. Aber alle nennen mich nur Shell.«

Er nickte zurück und ließ den Motor an. »Bis dann, Shell.« Sie dachte, er würde noch irgendetwas hinzufügen, doch stattdessen seufzte er, löste die Handbremse und fuhr an, den Hügel hinauf. Sie blinzelte. Der Wagen blitzte violett auf, als er in der Kurve verschwand.

Shell setzte sich auf die feuchte Erde und atmete heftig aus. Sie strich über die klumpigen Steine der Pharisäer, die von ihrem sterblichen Körper abgeprallt waren. *Wer unter euch ohne Sünde ist,* murmelte sie, *der werfe den ersten Stein.* Sie nahm den letzten Stein, den Jimmy sich nicht zu werfen getraut hatte, und kühlte damit ihre Wange. Dann ließ sie sich nach hinten sinken, lag reglos am Boden. Der kalte Frühlingsmorgen drang ihr bis in die Knochen.

Drei

Schon bald darauf begegnete sie Pater Rose erneut. Dad hatte für die hungernden Länder Afrikas gesammelt. In der einen Woche waren es Flutopfer irgendeines Subkontinents, in der nächsten Flüchtlinge irgendeines kleineren Kriegsschauplatzes, doch am Wochenende verschloss er das Geld immer in einem Briefumschlag und trug Shell auf, es zum Haus des Pastors zu bringen. Es war die einzige Aufgabe, die sie mochte – erstens weil sie sich immer ein paar Pence nahm, um bei McGrath's ein bisschen Weingummi zu kaufen, und zweitens weil sie, wenn Nora Canterville, die Haushälterin des Pastors, ihr öffnete, jedes Mal ein Stück Kaffeewalnusstorte bekam.

Bevor sie aufbrach, packte Dad sie am Arm. »Wenn du auch nur einen Penny stiehlst, werde ich es erfahren. Pater Carroll wird es mir erzählen und dann bricht die Hölle los!«

»Ja, Dad. Ich weiß Bescheid.«

Sie wusste wirklich Bescheid. Die Summe, die er sammelte, war jedes Mal höher als die, die er ablieferte. Sie mochte eine Diebin sein, er aber übertraf sie bei weitem. Shell hatte gesehen, wie er die größeren Geldstücke stibitzte, sogar Scheine, und sie sich in die eigenen Taschen steckte. Der Mann war gierig wie eine Blut saugende Mücke. Wenn er ihr das Geld für den Wocheneinkauf gab, packte er sie am Handgelenk und verlangte, dass sie ihm das Wechselgeld bis auf den letzten Penny und jeden einzelnen Beleg nach Hause brachte. So was wie Taschengeld gab es bei ihnen nicht. Und seit Mums Tod hatte er Shell, Jimmy und Trix ständig dieselben Schuluniformen tragen lassen, drei Nummern zu groß, um keine neuen kaufen zu müssen, wenn sie aus den alten herausgewachsen sein würden. Sie waren die Vogelscheuchen-Schüler, die Witzfiguren der Gegend. In Shells Schule gab es ein Spottlied auf sie, dank Declan Ronan, dem grässlichsten Messdiener von Coolbar und besten Schüler des Abschlussjahrgangs:

Shell ist fies wie Dornenhecken
und Tomatensuppenflecken,
ihr Eierduft ist zum Erschrecken,
ihr Fetthaar schleimiger als Schnecken.

Trotz all seiner Sammelaktionen für gute Zwecke: Ihr Vater hatte ein Herz wie eine schwarze schrumpelige Walnuss.

Das Niederträchtigste, wobei Shell ihn je beobachtet hatte, war, wie er den Ring von Mums Leiche stahl. Sie hatte nur diesen einen Ring besessen, den aus Gold an ihrer linken Hand, der besagte, dass sie seine Frau war. Wenn verheiratete Frauen starben, so viel wusste Shell, begrub man sie mit ihrem Ehering, damit sie ihre Liebe und Treue mit ins Grab nehmen konnten. Dort blieben die Ringe dann bis zum Ende aller Tage, überdauerten das tote Fleisch, selbst die Knochen.

Doch ihr Vater konnte die Vergeudung eines so guten Stücks aus gelbem Gold nicht einfach so mit ansehen. Als Mum zuletzt immer schwächer geworden war, hatte der Ring sich gelockert. Und kurz bevor man den Sargdeckel schließen wollte, hatte Dad gesagt: »Bitte: Nur noch ein letztes Gebet, ein letzter Abschied, nur ich und sie.« Alle hatten ihn allein gelassen. Alle außer Shell. Draußen, vor der Tür, die nur angelehnt gewesen war, blieb sie stehen und spähte durch den Spalt. Sie sah, wie er eine Reihe des milchweißen Rosenkranzes von der Hand ihrer Mutter wickelte. Und sie nahm ein kurzes gelbes Aufblitzen wahr, das in Dads oberer Westentasche verschwand. Dann rückte er wieder an dem Rosenkranz herum.

»Sie können den Sarg jetzt schließen«, hatte er dem Bestatter zugerufen. »Ich bin so weit.«

Was er mit dem Ring getan hatte, wusste Shell nicht. Er lag nicht in seiner Sockenschublade, dort hatte sie nachgesehen. Wahrscheinlich hatte er ihn bei seinem nächsten Ausflug in die Stadt verkauft.

Dad und seine verrückten Lesungen. Dad und die Steine auf dem Acker hinterm Haus. Dad und das Rasseln der Spendenbüchsen. Mühsam schritt sie über das Feld den Hang hinauf, den Briefumschlag mit dem Kleingeld unter den Arm geklemmt. Am Himmel stand die Sonne, mächtig und bleich. Die Lämmer waren draußen. Eines kam auf sie zugesprungen und blökte, dann schoss es pfeilschnell wieder davon, auf federleichten Beinen. *Dies ist das Lamm Gottes, das hinwegnimmt die Sünde der Welt.* Der Gedanke an Dad verblasste. Sie erreichte den Gipfel des Hügels. Die Wolken wirkten wie entfernte Verwandte der Lämmer, so aufgeplustert, wie sie waren. Die Bäume schäumten vor weißen Blüten. Shell fühlte sich wie eine Braut, als sie unter ihnen hindurchlief. Zwei Felder weiter tauchte vor ihr in einer Bergfalte Coolbar auf. Shell setzte sich auf eine Bank und zog mit ruhiger Hand die Lasche des Umschlags auf – sie sah zu, wie die Klebstofffäden sich erst dehnten und dann zusammenschnellten, während sie zog. Fünf der Silbermünzen nahm sie heraus und warf sie in die Luft, damit die Armen der Gemeinde sie in einer Stunde der Not finden würden.

»Sieh nur her, Dad!«, rief sie.

Die Münzen funkelten und fielen weit verstreut zu Boden. Lachend verschloss sie den Umschlag wieder und lief die letzte Weide hinunter, kurz bevor die Siedlung begann.

Sie schlenderte den Bürgersteig entlang durchs Dorf. Am Laden von McGrath hielt der wunderbare Duft nach Zeitungen und Zigaretten sie auf. Dort gab es das ganze Jahr über Postkarten und Wasserbälle zu kaufen, außerdem Lakritze, Eiswaffeln, Eimer und Schaufeln aus Plastik. Sie hörte, wie das Geld aus dem Umschlag nach ihr rief, und wünschte, sie hätte die Silberstücke selbst behalten. Noch mehr wagte sie nicht herauszunehmen. In ihrem Bauch regte sich ein bohrendes Gefühl des Verlangens. Außer einem Ei hatte sie an diesem Tag noch nichts gegessen.

Mr McGrath bemerkte sie durchs Ladenfenster. Er grüßte, seine leuchtend roten Wangen und die breite Stirn wackelten wie der Kopf bei einem Spielzeughund. Shell zuckte bedauernd mit den Schultern, da kam er mit einer Hand voll Kaugummi heraus, steckte sie ihr zu und legte den Finger an den Mund.

»Das bleibt unter uns, Shell. Erzähl's nicht weiter, sonst rennt mir das ganze Dorf die Tür ein.«

»Ja, Mr McGrath. Ganz bestimmt nicht. Ich versprech's.«
Sie wurde so rot wie das Kaugummipapier und lief innerlich jubelnd die Straße hinunter. Mit Sicherheit hatte Jesus sie dafür belohnt, dass sie zuvor das Geld für die Armen verstreut hatte.

Das Haus des Pastors lag ein wenig weiter die Straße hinauf, hinter der Kirche. Pater Carroll wohnte dort, solange Shell denken konnte, zusammen mit seiner Haushälterin, Nora Canterville. Die Kuraten kamen und gingen, Pater Carroll und Nora aber blieben. Von Nora wurde behauptet, sie sei die beste Köchin der ganzen Grafschaft Cork, berühmt für eine Consommé, so klar und rein wie die Seele eines Neugeborenen. Dad sagte immer, dass man nach einer Einladung zum Essen mindestens drei Kilo schwerer nach Hause ging, als man gekommen war.

Shell rechnete nicht damit, auf Pater Rose zu treffen. Sie ging davon aus, dass er wohl seine Runde durch die Gemeinde machte, hinauf zum Krankenhaus oder zur Ziegeninsel, der ganz in der Nähe gelegenen Halbinsel, um dort die Mittwochsmesse zu lesen. Als sie an der Tür läutete, dachte sie an die Kaffeetorte und nicht an ihn.

Es dauerte lange, bis irgendjemand kam. Sie wollte gerade schon gehen, als sie Schritte auf der Treppe hörte, dann, wie sie näher kamen, sicher und gemessen, zu bestimmt für Nora, doch zu schnell für Pater Carroll. Shell hielt den Atem an. Ihr Magen begann zu flattern.

Die Tür öffnete sich. Pater Rose blickte zu Shell herunter, die eine Augenbraue erhoben, aber er sagte nichts.

»Mein Vater«, sagte sie und hielt ihm den Umschlag hin, »hat mir aufgetragen Ihnen dies hier zu geben.«

Er nahm den Umschlag am oberen Ende, so dass das Geld

nach unten rutschte. Das ordinäre Geklimper der Münzen trieb Shell die Schamröte in die Wangen. Geld und das Wort Gottes seien weit davon entfernt, gute Freunde zu sein, das hatte er am vergangenen Sonntag gesagt. Sicher dachte er nun an die Tische der Geldverleiher.

»Es sind Spendengelder«, sagte sie. »Für die Hungernden in Afrika.«

»Diese Kampagne ist seit einem Monat zu Ende«, sagte er. »Vielleicht ist es eher für die Hilfsorganisation St. Vincent de Paul? Für die sammeln wir gerade.«

Shell schüttelte den Kopf, wie um zu sagen, dass sie es nicht wusste.

»Dein Vater. Er sammelt das Geld in seiner Freizeit, nicht wahr?« Das Geld klimperte immer noch. Shell starrte voller Verzweiflung auf Pater Roses Füße und stellte schockiert fest, dass sie nackt waren. Seine schwarzen Priesterhosen endeten knapp oberhalb seiner weißen, langen Zehen.

»Er hat nur freie Zeit«, stammelte sie. »Er ist arbeitslos.«
»Arbeitslos?«
»Seit unsere Mutter gestorben ist. Er hat die Arbeit drüben auf dem Hof der Duggans aufgegeben, wegen seinem schlimmen Rücken.« So zumindest hatte Dads Begründung gelautet.

»Seine Arbeit ist es, sich um das Haus zu kümmern und dir, deinem Bruder und deiner Schwester Mutter und Vater zu sein, oder nicht?«

»Ich denk schon.« Sie hätte sagen können, dass sie selbst das meiste davon tat.

»Er ist ein frommer Mann, dein Vater. Das hat mir jedenfalls Pater Carroll erzählt.«

Shell zuckte mit den Schultern. »Ich denk schon.«

»Möchtest du hereinkommen und vielleicht etwas trinken? Nora macht Besorgungen in der Stadt, aber ich finde schon etwas für dich.«

Shell nickte. Er trat nicht beiseite. Stattdessen wurde sein Arm zu einer langen Brücke, unter der sie hindurchgehen konnte, durch die offene Tür. Als sie es tat, achtete sie darauf, ihm nicht aus Versehen auf die nackten Zehen zu treten. Der Geruch des gewebten Wollteppichs und das schwere, samtweiche Ticken der großen Wanduhr bewirkten, dass sie sich vorkam wie ein Kleinkind.

»Hier entlang, Shell«, sagte er.

So wie er ihren Namen aussprach, klang es wie eine Segnung.

Pater Rose öffnete die Tür zum besten Zimmer, ganz vorn, wo Shell zuvor noch nie gewesen war. Er bot ihr einen Platz auf einem riesigen Ledersessel an, dann holte er ein geschliffenes Glas aus einer Vitrine und nahm eine kleine Flasche Bitter Lemon von einem Getränkewagen.

Bis zu diesem Moment hatte Shell Bitter Lemon nie gemocht. Aber als sie nun daran nippte, bizzelte es wie Brausepulver gegen Nase und Lippen und rann, süß und sauer zugleich, über ihre Zunge. Pater Rose stützte sich auf die Lehne des zum Sessel passenden Ledersofas, während sie trank. Er verschränkte die Arme, schaute ihr zu und lächelte. Eine träge Wärme erfüllte den Raum.

»Ich war froh, als du geklingelt hast«, sagte er.

»Warum denn, Pater?«

»Ich hatte eine Auseinandersetzung.«

»Eine Auseinandersetzung?«

»Mit mir selbst. Ein furchtbares Verlangen nach Zigaretten.«

Shell gluckste. Seine Predigt fiel ihr wieder ein. »Sie rauchen doch nicht wieder?«

»Die ganze Fastenzeit über nicht, hoffe ich. Gebe Gott, dass ich es bis Ostern durchhalte.«

»Und dann wollen Sie wieder anfangen?«

»Vielleicht. Vielleicht auch nicht.« Er schüttelte den Kopf. »Schlimm, diese Zigaretten. Sie halten einen gefangen. Versprich mir, dass du gar nicht erst anfängst, ja?«

Sie wollte nicht sagen, dass sie schon ein paarmal geraucht hatte. Declan Ronan reichte in der Schule manchmal eine weiter, abwechselnd an sie und an Bridie: Ein Zeichen der Anerkennung, witzelte er immer, für die Gründungsmitglieder seines Harems.

»Es ist hoffentlich nicht schlimm, wenn ich frage«, sagte Pater Rose, als hätte er ihre Gedanken gelesen. »Aber müsstest du nicht in der Schule sein?«

Shell hielt das Glas vor ihr Gesicht und schaute durch den Diamantenschliff. »Schule?«, sagte sie. »Die ist fast vorbei. Bald sind Ferien.«

»Verstehe.« Er erhob sich und durchschritt den Raum. Vor dem Flügelfenster hielt er inne und blieb eine ganze Weile stehen.

»Neulich, an dem Morgen«, sagte er, Shell den Rücken zugewandt. »Auf dem Acker. Weshalb hast du zugelassen, dass deine Geschwister dich so mit Steinen bewerfen?«

Shell verschluckte sich fast an ihrer sprudelnden Limonade.

»Als ich den Hügel heraufkam«, fuhr er fort, »sah ich dich

dort mit ausgestreckten Armen stehen.« Er drehte sich um und sah sie an.

Ihr Blick wanderte hinüber zu der Vase mit den Seidenblumen, die im Kamin stand. Sie trank den letzten Schluck.

»Einen Moment lang dachte ich, es wäre eine Erscheinung«, sagte er. »Eine Vision aus dem Evangelium.«

»Wir haben nur herumgealbert.«

»Das Spiel wirkte seltsam, Shell.«

Etwas in der Art seiner Betonung brachte sie dazu, ihm in die Augen zu sehen. Eine weiche Lichtkugel lag in seinem Blick, deswegen sagte sie ihm die Wahrheit. »Ich war am Beten, Pater. Ich wollte, dass sie mir wehtun, um das Gebet zu spüren. Es wirklich zu spüren. Richtig stark.«

Er nahm ihr das Glas aus der Hand.

»Möchtest du noch eins?«

»Nein, Pater.«

»Na, dann ab mit dir.«

»Ja, Pater.«

Er brachte sie zur Tür, doch als sie wieder auf den Gartenweg hinaustrat, legte sich seine Hand auf ihre Schulter und hielt sie zurück. Sie fühlte es, eine feste, freundliche Berührung.

»Shell«, sagte er. »Ein Gebet muss nicht wehtun. Vertraue mir.«

Sie hob den Kopf. In seinen Augen lag ewige Weisheit.

»Das tue ich, Pater«, sagte sie.

Er ließ sie los. Eilig lief Shell den Gartenweg entlang, durch das Tor und die Straße hinunter. Pater Rose blickte ihr nach, das wusste sie, denn es war nicht zu hören, wie sich hinter ihr die Haustür schloss.

Vier

Nach dem Tee betete Dad mit ihnen wie gewöhnlich ein Gesätz des Rosenkranzes. Sie waren gerade beim ersten der schmerzhaften Geheimnisse, der Todesangst im Garten. Von Seelenqual gepeinigt wartete Jesus darauf, gefangen genommen zu werden. Jimmy stieß mit der Zunge von innen gegen die Wange, dass sie sich wölbte wie ein Zelt. Sehnsüchtig starrte er zu dem alten Klavier hinüber und bewegte seine Finger, als würde er darauf spielen. Trix setzte sich auf ihre Fersen und starrte zum Fliegenfänger hinauf, den Dad zuvor am Lampenschirm aufgehängt hatte. Die erste Fliege zappelte bereits daran, sie war am Sterben. Shell schloss die Augen. Dads Stimme verlor sich. Stattdessen gesellte sich Jesus in seiner Pein zu ihr. Sie lief mit ihm den Kiesweg entlang, der durch den priesterlichen Hausgarten führte. Sie erreichten das hohe Steppengras, warteten auf die Ankunft der Soldaten und seufzten gemeinsam bei dem Gedanken an das drohende Kreuz und die Nägel. *Jesus, sagte Shell, ich wünschte, ich könnte dir die Nägel abnehmen.* Er drehte sich zu ihr um und packte sie am Arm. Sein Gesicht war das von Pater Rose, doch statt des Priestergewands trug er eine strahlend weiße Tunika. Seine Füße darunter waren nackt. Sein Gesicht war unrasiert, das Haar war länger. *Shell,* sagte er mit einem melodischen Midlands-Akzent, *deine gütige Liebe ist aller Trost, den ich an diesem Tag der Finsternis brauche.*

»Shell!« Dads strenge Stimme. »Du hast aufgehört zu beten!«

»Nein, habe ich nicht«, sagte Shell. »Ich habe mit Jesus gesprochen, in Gedanken.«

»Das ist Blasphemie!«, fuhr er sie an. Er warf ihr den Rosenkranz hin. »Du betest die nächsten fünf Perlen. Und du, Jimmy, hörst mit dem Gezappel auf oder dieses Klavier bekommt meine Axt zu spüren.«

Abends im Bett, das Licht war bereits aus, widmete Shell sich wieder ihren Visionen. Sie fand sich in einem Boot wieder. Jesus war auf der anderen Seite des Sees und wandelte übers Wasser. Als sie über den Bootsrand kletterte, stellte sie fest, dass die Wasseroberfläche einem elastischen Trampolin glich. Hüpfend wie ein Astronaut auf dem Mond gelangte sie zu ihm hinüber. Jesus nahm ihre Hand und sie liefen über den See, während die Sonne versank und die Sterne aufgingen. Als sie in den Schlaf hinüberglitt, drehte er sich um und sagte etwas zu ihr. Sie beugte sich vor, um seine Worte zu verstehen, und plötzlich geriet die Oberfläche des Sees in Bewegung und sie stürzte hinab in die graugrüne Tiefe, die sich auftat. Eine dichte, schwere Stille umgab sie. Dann war aus weiter Ferne das gleichmäßige Ticken einer Uhr zu hören.

Fünf

Am Mittwochmorgen, nachdem sie mit den Steinen fertig waren, verkündete Dad, dass mit dem Schuleschwänzen Schluss sei. Sie hätten hinzugehen, und zwar schleunigst.

»Ich dachte, du hättest gesagt, wir könnten die letzte Woche freihaben«, maulte Jimmy.

»Ich will aber nicht in die Schule gehen, Dadda«, sagte Trix. Sie nannte ihn jedes Mal Dadda, wenn sie etwas Bestimmtes wollte, aber diesmal funktionierte es nicht.

»Bei zwei seid ihr in der Schule oder ihr kriegt was mit der Wäscheleine, alle drei«, sagte er. »Ich dulde keine störenden Telefonanrufe mehr.«

Shell horchte auf. Also war er wieder von irgendjemandem aus der Schule belästigt worden.

Sie half Trix sich fertig zu machen und stellte beide mit je einem Kaugummi ruhig, die sie vom Tag zuvor aufgespart hatte. Dann hetzte sie sie übers Feld ins Dorf und lieferte sie an der Grundschule ab. Sie selbst nahm den Bus nach Castlerock, zur Oberschule.

Sie kam gerade noch rechtzeitig. Bridie Quinn schlenderte

ihr entgegen, es hatte noch nicht geläutet. Shell und Bridie waren die einzigen Mädchen aus Coolbar in ihrer Klasse. Sie waren die beiden schwarzen Schafe des vierten Jahrgangs und gute Freundinnen, wenn sie nicht gerade schwänzten. Bridies Vater war vor Jahren verschwunden. Sie, ihre jüngeren Geschwister und ihre Mutter bewohnten einen verfallenen Bungalow mit drei Zimmern, der am anderen Ende von Coolbar lag, an der Straße zur Ziegeninsel. Sie besaßen einen Fernseher und heizten mit Butangas, aber es gab kein Badezimmer und waschen mussten sie im Anbau. Niemand begriff, wie sie alle zusammen in dieses Haus passten. Bridie musste sich das Bett mit ihrer Mutter teilen, ein Schicksal, schlimmer als der Tod. Sie nahm kein Blatt vor den Mund, aber sie war Shells einzige Freundin.

»Shell Talent, wie siehst du nur aus!«, rief sie.

Shell blickte an ihrem schmuddeligen Kleid herunter und warf einen Blick über den Schulhof. Sie war die Einzige, die bereits die Sommerschuluniform trug, ein madengrünes, formloses Sackkleid mit schmalem Gürtel, Ärmeln bis zu den Ellbogen und einem flachen, breiten Kragen mit Marinestreifen. Das Wetter war schön und sie war davon ausgegangen, dass in der Schule inzwischen alle zur Sommerkleidung gewechselt hatten.

»Ich habe mich eben vertan«, seufzte sie.

»Es geht doch nicht ums Kleid«, sagte Bridie und winkte ab. Die Gefahren des allmorgendlichen Ratespiels zum Jahreszeitenwechsel waren für jeden nachvollziehbar. »Es geht um deine Figur, die sich unter dem Kleid abzeichnet. Du trägst keinen BH.«

Shell wand sich. »Ja und?«

»Bei so einem Kleid sieht man, wie sie runterhängen.«
»Nein!«
»Ich seh's. Wie zwei Quallen.«
»Hör auf.«
»Es stimmt.«
Shell seufzte. »Ich habe überhaupt keinen BH.«
»Du solltest dir einen besorgen.«
»Dad würde mir nie im Leben Geld dafür geben.«
»Sollen wir bei Meehan's einen klauen? Das merken die nie. Ich könnte dir einen schönen aussuchen. Blaue Spitze, Formbügel, was du willst.«
Shell kicherte. »Das würdest du tun?«
»Klar. Aber erst mal müsstest du mir natürlich deine Größe sagen.«
»Ich weiß nicht, wie groß ich bin. Ich bin nie gemessen worden.«
»Nicht mal die Körbchengröße?«
»Körbchen?«
»Na, du weißt schon.« Bridie wölbte beide Hände vor ihrer Brust.
»Ich habe keine Ahnung«, gestand Shell.
»Wenn ich dich so ansehe, würde ich sagen: C.«
»Zehn?«
»C, Shell. Die C-Größe.«
Die Zeh-Größe. Wie seltsam das klang. Sie dachte an die Zehen von Pater Rose, die unter den Hosenaufschlägen hervorgeschaut hatten. »Die Zeh-Größe«, murmelte sie, wie eine Beschwörungsformel. »Spielt die Größe der Füße dabei denn eine Rolle?«

Bridie ließ ihre Augenlider flattern, um anzudeuten, dass Shell den ersten Preis als irische Miss Blöd gewonnen hatte.

»Nein, nur die Größe deiner Brüste«, sagte sie. »Und die sind groß genug, dass du einen BH brauchst.« Ihre Stimme wurde weicher und sie hakte sich bei Shell ein, was sie sonst nur selten tat. »Ich mochte es gar nicht, als meine anfingen zu wachsen«, vertraute sie ihr an. »Aber jetzt habe ich mich dran gewöhnt. Mit einem BH stehen sie mehr hervor. Die Leute gucken hin. Ich hab 34D, aber sag's nicht weiter.«

»Versprochen«, sagte Shell.

»Komm doch nach der Schule mit«, sagte Bridie. »Wir schauen bei Meehan's vorbei. Ich schmuggele ihn aus der Schachtel in meine Schultasche – und dann türmen wir.«

»Bist du auch sicher, dass wir nicht erwischt werden?«

»Absolut sicher. Ich habe es schon mal gemacht. Oft.«

Es läutete.

In der Pause nahm Shell das Thema wieder auf.

»Bridie«, fragte sie. »Gab es früher denn auch schon BHs?«

Bridie dachte nach. »Es muss welche gegeben haben«, meinte sie schließlich. »Sonst hätten die Frauen ja immer und überall geschlackert. So wie du.«

»Meinst du«, flüsterte Shell, »dass die Jungfrau Maria auch einen getragen hat?«

Bridie heulte auf. »Au warte, das muss ich Declan erzählen – vielleicht fällt ihm ein Witz dazu ein.«

»Ich meine es ernst.«

»Unter all diesen weiten blauen Gewändern und Umhängen? Das mussten sie doch, oder? Nach einer Geburt werden sie viermal so groß. Ich weiß das, meine Mutter hat's mir erzählt. Dann muss man die ganze Milch mit sich rumschleppen.«

Shell dachte an die Kühe, die sie gesehen hatte, mit den Maschinen an ihren Eutern, drüben in der Molkerei von Duggans Hof. »Wie viel Milch denn? Was denkst du?«

»So ein, zwei Liter bestimmt, würd ich sagen. Da drüben ist Declan, ich muss weg!« Sie rannte hinter Declan her, dessen Umrisse in der Ferne aufgetaucht waren. Er steuerte auf die Sporthalle zu, um dort eine zu rauchen. Shell zuckte mit den Schultern, wandte sich ab und brütete weiter über dem Mysterium der Milch verschiedener Säugetierarten.

In der Mittagspause kam Declan Ronan zu ihr herüber und bot ihr an, mit ihm hinter die Sporthalle zu gehen und einen Zug von seiner Zigarette zu nehmen. Bridie musste nachsitzen.

»Ich weiß 'n tollen Witz: Welche BH-Marke trug die Jungfrau Maria, als sie laktierte?«, sagte Declan.

Shell überlegte. Das Wort laktieren verwirrte sie, aber sie wollte es sich nicht anmerken lassen. »Weiß nicht«, sagte sie. »Ich geb auf.«

»Einen 33J-Wonderbra«, sagte er. »Gecheckt?«

»Ich glaub nicht«, gab sie zu.

»Die erste 3 für den Heiligen Vater, die zweite 3 für den Heiligen Geist und das J-Körbchen für den Kandidaten, Jesus – damit er aufs ewige Leben trinken konnte.«

»Und Wunder vollbringen?«, schlug Shell vor.

»Ganz genau«, sagte er und reichte ihr die Zigarette.

Sie nahm einen langen Zug und reichte sie zurück. Sie saßen zusammen in der Sonne. Theresa Sheehy spähte um die Ecke, als wollte sie sich zu ihnen gesellen, aber Declan scheuchte sie fort.

»Warum willst du sie denn nicht dabeihaben?«, fragte Shell, als sie wieder allein waren.

»Ihre Beine sind zu fett.«

Shell versetzte ihm einen Schlag. Er ließ sie noch einmal an seiner Kippe ziehen, dann griff er ihr an die Wade. »Anders als deine.« Er fuhr mit der Hand hinauf in ihre Kniekehle und kitzelte sie.

»Lass los.«

»Schön und schlank.« Er zog die Hand zurück und grinste. »Miss Dornenhecke.«

»Du, Bridie und ich, Declan«, Shell blies lächelnd den Rauch aus. »Wir sind der Club von Coolbar, stimmt's?« Sie erinnerte sich daran, dass Declan all die Jahre ein vertrauter Quälgeist gewesen war. In der Grundschule hatte er die Mädchen immer kreuz und quer über den Pausenhof gejagt und ihnen die Röcke hochgerissen. In der Oberschule fuhr er manchmal mit Shell und Bridie zusammen nach Hause und saß abwechselnd mal neben der einen oder der anderen.

Er nahm ihr die Kippe ab und schnaubte verächtlich.

»Coolbar«, sagte er, »ist ein Furunkel im Gesicht der Welt.«

»Wohl wahr.« Shell nickte weise, obwohl sie keine Ahnung hatte, was ein Furunkel war.

Sechs

Bei Meehan's den BH zu klauen fühlte sich gar nicht wie Sünde an, obwohl es eine war. Bridie beging sie für Shell. Als niemand hinschaute, holte sie einen BH aus seiner Schachtel. Er war weiß, mit gekreuzten Trägern am Rücken. Sie ließ ihn zwischen ihre Arbeitshefte gleiten und wandte sich mit einem prüfenden Blick den Nachthemden zu. Fast hätte sie noch ein knappes rosafarbenes Negligé mitgehen lassen, aber Shell hielt sie zurück und sie machten, dass sie fortkamen. Den ganzen Weg die Straße hinunter bis zur großen Uhr wären sie fast gestorben vor Lachen. Drüben an der Polizeistation stand einsam Dad und schüttelte seine Büchse. Shell sah, wie einer der Passanten die Straßenseite wechselte, um nicht an ihm vorbeigehen zu müssen.

»Nicht da lang«, keuchte sie und wich zurück, ehe er sie sehen konnte.

»Lieber keinen Vater als so einen«, sagte Bridie mit einem Blick gen Himmel.

»Wohl wahr«, sagte Shell. Sie verschwanden in einer Seitengasse und schlugen den Rückweg zur Bushaltestelle ein.

Bridie gab ihr den BH. »Ich fahr noch nicht nach Hause«, sagte sie.

»Wieso?«

»Hab eine Verabredung. In der Stadt.« Sie klang fast wie eins der Mädchen aus den amerikanischen Soap-Serien, von denen sie immer erzählte.

»Eine Verabredung? Mit wem?«

Bridie schob ihr Kinn vor und warf die Haare zurück. »Geheim!« Sie winkte zum Abschied und lief zurück zur Landungsbrücke.

Shell konnte es nicht erwarten, den BH anzuprobieren. Von dem Bus war nichts zu sehen. Sie verschwand in der nahe gelegenen öffentlichen Toilette. Als sie schließlich begriffen hatte, wie die Haken und Verschlüsse funktionierten, war sie erhitzt und aufgeregt. Sie trat in dem Moment ins Freie, als der Bus aus der Haltestelle herausfuhr und ohne sie entschwand. Auf den nächsten musste sie lange warten.

Als er kam, stieg sie mit gestrafften Schultern und hoch erhobenen Hauptes ein. Der Fahrer kassierte in Zeitlupe und starrte ihr dabei direkt auf die Brust. Shell nahm mit einem huldvollen Lächeln Platz. Sie war ein Stück erwachsener geworden. Ihre schlabberige alte Sackkleidfigur war ein für alle Mal abgeschafft.

Sie kam fast eine Stunde zu spät, um Trix und Jimmy abzuholen. Die Schulleiterin, Miss Donoghue, hatte sie in ihrem Büro auf harten Stühlen für Erwachsene sitzen lassen. Miss Donoghue gehörte zum alten Inventar von Coolbar und hatte bereits Shell und vor ihr viele andere Kinder aus dem Dorf unterrichtet. Sie sah aus, als stünde sie schon seit Urzeiten kurz vor der Pension, die dann nie kam. Trix' graue Socken schwangen zwischen den hohen eisernen Stuhlbeinen hin und her. Jimmy zog eine Grimasse, als Shell hereinkam.

»Shell ist daaaaaaaaaaaa«, sagte er. Er blickte über ihren Kopf hinweg und spitzte den Mund, als würde er gelangweilt vor sich hin pfeifen.

»Shell!«, rief Trix, sprang vom Stuhl herunter und stürzte auf sie zu, um sie zu umarmen. »Ich dachte schon, du hättest uns vergessen. So wie damals.«

»Nein, habe ich nicht. Ich hatte in der Stadt noch etwas zu besorgen.« Ein überschwängliches Gefühl der Liebe ergriff sie plötzlich. Sie beugte sich hinunter und gab Trix einen Kuss.

Miss Donoghue öffnete den Mund, als wollte sie etwas sagen, dann schloss sie ihn wieder und stieß einen Seufzer aus. »Ihr Talents-Kinder«, sagte sie. »Ihr bringt mich noch ins Grab.« Sie lächelte, dann kam sie hinter ihrem Schreibtisch hervor und stupste Jimmy an.

»Ab mit euch«, sagte sie und hielt ihnen die Tür auf. Aber nicht so, wie Pater Rose es getan hatte. Statt unter ihrem Arm hindurchzugehen wie unter einer Brücke, mussten sie an ihr vorbei. Shell kam sich wieder wie ein siebenjähriges Mädchen vor, als sie hinausschlich.

»Schönen Abend, Miss Donoghue«, murmelte sie.

»Schönen Abend«, erwiderte Miss Donoghue und plötzlich landete ihre Hand auf Shells Schulter. »Wo ist eigentlich dein Vater?«

Shell überlegte. »Wahrscheinlich immer noch in der Stadt und sammelt. Für die Kirche.«

Die Schulleiterin stieß ein leises, verächtliches Schnalzen aus und ließ Shell los.

Dad war nicht zu Hause, als sie ankamen. Shell kümmerte sich um das Abendbrot. Doch Dad tauchte immer noch nicht auf. Dann fiel ihr ein, dass ja Mittwoch war, der Abend, an dem er sich immer betrank. Das bedeutete, dass sie, Jimmy und Trix stundenlang machen konnten, was sie wollten, und genügend Platz hatten, um irgendetwas zu spielen. Sie aßen zu Abend. Shell ließ Dads Portion überbackener Schinken-Käse-Schnitten zugedeckt im Topf. Jimmy klappte den Deckel von Mums Klavier hoch. Nach ihrem Tod hatte Dad versucht es zu verkaufen, aber der Händler aus der Stadt hatte gesagt, es sei so klapperig, dass Dad im Grunde ihn bezahlen müsste, um es abzuholen. Es war vollkommen verstimmt und obendrauf standen immer noch die Beileidskarten für Mum.

Jimmy stand am Klavier, mit dem einen Fuß auf dem rechten Pedal. Er spielte seltsame, schiefe Akkorde, die zu einem Klangbrei verschmolzen. Die Töne hallten durchs Haus wie ein Stöhnen aus einer Geisterwelt. Während er spielte, schloss Shell die Augen. Sie sah bunte Fische, die durch Unterwassergrotten schwammen, mit aufsteigenden Luftblasen und merkwürdigen, sich wiegenden Wasserpflanzen. Jimmy ging vom Pedal runter und begann von neuem. Er hämmerte auf die hohen Töne ein. Hüpfende Spatzen im Schnee. Dann Schnee, der auf Autodächer fiel. Er beendete sein Konzert mit lauten Bassakkorden, die Shell durch Mark und Bein gingen, als wären es düstere Riesenbäume, die mit Donnerschritten die Erde erschütterten. Shell und Trix applaudierten.

Dann gingen sie hinaus, um auf dem Acker Vogelscheuchenjagd zu spielen, ein Spiel, das Shell vor Jahren erfunden hatte. Es gab keine Gewinner, nur einen Verlierer. Jeder bekam sechs Wäscheklammern und musste versuchen, sie an den anderen zu befestigen, und gleichzeitig verhindern, selbst eine Wäscheklammer zu bekommen. Wer alle sechs Wäscheklammern losgeworden war, schied aus. Am Ende gab es einen Spieler, der mit Klammern übersät war, der war dann die Vogelscheuche. Doch mittlerweile war Shell für das Spiel zu alt. Sie ließ zu, dass Jimmy und Trix sie überall mit Wäscheklammern zwickten, dann gab sie ihnen alle zurück, lief wieder ins Haus und ging ins Bad. Vor dem Schrankspiegel zog sie ihr Schulkleid aus und inspizierte den BH, verrenkte den Kopf, um über die Schulter zu schauen und die gekreuzten Träger am Rücken zu sehen. Der Spiegel hing zu hoch, deswegen schlich sie sich in Dads Zimmer und spielte das Spiel der Ewigkeit. Es war das Spiel der magischen Spiegel vor der Frisierkommode, einer breiten Holzkommode, auf der drei Spiegel befestigt waren: ein großer in der Mitte und zwei kleinere rechts und links an Scharnieren. Sie ließen sich ein- und ausklappen, in veränderbaren Winkeln. Dann erschien eine Aneinanderreihung von Shells, die sich fortsetzte bis in die Ewigkeit. Früher hatte sie bei dem Spiel immer versucht sich mit ihnen zu unterhalten, sie zu fragen, wie das Leben in einem Spiegel denn so sei. Doch ihre Abbilder zogen zwar Grimassen, aber viel verraten hatten sie nie. An diesem Tag ignorierte Shell sie und rückte die beiden Außenspiegel dicht zusammen, um den BH von hinten betrachten zu können.

Sie betete zu Jesus, ihr und Bridie den Diebstahl des BHs zu vergeben. Sie horchte angestrengt auf eine Antwort. Im Zimmer war es still. Keine Anzeichen von zischenden Schlangen oder Donnerschlägen. Vielleicht war ihr vergeben worden.

Einer plötzlichen Eingebung folgend öffnete sie den Kleiderschrank. Dads bester Anzug stieß einen knisternden Plastikfolienseufzer aus, in dem gleichen Zustand, wie er nach Mums Beerdigung aus der Reinigung gekommen war, seither nicht mehr getragen. Seine anderen Kleidungsstücke drängelten und schubsten, während sie den Schrankinhalt begutachtete: Hemden für die Kirche, die er selber bügelte, Hosen und Hosenträger, elf Paar Schuhe, mehr Krawatten, als sie zählen konnte, drei davon schwarz.

Mums Sachen hatte Dad bereits vor langer Zeit entsorgt. Allerdings hing im hintersten Winkel, gut versteckt auf einem Bügel, ein einziges Kleidungsstück von ihr, das er aufgehoben hatte – warum, wusste Shell nicht. Es war ein rosafarbenes, ärmelloses Satinkleid, knielang und tailliert geschnitten.

Sie griff in den Schrank und nahm es vom Bügel.

Sollte sie es wagen?

Sie wagte es. Sie probierte es an.

Es reichte ihr gerade mal knapp über die Knie.

Und obenherum saß es wie angegossen.

Die Farbe brachte ihre Wangen zum Singen.

Shell tanzte im Walzerschritt vor dem Spiegel. Sie setzte sich auf den Samtstuhl, auf dem ihre Mutter jeden Morgen gesessen hatte, um sich zu schminken, und betrachtete das Triptychon ihrer Spiegelbilder. Sie stützte den Kopf in die Hand, so wie Mum es immer getan hatte. Shells Gesicht war schmal und übersät mit Sommersprossen. Sie löste ihr Haarband und schüttelte die rotbraunen Haare. Sie betupfte sich die Augenlider und begann das Kirchenlied zu summen, das Mum am liebsten gemocht hatte: *Gottes Liebe, komm zur Erden, sei uns demutsvoller Hort.*

Im zunehmend schummrigen Licht des Frühlingsabends kehrte Mums Geist kurz zur Erde zurück und schwebte zwischen Shells Auge und dem Auge des Abbilds im Spiegel.

»Mum?« Shell rang nach Luft.

Es war, als hätte sich ihr eine Hand entgegengestreckt und sie an der Schulter berührt. Eines der Spiegelbilder ganz weit hinten lächelte – aber es war nicht Shells Spiegelbild, denn die anderen lächelten überhaupt nicht.

»Mum!«, rief sie. »Geh nicht fort!«

Sie summte das Lied lauter, damit Mum blieb. Shell merkte nicht, wie sich hinter ihr die Tür des Zimmers öffnete.

»Zum Teufel!« Eine barsche, gequälte Stimme. Eine dunkle Gestalt tauchte am äußeren Rand des Spiegelbildes auf. Sie erschauerte. Mums Geist zog sich fluchtartig in die Tiefen der Spiegelwelt zurück. Shell drehte sich um. Dad starrte sie an wie eine Fremde. Sie hatte gar nicht gemerkt, dass es so spät geworden war.

»Gütiger Gott ... Bist du es wirklich?«

Er kam näher, streckte die rechte Hand aus und hielt sie zitternd, mit der Handfläche nach oben, über ihre linke Wange. Sie machte sich auf einen Schlag gefasst.

Doch er kam nicht.

Zuckend kam seine große Hand näher. Aus dem Augenwinkel konnte sie die Rillen seiner Fingerkuppen sehen. Sie senkten sich auf ihr Gesicht, flatternd wie Blätter im Wind, strichen ihr über die Wangenknochen. »Moira«, flüsterte er. »Meine Moira.«

Shell nahm den Geruch von Whiskey und Schweiß wahr. Ihr Magen verkrampfte sich. Dad rülpste.

»Ich bin es. Shell!«, kreischte sie.

Sie stürmte an ihm vorbei Richtung Tür. Im Hinauslaufen warf sie einen Blick zurück. Dad stand immer noch genauso da, die Arme ausgestreckt, als stünde die Moira, die er gesehen hatte, noch immer dort und ließe sich von ihm übers Gesicht streicheln. Das Triptychon der Spiegel zeigte ihn stehend, wieder und wieder, bis in die Unendlichkeit, wie er verzweifelt versuchte nach einer anderen Welt zu greifen, einer, in die Mum verschwunden war und die den Lebenden verschlossen blieb.

Sieben

Shell flüchtete in ihr Zimmer, das sie mit Jimmy und Trix teilte und das am anderen Ende der Küche lag. Sie schloss die Tür hinter sich und lehnte sich keuchend dagegen, rang nach Atem. Nach einer Weile riss sie sich das rosafarbene Kleid vom Leib, versteckte es unter dem Bett und schlüpfte stattdessen in ihre alte Latzhose und in ein T-Shirt.

Sie schlich sich durch die Küche in die Diele. Dads Tür war verschlossen. Bitte, Gott, mach, dass er schlafen gegangen ist, dachte sie.

Sie lief hinaus in die Abenddämmerung, um Trix und Jimmy zu holen. Um diese Tageszeit hörten die Amseln auf zu singen und die ersten Fledermäuse kamen hervor.

»Schnell!«, rief sie Trix zu, die sich versteckt hatte. »Sonst verfangen sich die Fledermäuse in deinem Haar und wir müssen es abschneiden, um sie wieder herauszubekommen.«

Trix schrie auf und kam hinter dem verfallenen Holzschuppen hervorgeschossen. Jimmy machte eine Blase mit dem Kaugummi, den er sich noch vom Morgen aufgespart hatte. Die Blase platzte.

»Das tun sie nicht«, erwiderte er in aller Seelenruhe. »Weil sie nämlich Ultraschallortung haben.«

»Was du nicht sagst«, erwiderte Shell. »Ab ins Bett. Dad verdrischt euch mit der Wäscheleine, wenn er sieht, dass ihr noch auf seid.«

Sie gehorchten und gingen zu Bett.

Im Haus wurde es still, aus Dads Zimmer drang kein Laut. Shell lief hinaus auf den Acker. Die Fledermäuse flogen dicht über dem Boden. Sie streckte Arme und Finger und stieß einen hohen Ton aus, in der Hoffnung, eine von ihnen würde auf ihr landen. Aber ihre Ultraschallortung funktionierte ganz ausgezeichnet und sie taten es einfach nicht. Die Luft fühlte sich samtweich an. Hinter den Bergen ging der Mond auf wie eine halbierte Silbermünze. Shell stieg über das Gattertor und schlich sich über Duggans frisch gepflügtes Feld zum kleinen Wald, der weiter oben lag. Er war mit Stacheldraht eingezäunt, aber sie quetschte sich zwischen den oberen und unteren Lagen hindurch, ohne hängen zu bleiben.

In dem Wäldchen war die Wildheit der Nacht bereits in vollem Gange. Ein Scharren, dann ein Flattern. Ein Zischen, Rascheln und das Tappen von Schritten. Ein stöhnender Baum, wie ein rostiges Scharnier. »Jesus«, sagte Shell laut. »Ich bin kein Engel. Aber erhöre mein Gebet. Bitte nimm meinen verrückten Vater zu dir, so wie du auch meine liebe Mutter zu dir genommen hast. Denn sein Leben ist eine Qual für ihn und für uns andere.« Eine Eule schrie. Shell horchte. Ein zweiter Schrei, diesmal näher, dann noch einer, weiter weg. Shell legte die Stirn in Falten, versuchte zu ergründen, was es wohl bedeutete. Wieder schrie die Eule, diesmal ein wenig näher. Aber sosehr Shell auch hinhörte, die Botschaft entging ihr. Im Wald wurde es still. Ein fünfter Schrei, fast über ihr. Shell zuckte zusammen. Und plötzlich wusste sie es.

War-ar-ar-ar-arte, hatte die Eule gesagt.

Jesus hatte ihr geraten abzuwarten. Also würde sie genau das tun.

Acht

Am nächsten Tag zog Shell die Winteruniform an, obwohl die Sonne schien.

Als sie in der Schule ankam, wimmelte es dort von Maden. Die anderen Mädchen waren in ihren schlabberigen grünen Sackkleidern gekommen. Sie hatten sich an Shells Kleidung vom Tag zuvor orientiert, während Shell nun wieder die Winterkleidung trug. Sie fiel also wieder einmal aus dem Rahmen.

Bridie war nirgends auf dem Schulhof zu sehen. Shell schritt die Umzäunung ab, die Augen halb geschlossen. In Gedanken war sie bei Jesus und seinen Jüngern, die in Jerusalem einzogen. Menschen liefen zusammen. Palmwedel tauchten auf. Um sie herum herrschte geschäftiges Treiben, eine Atmosphäre freudiger Erwartung. Jesus drehte sich nach ihr um und winkte sie heran. »Shell«, sagte er lächelnd, »könntest du vorlaufen und mir einen Esel besorgen?«

Declan packte sie am Fußgelenk, als sie an seiner Raucherstelle hinter der Sporthalle vorbeikam. Er saß dort am Boden, mit krummem Rücken wie ein Gnom. Und er hatte ihr etwas Neues gedichtet:

*Shell stinkt
wie ein kleiner Köter,
der im Matsch gelegen hat ...*

sang er. Sie lächelte ihn an und dachte: Herr, hier habe ich deinen Esel.

Er ließ ihren Fuß nicht los. Die Straße nach Jerusalem löste sich auf und verschwand aus ihrem Kopf.

»Setz dich, Shell«, lockte Declan sie. »Setz dich doch und zieh mal an meiner Kippe.«

Sie ließ sich nieder. Er rückte dicht neben sie und reichte ihr die Kippe. Sie inhalierte und fing an zu husten.

»Die sind aber verdammt stark«, sagte sie.

»Von meiner Oma«, erklärte er. »Ich hab ihr ein paar geklaut, als sie gestern Abend da war. Die haben viel Kondensat, ohne Filter. Die Marke mit dem Matrosenkopf auf der Packung.«

Sie nahm einen zweiten Zug. »Meine Güte!« Sie reichte sie ihm zurück. Er nahm drei lange Züge.

»Mum sagt, sie sind der Fluch des Teufels persönlich. Nur Seemänner und Huren rauchen so was.«

»Huren?«, fragte Shell.

»Du weißt schon. Damen der Nacht.«

»Damen der Nacht?«

»Damen, die ihren Körper verkaufen.«

»Die was?«

»Du willst mich aus der Reserve locken, Shell Talent. Du weißt genauso gut wie ich, was eine Hure ist.«

Sie wusste es nicht wirklich, aber eine kleine Ahnung ließ sie sagen: »Meinst du so eine wie Maria Magdalena?«

»Eine Hure, wie sie im Buche steht.« Declan stieß einen Rauchring aus und sie schauten gemeinsam zu, wie er in den blauen Himmel aufstieg. »Übrigens«, sagte Declan grüblerisch. »Ich hab gerade dieses Buch gelesen, was mein Cousin aus London mir geschenkt hat. Echt ein Schinken. *Der Heilige Gral und seine Erben.* Nicht nur von einem Gelehrten, nicht von zweien, sondern gleich von dreien. Und weißt du, was sie behaupten?«

»Was?«

»Dass Jesus deine spezielle Freundin geheiratet hat, Maria Magdalena.«

Shells Augen weiteten sich. »Nie im Leben!«

»O doch. Und dass sie sogar ein Kind hatten.«

»Ein Kind?«

»Korrekt. Ein Mädchen. Nachdem dein Freund Jesus den Löffel abgegeben hatte, floh Maria Magdalena mit dem Kind anscheinend nach Übersee. Sie soll in Frankreich gelandet sein.«

»In Frankreich?«

»Frankreich.«

Shell stellte sich vor, wie ein Boot an einem einsamen, weiten Sandstrand anlegte. Maria Magdalena und ihre kleine Tochter kletterten heraus und wateten schweigend durch die sanften Fluten auf die pfeifenden Dünen zu, in ein fremdes Land.

»Vielleicht ging sie ja nach Norden, zum Fährhafen Roskoff in der Bretagne«, überlegte Declan. »Und hat dann mit der Britanny-Linie nach Cork übergesetzt.«

Shell schlug nach ihm. »Das erfindest du jetzt!«

»Nein, im Ernst.« Er reichte ihr die Kippe. Diesmal lehnte

sie ab, die heilige Abstinenz von Pater Rose fiel ihr wieder ein. Declan nahm einen weiteren, kurzen Zug. »Also, das mit der Überfahrt nach Irland hab ich erfunden. Aber der Rest steht in dem Buch. Die Autoren behaupten, dass die heilige katholisch-apostolische Kirche die Sache vertuscht hätte. Und dass sie mit den Freimaurern gemeinsame Sache macht.«

Sie saßen in einhelliger Schweigsamkeit beisammen, Declan rauchte und Shell sann über das geheime Doppelleben Jesu nach. Sie sah ihn in der Zimmererwerkstatt, barfuß, mit seiner kleinen Tochter, die an seinem Gewand zog. Maria Magdalena stand etwas abseits und war gerade dabei, den Brotteig fürs Abendmahl zu kneten. Jesus blickte sie mit seinen durchdringend blauen Augen an. Er nahm einen Hobel, um der Holzplatte den letzten Schliff zu geben, und dabei murmelte er verliebte Worte.

»Würdest du oder würdest du nicht, Shell Talent?«, fragte Declan plötzlich.

»Hä?«

»Das hab ich mich schon die ganze Zeit gefragt.«

Shell runzelte die Stirn. »Würde ich was?«

»Na, du weißt schon.« Seine Hand kreiste ein paarmal in der Luft. »Das.«

»Was denn?«

»Stehst du auf der Leitung? Ins Feld gehen, Shell. Mit mir. Einen auf Maria Magdalena machen. Dich ausziehen.«

»Und warum sollte ich das tun, Declan Ronan?«, sagte Shell.

Er pfiff durch die Zähne. »Damit ich nie mehr sage, dass du stinkst«, neckte er sie.

»Du bist mir einer!« Sie stand auf und versetzte ihm einen Tritt in den Oberschenkel. Wieder packte er sie am Knöchel. Shell blickte zu ihm hinunter, er war schlaksig und braun gebrannt, hatte einen Lockenkopf und blitzende blaue Augen. Sie stellte sich vor, wie sie zusammen in Duggans Feld lagen, umgeben von Gerstenähren, splitternackt, auf allen vieren kriechend. »Und was für einer!«, fuhr sie ihn an und versuchte ihren Fuß frei zu bekommen.

»Heißt das ja?« Declans Hand arbeitete sich Stück für Stück ihre Wade hinauf.

»Nein!«

»Soll das heißen, nein?«

»Nein.« Sie schlug seine Hand von ihrem Bein.

»Also doch ein Ja?«

»Nein, ein Nein!«

Er grinste zu ihr hinauf. »Ich mach doch nur Spaß«, sagte er. »Ich würd ja nicht mal mit dir gehen, wenn du Maria Magdalena persönlich wärst.« Er drückte die Kippe auf einem Stein aus, noch ehe er sie zu Ende geraucht hatte.

»Dann mach's gut«, sagte Shell.

»Mach's guuhut, Shellie«, sang er. Und dann fing er wieder an:

Shell stinkt wie ...

Er hielt inne. Zog einen Schmollmund, zuckte mit den Schultern und warf den Zigarettenstummel fort. »Hey, geh nicht, Shell. Nur einen Kuss«, bettelte er. »Komm schon. Einen Kuss und dann vertragen wir uns wieder. Ich hab's nicht so gemeint.«

Ein Kuss konnte ja nicht so schlimm sein, dachte sie. Sie kniete sich neben ihn, spitzte die Lippen und schloss die Augen.

Seine Hände umschlangen sie, eine packte ihren Nacken, die andere legte sich auf ihren Rücken. Seine Lippen näherten sich den ihren. Sie erwartete einen kleinen unbeholfenen Kuss, wie die, die sie Trix vorm Einschlafen immer gab – Jimmy war inzwischen zu groß dafür –, und als er nicht kam, drückte sie ihm selbst einen kleinen Kuss auf die Lippen. Doch seine beiden Hände umschlangen sie fester und seine Lippen pressten sich fest auf ihre und blieben dort, bis sich durch den Spalt plötzlich etwas in ihren Mund schlängelte. Sie zuckte zusammen. Doch er ließ nicht los, zwängte seine Zunge tiefer hinein und begann herumzufuhrwerken, als suche er nach einem Abszess oder einem kaputten Zahn. Seine Zungenspitze stieß gegen ihre und für einen kurzen Augenblick schoss ihr das Bild durch den Kopf, wie Gott Adam erschuf, indem er seine Fingerkuppe berührte. Ein Blitz fuhr ihr vom Hals durch den ganzen Körper bis in die Zehen. Declan ließ sie los.

Sie schnellte zurück, fühlte sich wie Wackelpudding.

»Nicht übel«, sagte Declan. »Für den Anfang nicht übel.«

Shell versetzte ihm eine Ohrfeige und rannte davon.

»Macht nichts«, rief er ihr hinterher. »Bridie ist ja auch noch da!«

Bridie, Bridie, Bridielein,
wenn man klingelt, lässt sie dich rein!

sang er. Shell hatte keine Ahnung, was es bedeuten sollte. Als sie die Halle umrundet hatte, entdeckte sie Bridie selbst, die aus einiger Entfernung herüberstarrte, mit einem Gesicht wie saure Milch, dann wandte sie sich ab und stapfte zurück ins madengrüne Meer. Shell rannte in entgegengesetzter Richtung davon, zum Haupteingang des Schulgebäudes. Sie blieb nicht stehen, bis sie das sichere Klassenzimmer erreicht hatte.

Nach und nach trudelten die anderen ein. Von Bridie war nichts zu sehen. Der Unterricht begann. In Shells Körper schoss der Blitz auf und ab, erlosch zeitweilig und kehrte dann wieder zurück, den ganzen Tag über.

Neun

Am letzten Tag des Schuljahrs, einem Freitag, kam Pater Rose in die Schule, um in der Aula die Messe zu halten.

Ein Lichtstrahl fiel durch das hoch gelegene Fenster herein. In Shells Vorstellung war es Jesus, der in dieser Gestalt direkt aus dem Himmel in das Tabernakel fuhr. *Herr, ich bin nicht würdig, dass du eingehst unter mein Dach, aber sprich nur ein Wort, so wird meine Seele gesund,* sagten die Schüler im Chor.

Sie ging nach vorn, um die Hostie zu empfangen. Pater Rose legte sie ihr auf die Zunge. In seinem cremefarbenen und grünen Ornat überragte er sie wie ein Turm.

»Christi Leib«, sagte er.

Shell hätte fast vergessen, *amen* zu sagen.

Die dünne papierartige Oblate glitt leicht hinunter und explodierte in ihrer trüben Seele wie fünfzig Fruchtbonbons. Sie schloss die Augen, um den Anblick von Declan Ronan in seinem weißen Chorhemd auszublenden. Auch diesmal war er wieder der Messdiener. Aber Shell sah ihn die ganze Zeit vor sich, wie er mit ihr nackt durch Duggans Feld rannte.

Als sie die Augen wieder aufschlug, war die Stille nach dem

Abendmahl eingekehrt. Pater Rose wischte den Kelch mit einem weißen Tuch aus, das Declan ihm reichte. Er war so groß wie Pater Rose, ihre Schultern berührten sich fast. Sie hätten Apostelbrüder sein können, hätte Declan nur einen Funken Religiosität in sich gehabt. Seine Tätigkeit als Messdiener war nichts als List. Seine Eltern hatten ihn dazu gedrängt, als er sieben oder acht gewesen war und es nicht besser wusste. Inzwischen tat er es, wie er sagte, um sich in der Sakristei immer ein paar Schluck Messwein genehmigen zu können, wenn gerade niemand guckte.

»Die Messe ist beendet, gehet hin in Frieden«, sagte Pater Rose.

»Dank sei Gott dem Herrn«, erwiderten die Schüler.

Alle marschierten wieder zurück in ihre Klassenräume. Wenig später, kurz vor der großen Pause, war der Unterricht bereits zu Ende und sie wurden in die Osterferien entlassen. Shell packte ihre Sachen zusammen und schwebte in einem göttlichen Zustand der Gnade durch die lärmende Menge der Schüler, die sich durch die Korridore und über den Schulhof drängten.

Draußen auf der Straße wartete Bridie auf sie.

Sie sprang auf Shell zu, ihre Arme schlugen auf sie ein. Sie riss an Shells Haaren und boxte ihr mitten ins Gesicht.

»Du!«, sagte sie. »Du!«

Shell hob ihre Arme und dachte daran, wie Jesus bei dem Besessenen den Satan ausgetrieben hatte.

»Bridie!«, schrie sie. »Ich bin es. Ich bin's doch bloß.« Sie packte Bridies Hand, aber Bridie wand sich wieder frei, versetzte ihr einen Schlag und brach in Tränen aus.

»Was ist denn passiert?«, fragte Shell und versuchte sie zu berühren.

Bridie stieß sie fort. »Du bist passiert. Du. Du Betrügerin. Du Hure. Du!«

Shell war kurz davor, selbst loszuheulen. »Das bin ich nicht!«

»Bist du wohl«, sagte Bridie. »Ich hab dich gesehen. Gestern. Mit ihm. Du hast ihn verführt. Dich zu küssen. Dabei geht er mit mir!« Sie packte Shell an der Bluse und riss daran. »Wo ich dir sogar den BH geschenkt hab! Aber den hole ich mir wieder!«

Schläge und Tritte prasselten auf Shell ein. Ein Knopf löste sich. Sie kniete auf dem Bürgersteig, legte schützend die Hände über den Kopf, betete zu Jesus, dass er Bridie aufhören ließ.

Und er tat es. Wie aus dem Nichts erschien Pater Rose.

»Aufhören«, sagte er. »Was geht hier vor?«

Bridie hielt inne. Sie versetzte Shell einen letzten Tritt, dann ergriff sie die Flucht.

Shell richtete sich langsam wieder auf. Pater Roses Augenbrauen hoben sich, als er erkannte, wer es war.

»Shell«, sagte er, in seinem typischen Tonfall, als wäre er gerade in Gedanken. Sie stand auf und richtete ihre zerrissene Bluse.

»Bist du in Ordnung?«

Sie nickte.

»Wer war das, die dich da angegriffen hat?«

Fast hätte sie gesagt: Bridie Quinn. Dann aber dachte sie an ihre jahrelange Freundschaft. »Bloß irgendein Mädchen.«

»Schlägt sie dich öfter?«, fragte er.

Shell schüttelte den Kopf. »Eigentlich sind wir Freundinnen.«

»Wirklich?«

»Wirklich.«

Sie standen auf der Straße. Shell spürte, wie sich an ihrem Ellbogen ein Bluterguss bildete, an der Stelle, wo sie auf den Boden aufgeschlagen war. Sie biss sich auf die Lippen, riss sich zusammen, um nicht zu weinen. Pater Rose musterte sie mit einer Sorgenfalte im Gesicht, strich sich mit der Hand über sein stoppeliges Kinn. Autos fuhren vorbei. Es begann zu nieseln.

»Komm«, sagte er. »Ich fahre dich nach Hause.«

»Ich muss Jimmy und Trix von der Grundschule abholen.«

»Dann fahre ich dich eben dorthin.«

Er führte Shell den Bürgersteig hinunter zu der Stelle, wo sein Auto parkte, eine uralte Schrottmühle in Violett. »Lach bitte nicht«, sagte er, als er sah, wie Shell es anstarrte.

»Ich dachte, es wäre schwarz«, sagte sie.

»Warum?«

»Wie die Sachen, die Sie tragen. Oder weiß vielleicht. Wie Ihr Kragen.«

»Es war ein Schnäppchen, fast geschenkt. Zuerst mochte ich die Farbe nicht. Aber inzwischen hab ich mich dran gewöhnt. Man fällt auf damit.«

»Es passt zu Ihnen.«

»Findest du es nicht zu poppig?«

Shell war sich nicht sicher, was er damit meinte. Sie legte die Stirn in Falten, als dächte sie angestrengt nach. »Ich finde es schön, Pater. Es ist wie ein Popsong.«

Pater Rose lachte. Der Regen wurde heftiger. »Komm«, sagte er und öffnete die Beifahrertür, nahm Shell ihre Schultasche ab und baute mit dem anderen Arm wieder die Brücke über der Tür, so dass sie sich unter ihm hindurchzwängen musste, um einzusteigen.

»Na also.« Er schloss die Tür hinter ihr.

Auf dem Sitz musste sie erst Kaugummipapier, eine Karte von Irland und seinen Führerschein forträumen, um sich setzen zu können. Shell sammelte alles in ihrem Schoß, während Pater Rose rasch das Auto umrundete und sich von der anderen Seite hineinzwängte. Ihre Schultasche legte er auf den Rücksitz. Shell kam es so vor, als wäre ein riesiges Pony in eine Schubkarre geklettert. Sein Haarschopf berührte die Decke, seine Knie klemmten dicht unterhalb des Lenkrads. »Und los«, sagte er und zog die Wagentür zu. Das Geräusch des Regens veränderte sich, er prasselte auf das Wagendach ein. Die Scheiben beschlugen von der Wärme ihres Atems.

Er zündete den Motor. Er stotterte und keuchte, dann verstummte er.

»Tu mir das nicht an, Isebel.«

Shell drehte den Kopf und starrte Pater Rose an. »Isebel?«

»Ich weiß, der Name ist ein Witz. Aber es ist wirklich eine Isebel, denn sie hat einen Teufel in sich.«

Er versuchte es wieder. Der Wagen begann zu husten, sprang fast an, verstummte erneut.

»Sie hasst Feuchtigkeit.«

Beim dritten Anlauf sprang der Wagen schließlich an. Shell starrte die Sachen auf ihrem Schoß an, unschlüssig, was sie damit tun sollte. Pater Rose fuhr aus der Parklücke und hätte dabei fast einen anderen Wagen gerammt. An den Seitenspiegeln rann das Wasser herab. Die Sicht war so schlecht, dass man fast nichts erkennen konnte. Doch Pater Rose schien das nicht weiter zu beunruhigen. Er vertraute auf Gott.

»Nehmen wir die gerade Straße, oder willst du lieber an der Küste entlang?«, fragte er.

Seit Mums Tod gab es in Shells Familie kein Auto mehr. Nur Mum hatte einen Führerschein gehabt. Angeblich hatte auch Dad vor Jahren einmal einen besessen, aber er war ihm abgenommen worden, den Grund dafür kannte Shell nicht. Inzwischen blieb ihr nie genügend Zeit, die drei Meilen bis zum Strand der Ziegeninsel zu Fuß zu gehen. Mum war an den meisten Sommertagen mit ihnen hingefahren, und sogar im Winter, sonntags nach der Kirche. Sie hatte es geliebt, den Wellen dabei zuzuschauen, wie sie höher und höher anschwollen, hoch wie Kirchtürme.

»Lassen Sie uns an der Küste entlangfahren. Bitte.«

»Also zur Küste«, sagte Pater Rose. »Falls wir bei dem Regen überhaupt was davon sehen.«

Sie fuhren durch die Stadt. Mrs Fallon, die Frau des Doktors, wackelte mit einer Plastiktüte über dem Kopf die Straße entlang und gesellte sich zu Mrs McGrath, die sich am Eingang zur Bank untergestellt hatte. Shell winkte ihnen zu. Die beiden starrten ihnen mit offenen Mündern hinterher, wie sie in ihrer violetten Limousine die Hauptstraße hinunterkutschierten. An der Höhle bog Pater Rose links ab und nahm die Landstraße. Als sie den Gipfel des Hügels erreichten, goss es in Strömen. Ein Schaf mit verschmierter blutroter Farbe an der einen Seite rannte vor ihnen auf die Straße, als wollte es sich umbringen. Pater Rose riss den Lenker herum. Das Schaf sprang zurück auf die Wiese. »Wir sind in Gottes Hand«, sagte Pater Rose und setzte sich gerade auf. Das Auto ruckte und fuhr in ein Schlagloch. Shells Kopf wäre beinahe gegen die Decke geschlagen. Fast hätte sie die Dinge verloren, die auf ihrem Schoß lagen. Sie hielt den Führerschein gerade noch rechtzeitig fest, ehe er ihr von den Knien rutschte.

Shell konnte sich nicht beherrschen einen Blick darauf zu werfen. Gabriel Rose stand auf dem Dokument.

»Gabriel?«, wunderte sie sich laut.

Pater Rose schaute zu ihr herüber und sah den Führerschein. Er kicherte. »Leider Gottes«, sagte er. »Unsere Mutter nannte uns Michael und Gabriel und betete, dass wir beiden Priester werden würden.«

Shell stellte sich Pater Rose als Erzengel Gabriel vor, wie er in seinem gleißenden Gewand der Jungfrau Maria erschien, um ihr zu sagen, dass sie ein Kind erwartete. »Einem Gabriel bin ich bislang noch nie begegnet«, grübelte sie. »Aber vielen Michaels.«

»Der Name ist nicht so stark verbreitet.«

»Und was ist mit Ihrem Bruder? Hat er es getan?«

»Was getan?«

»Wurde er Priester, so wie Sie?«

Pater Roses Lippen wurden schmal und er starrte mit leerem Blick wie ein Blinder durch die Windschutzscheibe in die Waschküche hinaus. Seufzend schaltete er einen Gang herunter, als ein völlig durchnässter Hund bellend vom Vorhof eines Bungalows herangeschossen kam.

»Nein, Shell, wurde er nicht«, antwortete er. »Er starb als Junge an Meningitis.«

»Meng-eng-gi-tus?« Sie hatte das Wort früher schon mal gehört, wusste es aber nicht einzuordnen. »Was ist denn das?«

»So etwas wie eine schwere Grippe. Sie befällt das Gehirn.«

Der Regen schwappte in solchen Mengen gegen die Scheibe, dass die Scheibenwischer nicht mehr nachkamen. »Wir brachten ihn nicht rechtzeitig zum Arzt.«

Sie fuhren durch einen Wirbel aus Wolken die Hochebene entlang.

»Ich halte hier lieber an, Shell. Bis das Schlimmste vorüber ist.«

Er hielt in einer Parkbucht. Die Heftigkeit des Regens nahm immer noch zu. Shell konnte riechen, wie die Feuchtigkeit von außen langsam ins Innere des Wagens drang. Sie warf einen zweiten Blick auf den Führerschein und sah das Geburtsdatum. In Gedanken berechnete sie den Altersunterschied.

Mein Alter = 15, fast 16
Pater Roses Alter = 25
Mein Alter + Jimmys Alter = Pater Roses Alter

»Shell«, fragte Pater Rose. »Würdest du sagen, dass du glücklich bist?«

Noch nie hatte irgendjemand sie danach gefragt. Shell wusste nicht, was sie antworten sollte. Sie legte den Führerschein aufs Armaturenbrett und knüllte das Kaugummipapier zusammen.

»Glücklich«, wiederholte sie.

Der Regen ließ ein wenig nach. Sie warteten noch eine Weile.

»Ich meine, mit deinem Leben«, begann Pater Rose wieder. »Zu Hause ... Oder in der Schule?«

»Schule ist langweilig«, sagte sie.

Er dachte einen Moment darüber nach. »Ich habe mich in der Schule auch immer gelangweilt.«

»Wirklich?«

»Oft. Ganz besonders, wenn wir drei Stunden hintereinander Irisch hatten.«

Shell schlug sich auf die Knie. »Ich hasse Irisch auch!«

»Dann haben wir also was gemeinsam?«

Sie nickte und hielt ihm ein Kaugummipapier hin. »Und Kaugummis, Pater. Die mag ich auch. Genau wie Sie.«

»Ich bin süchtig danach«, sagte er. »Seit ich mit der Qualmerei aufgehört habe. Aber das bleibt unter uns, ja? Coolbar ist noch nicht bereit für einen Kaugummi kauenden Priester.«

Shell kicherte. Inzwischen nieselte es nur noch. Pater Rose startete den Wagen und fuhr wieder auf die Straße. Der Nebel dünnte sich aus und der Hügel kam zum Vorschein.

»Pater«, sagte Shell. »Das mit Ihrem Bruder tut mir leid.«

Er nickte. »Er war ein Jahr älter als ich, Shell. Und er hätte einen besseren Priester abgegeben als ich, wenn er noch leben würde.«

Als sie den Fuß des Hügels erreichten, brach über der kleinen Bucht die Sonne durch die Wolken. Die feuchte, schwere Luft begann zu schimmern und von der Spitze der Ziegeninsel zog langsam blauer Himmel herüber. Shell konnte kaum glauben, was als Nächstes geschah. Es war wie eine heilige Offenbarung, eine Antwort auf ein Gebet: Ein Regenbogen erschien, die eine Hälfte über dem Meer, die andere reichte ins Land. Seine

Farben wurden intensiver, zu pulsierenden Strängen, die aussahen, als wollten sie versuchen sich gegenseitig zu verdrängen.

»Mein Gott«, flüsterte Pater Rose und bremste den Wagen mitten auf der Straße abrupt ab. Es wurde immer heller. In der Bucht ritten weiße Schaumkronen um die Wette. Pater Roses Hände glitten vom Lenkrad, wie zum Zeichen seiner Ehrerbietung.

»Sonnenschein in Irland, Shell«, sagte er. »Gibt es irgendwo auf der Welt etwas Schöneres?«

Zehn

Pater Rose ließ Shell an der Grundschule aussteigen. Sie holte Trix und Jimmy ab und brachte sie nach Hause.

Jimmy war ungewöhnlich schweigsam und ließ die von Shell aufgewärmte Dosensuppe stehen. Kalte Schweißperlen bedeckten seine Stirn.

»Du musst ins Bett«, ordnete Shell an.

»Nein«, widersprach er. »Ich geh aber nicht.«

»Du musst. Auf der Stelle.«

»Nein.«

»Wenn ich sage, dass du ins Bett musst, hast du ins Bett zu gehen.«

Er streckte ihr die Zunge raus und machte *pfffft*.

Es juckte ihr in der rechten Hand, ihn zu schlagen, wie sie es früher schon getan hatte. Aber das Gesicht, mit dem er sie anblickte, wirkte so blass und klein, dass ihre Gereiztheit rasch wieder verflog.

»Mach schon, Jimmy«, bat sie ihn. »Bitte. Wenn Mum noch leben würde, würde sie dich ins Bett schicken, das weißt du ganz genau.«

Jimmys Gesicht brach auseinander wie eine zerschlagene Untertasse. »Du bist aber nicht meine Mum«, heulte er. »Ich will *sie,* nicht dich!«

Shell hatte das schon öfter zu hören bekommen. Seufzend zog sie Jimmy am Kragen von seinem Stuhl. Er boxte sie auf die Arme, jedoch nicht so, dass es wehtat. Sie dirigierte ihn ins hintere Schlafzimmer, wo sie alle schliefen, in drei nebeneinanderstehenden schmalen Betten, dicht zusammengerückt, wie beim Militär. Sein Bett war das letzte. Oberhalb der Ablage am Kopfende schmückten seine schwarzorangefarbenen Filzstift-Kritzeleien die Wand. Er hatte sie gemalt, als Mum im Sterben lag. Sie stellten nichts Konkretes dar, einfach nur dynamische Spiralen, die miteinander rangen.

Als sie ihn ins Bett steckte, gab er allen Widerstand auf. Sie zog die Bettdecke hoch und strich ihm über die Wange. Er schob ihre Hand weg. Trix kam ebenfalls ans Bett und brachte ihm Nelly Quirke, den zerkauten Spielzeughund, der früher einmal Shell gehört hatte.

»Na also«, sagte Shell. »Guter Junge.«

Er nahm den Hund von Trix, wandte sich aber von Shell ab, rollte sich zusammen und starrte gegen die Wand. »Ich will Mum«, sagte er, doch diesmal war es eher ein Murmeln.

Shell und Trix gingen zurück in die Küche. Trix setzte sich mit einigen Papierpuppen, die Shell ihr aus einer alten Zeitung ausschnitt, auf den Boden. Es begann wieder zu regnen. Langsam verstrich der Nachmittag. Shell erledigte den Abwasch. Sie räumte den Kühlschrank aus. Sie staubte das Klavier ab. Dann bereitete sie das Abendbrot. Von Jimmy war nichts zu hören.

Sie schaute bei ihm nach dem Rechten, doch er verschlief den ganzen Tag.

Dad hätte von seiner Sammelaktion längst zurück sein müssen. Wahrscheinlich würde er Jimmy aus dem Bett zerren, um das nächste Gesätz des Rosenkranzes mitzubeten. Inzwischen waren sie bei den glorreichen Geheimnissen angelangt, jenen mit den flammenden Zungen auf den Häuptern der Apostel, die ihnen die Fähigkeit verliehen, Unmengen von Sprachen zu sprechen.

Es war bereits nach sechs. Dad kam nicht. Shell legte den Deckel über seinen Anteil vom Fisch aus der Dose.

»Wo bleibt er nur«, sagte sie mehr zu sich als zu Trix.

Trix schob ein Viertel einer Tomate über ihren Tellerrand auf die Plastiktischdecke. »Hier ist er«, sagte sie und schnipste das Tomatenstück über den Tischrand auf den Boden. »Und jetzt ist er in einen Sumpf gefallen. Tot issa.«

Shell gluckste.

Sie hob das Tomatenstück vom Boden auf, hob den Topfdeckel an und schob es auf Dads Teller. »Wahrscheinlich wurde er in der Stadt aufgehalten«, sagte sie.

Trix half Shell beim Abräumen. Dann setzte sie sich zu Shells Füßen, um sich die verfilzten braunen Locken ausbürsten zu lassen. Sie hatten es seit Tagen nicht mehr gemacht und die Nissen waren wieder da. Während sie Trix kämmte, erzählte Shell ihr eine neue Geschichte von der Fee Angie Goodie, die sie sich zusammen ausgedacht hatten. Obwohl Angie Goodie nur so groß war wie eine Erbse, gelang es ihr jedes Mal, das Böse aufzuhalten. An diesem Abend ließ Shell sie bei Gewitter zur Kirchturmspitze hinauffliegen und dort über dem eisernen Kreuz schweben. Sie rettete die Kirche vor einem Blitzschlag, indem sie ihren Zauberstab hob. Der Blitz traf den Zauberstab statt der Kirche, und weil Angie Goodie eine Fee war, wurde sie nicht getötet, sondern ihre Flügel leuchteten heller als zuvor, und als nach dem Gewitter ein Regenbogen erschien, rutschte sie ihn hinunter, direkt in ihr kuscheliges, warmes Bett. Trix ging lammfromm schlafen. Jimmy schlief immer noch.

Shell ging an die Tür und schaute zu, wie die Dunkelheit sich auf den Hof herabsenkte. Sie lief bis zur Straße und dachte daran, wie wütend Bridie gewesen war. Und sie dachte an Pater Rose, an den Regenbogen und an Nelly Quirke, den Stoffhund, an sein Ohr in Jimmys Mund. In der braunen Stille der Landstraße dankte sie Jesus für die guten und die schlechten Dinge ihres Tages. Der Regen setzte wieder ein. Und da es sonst nichts mehr zu tun gab, ging sie hinein, um ein paar Scones zu backen.

Elf

Die Scones waren aus dem Ofen und bereits abgekühlt, als plötzlich die Haustür aufflog. Dad stand vor ihr, eine finstere Gestalt, umwirbelt von hereinfliegenden Regentropfen. Seine alte Jacke flatterte, auf seinem Kinn wucherten die Bartstoppeln. Die Sammelbüchse hing ihm verkehrt herum um den Hals, von der Kordel tropfte das Wasser und seine Krawatte saß schief.

Er stolperte in die Stube.

»Wo 's das Abendessen?«

Shell stellte den Teller vor ihn hin und hob den Deckel.

Er riss sich die Sammelbüchse vom Hals und schleuderte sie mit einem Fluch zu Boden. Dann begann er schweigend zu essen.

Shell musterte ihn verwirrt. Er benahm sich anders als sonst. Was hatte das alles zu bedeuten? In diesem Zustand kam er normalerweise freitags nie nach Hause. Nur samstags und mittwochs. Es kam ihr vor, als sähe sie eine Träne, die ihm beim Kauen über die Wange bis zur Spitze seiner roten, breiten Nase lief und von dort auf den Sardinenteller tropfte. Shell hob die

Sammelbüchse auf und schüttelte sie leicht – sie war leer. Jesus schlug eine verborgene Saite in ihrem Herzen an, die sie zuvor nicht einmal wahrgenommen hatte. Pater Rose hatte wohl Recht damit gehabt: Zorn und Liebe gehörten zusammen.

»Dad, geht es dir nicht gut?«, fragte sie.

Er schob den Teller fort, das Besteck entglitt seinen Händen und fiel auf den Tisch. Sein Kopf sank in die Hände.

»Shell«, sagte er. »Du bist ein gutes Mädchen.«

Seine Stirn zuckte und seine Augen waren feucht geworden.

»Ein gutes Mädchen, Gott sei's gedankt.«

Shell gefiel das nicht. Fast wären ihr die üblichen Vorwürfe lieber gewesen. Möglicherweise hatte Dad sich bei Jimmy ein bisschen angesteckt, was immer es auch war.

»Ach Shell, ich bin ein enttäuschter Mann.« Er erhob sich mühsam und starrte sie an. »Mach mir eine Tasse Tee, sei doch so gut.«

Sie setzte den Kessel auf und wärmte die Teekanne vor.

»Ein enttäuschter Mann.«

Sie stellte die Tasse vor ihn hin. »Weshalb denn?«, fragte sie und reichte ihm den Zucker.

Dad füllte drei Löffel in die Tasse, pustete, um den Tee abzukühlen, und rülpste. Er roch stark nach Bier.

»Ich denke, du bist alt genug, um es zu wissen. Ich war heute Abend auf Brautschau, Shell.«

Shell starrte ihn an. Auf Brautschau?, dachte sie. Er? Er ist nicht ganz bei Trost.

»Ich habe eine Bekannte gefragt, ob sie mit mir spazieren geht.«

Shell überlegte, wen er wohl meinte.

»Sie hatte mich immer angelächelt und mir einen guten Tag gewünscht. Ich dachte, wir verstehen uns.« Er schüttelte den Kopf, mit einer Mischung aus einem Lächeln und einer Grimasse. »Ihr hättet euch über eine neue Mutter doch gefreut, oder, Shell? Du, Trix und Jimmy? Deswegen habe ich es getan. Für euch.«

Shell zuckte mit den Schultern. »Weiß nicht, Dad. Es ist doch alles gut, so wie es ist.« Sie nahm zwei Scones vom Kuchengitter und servierte sie ihm auf Mums Lieblingsteller, einem zierlichen aus Porzellan, der mit Enten und Schilf bemalt war. Dad aß den ersten, stopfte ihn sich in einem Stück in den Mund. Die Krümel rieselten ihm von den Lippen auf das Revers seiner Jacke und die Krawatte hinunter.

»Und dann?«, ermunterte ihn Shell.

Er schluckte den letzten Bissen runter und machte sich über den zweiten Scone her. Seine Augen trübten sich ein und seine Hand begann zu zittern.

»Was ist passiert, Dad? Ist sie denn nun mit dir spazieren gegangen?«

»Ist sie nicht«, sagte er. »Sie hat Nein gesagt.«

»Wer denn, Dad? Wer hat Nein gesagt?«

Er starrte Shell an, als wäre sie schwer von Begriff. »Das habe ich doch gerade erzählt. Nora natürlich, wer denn sonst?«

»Nora? Nora Canterville? Die Haushälterin vom Pastor?«

»Sie verführt mich schon seit Monaten mit ihren leckeren Kuchen und ihrer Marmelade. Sie ist die beste Köchin in der ganzen Grafschaft, weißt du.« Er schüttelte den Kopf. »Und nun weist sie mich ab.« Seine Faust sauste auf den Tisch herab, so dass die Teller in die Höhe sprangen und die Teetasse schepperte. »Sie weist mich verdammt noch mal ab!«

Shell wich einen Schritt zurück.

»Mr Talent«, sagte er und imitierte dabei Noras kultivierten Akzent, aus der Gegend zwei Grafschaften weiter östlich. »Es ist mir eine große Ehre, dass Sie fragen, aber ich würde es vorziehen, im Haus zu bleiben, wenn Sie gestatten. An diesen regnerischen Abenden unterhalten wir ein großes Feuer im Salon, um die Kälte zu vertreiben, und ich bin froh nicht hinauszumüssen. Dies hier ist mein gemütliches Zuhause.«

Shell dachte an Nora Canterville mit den festen Locken, die ihr mit Hilfe einer Dauerwelle dicht am Kopf klebten, an ihr komisches Kostüm aus grober Wolle, an ihre dicken hautfarbenen Strümpfe. Dann musste sie an Mum denken, in ihrem rosafarbenen schimmernden Kleid, an ihre langen schlanken Beine, ihr Haar, glänzend wie frisch gewaschene Kastanien, wie sie morgens bei der Hausarbeit vor sich hin gesungen hatte. Dad musste verrückt geworden sein.

»Aber Dad«, sagte Shell. »Sie ist nicht mal hübsch. Nicht so, wie Mum war.«

Er sprang von seinem Stuhl auf und packte Shells Arm so plötzlich, dass ihr keine Zeit blieb auszuweichen. Der Porzellanteller flog durch die Luft und zerschellte am Boden. »Halt den Mund, Shell«, knurrte er drohend. Seine Lippen zogen sich zurück Richtung Ohren, er bleckte die gelben Zähne mit den Krümeln, die in den Zwischenräumen klemmten. »Keinen Mucks sagst du.« Er umklammerte ihr Handgelenk und presste es fest zusammen. »Hast du gehört. Kei – nen – Mucks – sagst – du!« Jede Silbe war ein erregtes, betrunkenes

Zischen, sein Gesicht beugte sich über sie und kam mit jeder Sekunde näher.

Sie riss ihre Hand los und griff nach dem Besen. »Nein, Dad«, sagte sie. »Ganz bestimmt nicht.« Polternd ließ sie die Besenborsten über den Boden wirbeln, fegte die Scherben des Tellers und die Hinterlassenschaften seiner Mahlzeit zusammen. »Mach dir keine Sorgen, Dad.« Schwankend musterte er sie bei der Arbeit. Dann salutierte er plötzlich vor ihr, ein kleines Wedeln seiner rechten Hand, und stolperte wieder hinaus in die Nacht. Vom Torpfosten war ein Geräusch zu hören, wie das Husten einer Ziege. Sie kannte das schon.

Shell schloss die Tür, ohne sie jedoch abzusperren, und räumte den Besen weg. Sie deckte die restlichen Scones auf dem Kuchengitter mit einem Geschirrtuch ab. Dann verschwand sie in ihr Zimmer. Jimmy und Trix schliefen bereits. Vorsichtig legte sie den unteren Riegel vor, zog ihr Nachthemd an und schlüpfte unter die Bettdecke. Sie rollte sich zusammen und lauschte auf den Rhythmus der atmenden Finsternis. Nach kurzer Zeit sah sie nur noch Regenbogen und leuchtende Blitze vor sich. Nora Canterville rutschte statt Angie Goodie die farbigen Bogen hinab und hielt dabei eine dampfende Suppenterrine in den Händen. Pater Rose kutschierte Isebel über den Rand der Steilklippe in den Himmel hinein. Und Declan zerrte Shell am Arm hinauf in Duggans Feld. *Würdest du, Shell, oder würdest du nicht?* Sie schlief ein.

Zwölf

Mitten in der Nacht erwachte sie davon, dass Jimmy stöhnte. Sie machte das Licht an und sah seine Arme und Beine, die sich in den Betttüchern verheddert hatten, seine Haut glänzte von Schweiß, sein Gesicht war rot-weiß gefleckt.

»Jimmy«, flüsterte sie.

»Es pocht wie verrückt«, sagte er.

Sie berührte seine Stirn und er wimmerte. »Wo denn? Da?«, sagte sie.

Er antwortete nicht, sondern ruderte mit den Armen, als wäre ihm sein Schlafanzugoberteil zu eng. Trix bewegte sich im Schlaf. Jimmy stöhnte wieder.

Shell hatte ihn noch nie so elend gesehen. Jimmy war oft kränklich. Dad war der Meinung, es liege nur daran, dass er Aufmerksamkeit wolle. Aber in dieser Nacht musste Shell an Michael Rose denken, den Bruder des Paters, der an einer Grippe im Hirn gestorben war.

»Vielleicht hast du Meningitis«, sagte sie.

Jimmy begann zu brüllen wie verrückt.

Panik ergriff Shell. Es war noch nie vorgekommen, dass sie sich mitten in der Nacht mit einer Krankheit herumschlagen musste. Sie besaßen ein Telefon, aber Dad hatte ihnen verboten es zu benutzen. Es stand neben seinem Bett, in seinem Zimmer, das hinter der Küche lag. Dort durfte niemand hinein.

»Warte, Jimmy. Ich gehe rasch zu Dr. Fallon«, sagte sie. Sie schob den Türriegel beiseite, lief in die Küche, zog in Windeseile ihre Schuhe über und rannte hinaus in die Nacht. Noch immer nieselte es ununterbrochen. Schon kurz darauf war ihr Nachthemd völlig durchweicht. Shell nahm die Abkürzung über die Felder ins Dorf.

Die Nacht war finster und fürchterlich. Wolken verdeckten den Mond. In den Hecken wimmelte und flatterte es. Sie trat in ein Kaninchenloch und schrammte sich am Gestrüpp des Dickichts. In ihrem Kopf jagten die Worte von Pater Rose unaufhörlich im Kreis herum: *Wir brachten ihn nicht rechtzeitig zum Arzt, wir brachten ihn nicht rechtzeitig zum Arzt ...* Die Bäume des Wäldchens erzitterten vor seltsamen Lauten. Im Unterholz tauchten Augen auf wie Teufel. »Jesus, mein Gott!«, schrie Shell atemlos. Die Augen verschwanden. Etwas hinter ihrem Rücken huschte davon, ein Raubvogel stieg flatternd auf, dann lagen die letzten Bäume hinter ihr, es ging hinunter zum Feld. Der Mond kam hervor.

Coolbar tauchte vor ihr auf, während sie den Hang hinuntereilte. Shell hielt sich die Seite, bemerkte im Stolpern das Stechen, atmete heftig und schnell. Dr. Fallons Haus lang ganz in der Nähe, am oberen Ende des Dorfes. Shell betätigte den Türklopfer. »Bitte mach, dass er es hört«, keuchte sie und klopfte ein zweites Mal. Sie krümmte sich, vor ihren geschlossenen Augen flimmerten gelbe Streifen.

Urplötzlich öffnete sich die Tür. Der Arzt trat heraus, ehe sie sich wieder aufrichten konnte. »Wehe, es ist nicht mindestens ein Blinddarm«, murrte er. An seiner Miene war abzulesen, dass sie ihn aus dem Schlaf geholt hatte. Seine Lippen waren schmal und verkniffen.

»Es geht nicht um mich, Doktor«, keuchte sie und richtete sich auf. »Es geht um Jimmy. Es geht ihm furchtbar schlecht.«

»Dein Vater schickt dich, ja?«

Sie nickte.

»Hätte er nicht anrufen können? Was sind das für Verhältnisse!«

Shell blickte an sich herunter. Ihr Nachthemd war hinüber. Sie war verdreckt, zerkratzt und nass bis auf die Haut. Shell, hörte sie Mum sagen. Du bist das Wrack der Hesperus.

»Es war kaputt«, sagte sie und fing an zu weinen. »Das Telefon.«

»Schon gut, Shell. Keine Panik. Ich hole meine Tasche.«

Kurz darauf fuhren sie zusammen über die gewundenen Straßen zurück. »Was fehlt Jimmy denn?«, fragte der Doktor. »Hat er Fieber?«

»Ich glaube, es ist Meningitis, Doktor. Die Grippe, die das Gehirn befällt.«

»Das bezweifle ich«, sagte der Doktor. »Zurzeit werden keine Fälle gemeldet, soweit ich informiert bin. Wie kommst du denn auf die Idee?«

»Durch Pater Rose, Doktor.«

»Pater Rose!« Der Doktor schnaubte und schüttelte den Kopf. »Was hat der denn damit zu tun?«

»Nichts. Er hat mir nur heute davon erzählt, wissen Sie. Sein Bruder hatte diese Krankheit.«

»Tatsächlich?« Dr. Fallon trat kopfschüttelnd aufs Gaspedal. »Dieser junge Kurat hat eine blühende Fantasie.«

Shell erwiderte nichts. Sie dachte an Jimmy, wie heiß er gewesen war und wie ihn das Fieber quälte, und an Michael Rose, der nach einem Erzengel benannt worden war und dann so jung starb. Sie bogen um die letzte scharfe Kurve. Vor ihnen tauchte in der Dunkelheit die graue Wand aus Porenbeton auf, die den Standort ihres Bungalows markierte. Shell merkte, dass sie in ihrer Panik die Haustür sperrangelweit offen gelassen hatte.

Dr. Fallon folgte ihr ins Haus, durch die Küche und bis zum Hinterzimmer, an Jimmys Bett.

Trix wachte auf, als sie hereinkamen, und begann verwirrt zu wimmern. Shell ging zu ihr hinüber. »Pscht, Trix«, sagte sie. Der Doktor sah nach Jimmy. Shell hörte, wie er *Hallo, junger Mann* sagte, aber sie hielt nicht inne, um weiter zu lauschen. Als Mum im Sterben lag, hatte sie ihr oft gesagt, dass die Besuche des Arztes Privatsache waren. Shell wickelte Trix in eine Decke und trug sie auf ihren nassen, schmutzigen Armen hinaus in die Küche. Sie ließ sie in Dads Sessel plumpsen und gab ihr ein Zeichen, ruhig zu sein. Dann schlich sie in die Diele, bis zur Tür von Dads Schlafzimmer, und lauschte am Schlüsselloch. Außer seinem Schnarchen war nichts zu hören. Shell ging in die Küche zurück, holte den Kamm hervor und widmete sich wieder Trix' Haaren.

Es dauerte nicht lange, bis Dr. Fallon zu ihnen kam. »Wo ist euer Vater?«, sagte er. In seiner Stimme lag ein Kratzen. Shell starrte ihn an. Eine kalte Hand zerrte an ihren Eingeweiden.

»Steht es so schlimm, Doktor?«

»Mit Jimmy? Nein, nur eine Infektion.«

»Es ist also keine Meningitis?«

»Natürlich nicht. Diese Idee kannst du getrost vergessen. Er hat eine Schnittwunde unterhalb der Schulter, die sich entzündet hat. Ich habe ihm eine Spritze gegeben und ein paar Tabletten.«

»Das heißt ... dass ich Sie noch rechtzeitig geholt habe?«

»Das hast du, Shell, sogar mehr als rechtzeitig. Er wird wieder gesund werden wie ein Fisch im Wasser. Aber ich bin froh, dass wir nicht länger gewartet haben. Er hatte Fieber. Die Wunde muss schon ein paar Tage alt sein. Hattest du sie nicht bemerkt?«

Shell schüttelte den Kopf. »Nein, Doktor, habe ich nicht.« Ein paar Tage. Er war schon seit Tagen verletzt und sie hatte nichts davon gewusst? Shell senkte den Kopf. O Jesus. Sie musste an die vielen Male denken, die sie Jimmy geschlagen hatte, an die Wut, die sie ihm gegenüber empfunden hatte und die er nicht verstand. O Jesus, vergib mir meinen Mangel an Liebe.

»Du konntest es nicht bemerken, Shell«, sagte Dr. Fallon. Seine Stimme hatte sich verändert, das Kratzen darin war verschwunden. »Aber ich würde gerne kurz mit deinem Vater sprechen.«

»Er ist oben im Bett, Herr Doktor. Er hat sich wieder hingelegt. Nachdem er mich zu Ihnen geschickt hat, meine ich.«

Der Arzt trat in die Diele hinaus. Shell hörte, wie er die Tür zu Dads Zimmer öffnete. Als er zurückkam, spielte eine Falte um seine Nase. »Verstehe«, sagte er. Er musterte eindringlich erst Shell und dann Trix, die am Daumen nuckelte, etwas, was sie sich seit Beginn ihrer Schwierigkeiten wieder angewöhnt hatte. »Ich verstehe.« Er griff nach seiner Tasche. »Sorg dafür, dass Jimmy immer zum Essen eine Tablette bekommt. Dreimal am Tag. Und sieh zu, dass du aus den nassen Sachen herauskommst.« Er schüttelte den Kopf und warf einen Blick Richtung Küche, als würde es dort stinken. »Alles Gute«, sagte er und ging.

Shell brachte Trix wieder ins Bett. Dann tappte sie hinüber zu Jimmy. »Bist du wach, Jimmy?«

Er schlug die Augen auf.

»Tut es weh?«, flüsterte sie.

Er nickte. »Ein kleines bisschen.«

»Darf ich mal gucken?«

Er pellte den Arm behutsam aus dem Schlafanzugoberteil. »Es hat wie wild gebrannt, als er drübergewischt hat«, sagte er.

Eine üble Schnittwunde von einigen Millimetern Länge klaffte etwa auf der Mitte des Oberarms, zwischen seinem Ellbogen und der Schulter. Sie war gelb verkrustet und die Haut ringsum war rot angelaufen. Shell spürte, dass sie ganz heiß war und geschwollen.

»Wie ist das passiert, Jimmy?«

»Es war ein Stein«, sagte er.

»Ein Stein?«

Er nickte. »Neulich morgens. Da habe ich diesen scharfen

kleinen Stein gefunden. Aber ich hab ihn nicht auf den Haufen gelegt, sondern hab ihn ausprobiert. Um zu sehen, ob er scharf genug ist, um damit zu schneiden.«

Shell nickte. »Verstehe.«

»Er liegt immer noch in meiner Schatzdose.«

»So einen bösen Stein solltest du wegwerfen, Jimmy.«

»Nein!«

»Warum denn nicht?«

»Der ist aus der Steinzeit. Er hat eine Spitze. Wie ein Pfeil.«

Shell zuckte mit den Achseln. »Glaub ich nicht.«

Jimmy fädelte sich wieder in seinen Schlafanzug. »Ist er aber. Ich weiß es.«

»Okay, dann ist er es.« Sie lächelte. »Wenn es dir wieder besser geht, Jimmy, dann besorge ich dir ein Geschenk. Von McGrath's.«

»Ehrlich, Shell?«

»Versprochen. Was hättest du denn gern?«

Er verzog das Gesicht so lange und grübelte darüber nach, dass Shell schon dachte, er sei wieder eingeschlafen. Dann starrte er sie mit erwartungsvollen Augen an. »Shell«, flüsterte er. »Ich möchte einen Eimer.«

»Einen Eimer?«

»Einen Eimer und eine Schaufel. Für den Strand.«

»Aber das hast du doch schon – irgendwo hinterm Haus.«

»Der alte Eimer hat einen Riss. Und die Schaufel ist verschwunden.«

»Okay, Jimmy. Ich hol dir Eimer und Schaufel.« Sie wusste nicht, wie sie das Geld dafür auftreiben würde, aber sie wusste, dass sie das Richtige getan hatte, denn als er wenig später einschlief, wirkte sein schmales weißes Gesicht ganz friedlich. Sie selbst konnte nicht schlafen. Sie saß an seinem Bett und strich ihm übers wuschelige Haar. Es dauerte nicht lange und Mum saß neben ihr, einen Arm um ihre Schulter gelegt. Ihr leises Summen erfüllte die friedvolle Dunkelheit, folgte der getragenen Melodie auf und ab, ein Lied, an das Shell sich nicht so recht erinnern konnte.

Dreizehn

Der Palmsonntag kam und ging, ohne dass Pater Rose sich in der Kirche hätte blickenlassen. In dieser Woche musste er unten auf der Ziegeninsel die Messe lesen. Der Montag verstrich, dann der Dienstag. Am Mittwoch vor Ostern ging es Jimmy wieder gut. Er frühstückte und verlangte sein Geschenk.

Shell erinnerte sich an die fünf Münzen, die sie für die Armen der Gemeinde verstreut hatte, die sich in einer Stunde der Not befanden. Sie betete zu Gott, dass er Jimmy zu ihnen zählte, und lief die Felder hinauf, um die Münzen zurückzuholen. Lange kroch sie am Boden herum, fand aber nur drei wieder. Shell hatte sich inzwischen erkundigt, was der Eimer und die Schaufel bei McGrath's kosteten. Es reichte nicht.

Sie durchsuchte das ganze Haus, überall. Ein Zehnpencestück war unter den Kühlschrank gerollt. Im Futter ihrer Schultasche waren noch fünf Pence. Es reichte immer noch nicht.

Dad war fort zum Sammeln. Sie betrat sein Zimmer. Die Spiegel der Schminkkommode verlockten zu einem weiteren

Ewigkeitsspiel, doch Shell widerstand. Sie stieg in den Schrank und durchsuchte Dads Taschen.

Sie fand, was sie brauchte, und stahl es, wobei sie sich bekreuzigte.

Dann ging sie ins Dorf und sperrte Trix und Jimmy im Haus ein, damit sie auf der Straße keine Dummheiten machen konnten. Als sie erklärte, was sie besorgen wollte, versprachen sie hoch und heilig brav zu sein, solange sie fort war.

Mr McGrath ließ ihr eine Menge Zeit beim Wählen. Sie kaufte einen Eimer in Apfelgrün und eine Schaufel, blau wie das Meer. Als sie bezahlen wollte, legte er zwinkernd eine zweite Schaufel dazu, die marienkäferrot war. »Unser Geheimnis, Shell«, sagte er, wie er es eine Woche zuvor schon bei den Kaugummis getan hatte. Sie lächelte.

Ehe sie den Heimweg antrat, lief sie zur Kirche. Die Seitentür stand offen. Sie stieg die Empore hinauf, setzte sich und lauschte angestrengt.

Jesus war irgendwo ganz in der Nähe. Wieder ächzte das Holz. Unten in den Seitenschiffen spielte das Licht. Sie betete zu ihm, er möge ihr den Diebstahl vergeben. Sie betete für den Frieden der Seelen von Michael Rose und Moira Talent, ihre eigene tote Mutter, und für all die anderen, die heimgegangen waren. Sie betete, dass alles Unheil auf der Welt ein Ende finden möge. Shell war immer noch am Beten, als sich unten in der Sakristei Stimmen erhoben. Pater Carroll und Pater Rose betraten das Hauptschiff der Kirche, sie unterhielten sich. Vor dem Altar blieben sie stehen. Shell duckte sich hinter die Brüstung.

»Jetzt beginnt sie wieder, die Zeit der violetten Stoffe«, seufzte Pater Carroll.

»Auf dieser Jahreszeit lastet immer eine gewisse Schwere«, stimmte Pater Rose zu.

»Nora hat für die Lilien gesorgt.« Pater Carroll schritt zum Pult und blätterte ein oder zwei Seiten in der Bibel um. »Joe Talent übernimmt die Lesungen.«

»Joe Talent? Schon wieder?«

»Ich weiß, er liest wie ein rostiger Nagel, aber er wäre verletzt, wenn ich ihn übergehen würde.«

Ein Anfall von Heiterkeit durchzuckte Shell oben auf der Empore. Sie krümmte sich, um ihn zu unterdrücken. Ihre Kirchenbank knarrte.

»Es ist windig heute«, sagte Pater Carroll.

»Sie sind eine arme Familie, nicht wahr?«, fragte Pater Rose. Die Art, wie er es sagte, ließ Shells lautloses Lachen abrupt verstummen.

»Eine der ärmsten. Der Vater ist seit dem Tod seiner Frau Sozialhilfeempfänger. Ohne sie ist er ein armer Hund.«

»Wann starb sie denn?«

»Letztes Jahr im Herbst. Sie war eine wunderbare Frau, Moira. Sie hatte etwas Gütiges an sich und eine Stimme, mit der sie einen Engel hätte bezaubern können. Ohne sie ist er wie ein Auto, dem das Benzin ausgegangen ist.« Pater Carroll musste ins Seitenschiff gegangen sein, denn seine Stimme wurde lauter. »Soll ich die Kirche jetzt abschließen?«, sagte er nachdenklich, mehr zu sich selbst als zu Pater Rose. Er befand sich genau unterhalb von Shell. Die Vorstellung, den ganzen Tag hier eingesperrt zu sein, während Jimmy und Trix allein zu Hause waren, ließ sie erschauern.

»Ich habe die älteste Tochter getroffen«, sagte Pater Rose.

»Nein, ich lasse es«, murmelte Pater Carroll. »Vielleicht gibt es ja die eine oder andere arme Seele, die an diesem heiligen Tag herkommt, um zu beten ... Was hast du gesagt?«

»Shell. Die älteste Talent-Tochter. Ich habe mich ein paarmal mit ihr unterhalten. Sie hat die Spendengelder letzte Woche für ihren Vater bei mir abgegeben. Und sie gab zu, dass sie die Schule schwänzt.«

Pater Carroll seufzte. »Als ob ich das nicht wüsste. Miss Donoghue von der Grundschule hat mir wegen der beiden Jüngeren schon in den Ohren gelegen. Aber was können du und ich schon tun außer beten?«

»Ich habe in der Schule angerufen.«

»Du hast *was*?«

»Ich habe in der Schule angerufen.«

Deswegen hatte Dad also darauf bestanden, dass sie in der letzten Woche des Schuljahrs am Unterricht teilnahmen. Pater Carroll erwiderte nichts, aber Shell hörte sein missbilligendes Schnalzen. Er entfernte sich wieder. Von ihrem Versteck aus riskierte sie einen zweiten verstohlenen Blick über das Geländer der Empore. Pater Carroll hatte die Kommunionbänke mit beiden Händen gepackt. Seine Knöchel traten weiß hervor.

»Ich frage mich ...«, fügte Pater Rose hinzu. »Ich meine, bei so einer Familie – sollten wir nicht irgendetwas tun?«

Pater Carroll ließ die Hände sinken. Pater Rose hatte die Augen zum Kruzifix erhoben, während er sprach. Shell hielt den Atem an. Zwischen den beiden lag eine Spannung in der Luft, die hin und her sprang, eine heiße, konzentrierte Energie, die die gesamte Kirche erfüllte.

»Joe sammelt fast jeden Tag Spendengelder«, sagte Pater Carroll. »Er liefert regelmäßig kleinere Summen bei mir ab. Ich denke mal, dass er einen guten Teil zurückbehält.«

Shell biss sich auf den Daumen, um keinen Mucks von sich zu geben. Es war bekannt, dass Dad stahl?

»Und ich finde, soll er's doch haben«, fuhr Pater Carroll fort. »Er sammelt für die Armen, und arm ist er ja schließlich. Es ist nichts Falsches daran zu betteln, Gabriel. Bettler haben Gott immer schon nahegestanden. Mr Talent ist lediglich ein Bettler der stolzeren Sorte. Alles Gute für ihn. Das ist es, was ich für die Talents tun kann. Im Angesicht Gottes.«

Pater Rose erwiderte nichts. Er verschränkte die Arme und betrachtete eingehend den Fußboden.

Pater Carroll fuhr fort: »Er vertrinkt das Geld. Ist es das, woran du denkst? Wie sollten wir das wissen oder darüber richten können, falls es stimmt? Ein Tropfen hier und da schadet doch nichts.«

»Es ist keine glückliche Familie«, sagte Pater Rose.

»Woher weißt du das?«

»Ich spüre es. Tief in mir.«

»Du bist erst seit ein paar Wochen bei uns. Du kannst es nicht wissen.«

»Ich merke es. An Shells Verhalten. Ich bin mir sicher, dass …«

»Dass was?«

Pater Rose zuckte mit den Schultern. »Mit Sicherheit stimmt da etwas nicht. Ich würde das Sozialamt einschalten.«

»Schweig!« Pater Carroll ließ seine Faust auf die Kommunionbank niedersausen. »Du kommst aus einer Großstadt.

Solches Gerede mag dort in Ordnung sein, aber hier nicht! In Coolbar kümmert sich einer um den anderen.«

Es folgte eine lange Stille. Eine Wolke musste sich über die Sonne geschoben haben, denn in der Kirche wurde es plötzlich dunkler. Schließlich legte Pater Carroll einen Arm um Pater Roses Schulter. »Sich in solche Dinge einzumischen könnte Sünde sein, Gabriel«, erklärte er. »Man hat gesehen, wie du dieses junge Mädchen im Auto mitgenommen hast – ich würde dir raten das in Zukunft nicht zu wiederholen. Bei den Skandalen, die die Kirche in letzter Zeit hatte, haben wir keinen Grund, Damen ohne Begleitpersonen durch die Gegend zu fahren.«

Pater Rose zuckte zusammen, als das Wort *Skandal* fiel, und griff nun seinerseits nach den Kommunionbänken, dass seine Knöchel weiß hervortraten. Die Tische der Geldverleiher waren kurz davor zu kippen. In Shells Ohren zischte es. Langsam schritt Pater Carroll zurück Richtung Sakristei. Pater Rose folgte ihm nicht. An der Tür zur Sakristei drehte sich Pater Carroll noch einmal um. »Die Warnung ist gut gemeint, Gabriel«, sagte er versöhnlicher. »Du bist immer noch neu in deinem Beruf.« Er hob die Hand zum Segen. »Es ist oft ratsam, den Dingen ihren Lauf zu lassen. Jemanden bei den Behörden anzuschwärzen ist nicht besser als das, was Judas tat, denk drüber nach. Gerade heute.«

Pater Carroll ging. Pater Roses Griff an der Kommunionbank lockerte sich, sein Kopf und seine Schultern sackten nach unten. Es sah aus, als würde er gehorchen. Er kniete an der Kommunionbank, den Kopf in die Hände gestützt, ohne einen Laut. Shell bewegte sich nicht. Wieder knarrte das Holz der

Kirche. Zornige Engel schlugen ringsum lautlos mit den Flügeln. Die gemalten Gesichter der Statuen von der Mutter Gottes und der heiligen Theresa blickten gepeinigt herab. Aber ihre Liebe half ihm nichts. Seine Schultern erzitterten. Und aus der Mitte zwischen ihnen kam ein furchtbarer Laut, wie das Aufreißen einer engen, tiefen Erdspalte. Ein Schwert bohrte sich in Shells Herz. Der Mann war am Weinen.

»O Jesus.« Lautlos formten ihre Lippen die Worte. Sie presste die Finger ihrer gefalteten Hände aneinander und betete. »Mein Jesus. Shell ist bei dir in deinem Garten der Todesangst.«

Minuten vergingen. Pater Rose erhob sich langsam, bekreuzigte sich und folgte Pater Carroll durch den Ausgang der Sakristei. Shell wartete. Alles war still. Sie stieg mit dem Eimer und den beiden leuchtenden Schaufeln die knarrende Treppe der Empore herab. Dann lief sie über die Felder nach Hause, die Schaufeln unter den Arm geklemmt, der Eimer schlug ihr im Laufen gegen die Knie. Doch Shells Freude über die bunten Farben war erloschen.

Als sie nach Hause kam, hatte Jimmy den Küchentisch umgedreht. Er saß in der Mitte und tat, als würde er unsichtbaren Soldaten ausweichen und mit der Pistole auf sie schießen, die Dad auf dem Geschirrschrank deponierte. Trix hatte Mums Beileidskarten vom Klavier genommen. Sie saß im Schneidersitz am Ofen, schnitt unförmige kleine Figuren aus und hatte die Papierschnipsel über den ganzen Küchenfußboden verteilt.

Vierzehn

Dad kam von seiner Mittwochabend-Sauftour spät nach Hause. Shell ging sicher, bereits im Bett zu sein, ehe er das Haus betrat. Wieder legte sie den Riegel vor. Falls er überhaupt bemerkt hatte, dass die Beileidskarten verschwunden waren, sagte er nichts dazu.

Der nächste Morgen begann wunderschön. Shell zog die Vorhänge zurück und schaute auf den Acker hinter dem Haus. Licht ergoss sich über den Hügel.

»Wach auf, Trix«, sagte sie und zog an ihrem Bein, dann an Jimmys. »Es ist Gründonnerstag.«

»Früh Donnerstag?«, gähnte Trix.

Shell lachte und warf einen Blick auf die Betten. Die Bettwäsche war seit Weihnachten nicht mehr gewechselt worden. In dem Zimmer, wo sie, Trix und Jimmy schliefen, war der Boden zugedeckt mit Schmutzwäsche.

»Heute wird gewaschen«, sagte sie. Sie verpflichtete Jimmy und Trix zur Mithilfe und begann den großen Waschtag.

Die uralte Zweierwanne, die Mum jahrelang benutzt hatte, war kurz vor ihrem Tod zerbrochen und nie ersetzt worden.

Wenn Shell von Dad das Geld dafür bekam, ging sie in die Stadt zum Waschsalon. Doch an diesem Tag stand ihnen nichts anderes zur Verfügung als zwei riesige Stücke guter grüner Seife, die Spüle in der Küche und das Bad. Shell erhitzte das Wasser in den Töpfen. Trix und Jimmy benutzten ihre neuen Schaufeln, um in der Wäsche zu rühren, während sie einweichte.

Dad kam nicht aus dem Bett, also wusch Shell sein Bettzeug nicht.

Sie hängten die sauberen Sachen mit Wäscheklammern auf die Leine. Als der Platz nicht mehr reichte, verteilten sie den Rest über die Hecken. Der scharfe Wind pfiff durch die Wäsche hindurch und sie trocknete und wurde hart und hell.

Um vier Uhr ließ Dad sich blicken. Er hatte sich rasiert und seinen zweitbesten Anzug angezogen.

»Ich *will* aber nicht in die Kirche gehen, Dadda«, jammerte Trix. »Es ist doch gar nicht Sonntag.« Sie hielt die rote Schaufel in der Hand, der apfelgrüne Eimer thronte umgedreht auf ihrem Kopf.

Dad nahm ihr beides weg. »Wenn du deinen Hintern nicht bewegst, werfe ich diesen Kram hier in den Müll.«

Trix hielt sich beide Hände vors Gesicht und zog dahinter eine kunstvolle Grimasse. Shell scheuchte sie samt Eimer und Schaufel zur Tür hinaus.

Als sie in die Kirche kamen, stellte sich heraus, dass Pater Rose die Messe las. Diesmal versah Pater Carroll den Dienst auf der Ziegeninsel. Als es Zeit war für die Predigt, schritt Pater Rose zu den Kommunionbänken und hieß jeden zum Abendmahl herzlich willkommen. Sie alle, sagte er, sollten sich in Gedanken zweitausend Jahre zurückversetzen, in ein bescheidenes Haus des Armenviertels von Jerusalem, in einen spärlich erleuchteten, engen Raum, wo bei Wein und Brot geredet und gelacht wurde. »Seid ihr dort?«, fragte er. Shell schloss die Augen. Hühner pickten Körner vom Boden auf, es gab einen großen Herd und einen langen Tisch, wie sie ihn in der Schule hatten. Die Apostel saßen eng beieinander auf einer Bank. Es roch nach frisch gebackenen Scones und gebratenem Fisch. Ich bin dort, dachte sie.

Pater Rose bat elf jüngere Gemeindemitglieder nach vorn zu kommen. Dad bohrte seine Fingerspitze in Shells Rücken.

»Wach auf«, sagte er.

Sie zuckte zusammen. Die beiden Söhne der Duggans waren nach vorn gegangen, gefolgt von der Tochter der Flavins, die im Coolbar House wohnten, und den jüngeren Kindern der Ronans. Shell stand auf und nahm Trix an die Hand, aber Jimmy rührte sich nicht von der Stelle. Shell und Trix gingen ohne ihn.

Machte zusammen acht. Drei fehlten noch.

»Keine weiteren Freiwilligen?«, fragte Pater Rose lächelnd.

Mrs Quinn schob zwei ihrer Jüngsten nach vorn.

Nun waren es zehn.

In der Kirche herrschte Schweigen.

Shell starrte zu Jimmy hinüber. Er hatte die Zunge wieder in der Wangentasche, so dass sie sich wölbte wie ein Zelt. Shell stellte sich vor, ein Magnet zu sein oder ein schwarzes Loch. Und Jimmy war eine kleine Nadel oder ein zerstörter Planet. Er hatte einfach keine Wahl und musste zu ihr kommen. Ihre Augen wurden groß wie Untertassen vor lauter Anstrengung. Und dann geschah ein Wunder. Er stand auf, setzte seine gelangweilte Miene auf und schlurfte nach vorn.

»Großartig«, sagte Pater Rose. »Nun habe ich alle Apostel zusammen, bis auf einen, der heute fehlt. Und wir wissen ja alle, warum *er* nicht gekommen ist.«

Pater Rose ließ sie alle auf den Stühlen Platz nehmen, die er zuvor im Halbkreis aufgestellt hatte. Dann forderte er sie auf, Schuhe und Strümpfe auszuziehen. Er kam mit einer Schüssel Wasser und einem Schwamm und wusch einem nach dem anderen die Füße. Shell war als Letzte an der Reihe. In ihrer Vorstellung war sie Johannes, der jüngste der Apostel, der, den Jesus liebte. Ihre Fußsohlen waren rau und voller Druckstellen. Ihre Zehennägel waren lang. Viele Meilen war sie über die Straßen Galiläas gewandert. Als der kalte Schwamm ihre Füße berührte, spürte sie die Wohltat als Erstes, dann die reine Liebe der Hand, die sie hielt. Sie lehnte sich zurück und betrachtete seinen Kopf, der bald von Dornen durchbohrt sein würde. Der dunkelblonde Haarschopf war kurz geschoren, sah aus wie ein Stoppelfeld, das darauf wartete, gestreichelt zu werden. Shell musste sich auf ihre rechte Hand setzen, um sie nicht unwillkürlich nach ihm auszustrecken. Das Wasser tropfte von ihren Zehen. Er hielt ihr ein kleines weißes Leinentuch zum Abtrocknen hin.

Die Gemeinde von Coolbar schaute verwundert zu.

Shell legte ihre Füße in das Tuch, damit er sie abtupfen konnte, bis sie trocken waren.

Als sie und die zehn anderen zu ihren Plätzen zurückgingen, sah sie die saure Miene von Mrs Fallon. Nie zuvor war die Fußwaschung in der Gemeinde von Coolbar zelebriert worden. Im Vorbeigehen hörte Shell, wie Mrs McGrath ihrer Nachbarin gut hörbar zuflüsterte: »Das ist protestantisches Gedankengut!« Doch Shell war davon überzeugt, dass Jesus, der wahre Jesus, ihr die Füße gewaschen hatte. Er war in der Gestalt von Pater Rose zu ihren verkümmerten Seelen zurückgekehrt. Er war in seiner Liebe gekommen, um jeden Einzelnen von sich selbst zu erlösen.

Fünfzehn

Am nächsten Tag, dem Karfreitag, fand um drei Uhr die Kreuzwegandacht statt.

Pater Carroll, Pater Rose und Declan Ronan, der wieder Messdiener war, trugen das Kreuz feierlich durch die Kirche. Nach jeder der vierzehn Stationen sang die Gemeinde eine andere Strophe:

Christi Mutter stand mit Schmerzen
bei dem Kreuz und weint' von Herzen,
als ihr lieber Sohn da hing.

Nach der fünften Station, wo Simon von Kyrene Jesus hilft das Kreuz zu tragen, wandte sich die gesamte Gemeinde den Stationen zu, die hinten an der Wand aufgehängt worden waren. Shell bemerkte, das Bridie Quinn direkt hinter ihr saß. Ihre Blicke begegneten sich. Bridies Nasenlöcher blähten sich. Sie zeigte ihre Zähne. Aus ihren Augen sprach Gehässigkeit. Shells Lippen formten lautlos eine Entschuldigung, aber Bridie starrte sie nur böse an, also griff Shell nach ihrer kleinen taubenblauen

Häkeltasche, ein Geschenk von Mum zu ihrer Erstkommunion. Sie kramte eine Einkaufsliste heraus, die sie auf die Rückseite eines Briefumschlages gekritzelt hatte, und einen Bleistiftstummel. *Entschuldige, Bridie,* schrieb sie. *Bei Gott, ich wusste nicht, dass du mit ihm gehst.*

Sie steckte Bridie den Zettel zu, als niemand hinsah. Bridie las ihn, runzelte die Stirn und schob ihn zurück. Dann griff sie wieder danach und bedeutete Shell, ihr den Bleistift zu geben. Shell gab ihn ihr, während sie auf die klagenden Frauen Jerusalems zugingen. Bridie schrieb etwas auf die Rückseite der Einkaufsliste, langsam und mit Nachdruck, und gab sie ihr zurück. Sie deutete mit einem Kopfnicken zu Declan hinüber. *In diesen Klamotten bringt er selbst einen Hund zum Kotzen,* stand dort in großen, krakeligen Buchstaben. *Du kannst ihn haben, Shell, und den BH dazu.*

Eine große Träne trat Bridie ins Auge. Sie wirkte blass und abgespannt. Mit dem Kopf deutete sie Richtung Altar, dann tat sie so, als müsse sie sich übergeben. Entschuldige, wiederholte Shell lautlos. Sie streckte einen Arm aus, um Bridies Handgelenk zu berühren, aber Bridie zog eine Grimasse und schüttelte sie ab. Dads Hand legte sich auf Shells Schulter. Sie schob den Zettel ins Gesangbuch und begann eilig zu beten.

Als alle Stationen durchlaufen waren, hielt Pater Carroll eine Predigt über die Qualen Jesu. Pater Rose saß daneben, sein Gesicht wirkte verschlossen und geistig entrückt. Ob er in Gedanken wohl beim Kreuz war, überlegte Shell. Oder bei seinem Bruder Michael, damals als Kind? Oder wieder in dem Wagen, mit ihr, als sie zusammen auf die Regenbogenbucht hinuntergeschaut hatten?

Eine plötzliche Bewegung neben Pater Rose riss sie aus ihren Gedanken. Es war Declan. Er zwinkerte ihr halb zu, mit gefalteten Händen, als würde er beten. Lediglich seine beiden Zeigefinger zappelten, wie zwei ineinander verschlungene fette Würmer. Zwei nackte Körper in Duggans Feld. Als er merkte, dass sie ihn ansah, ließ er seine Zunge ein wenig hervorschnellen, ein weiterer fetter Wurm, und bewegte sie auf und ab.

Die Würmer, die er zum Zappeln brachte, mussten wohl irgendwie in ihren Körper geraten sein.

Der lange Gottesdienst endete mit Jesu Grablegung. Alle schritten nach vorn zu den Kommunionbänken, um das echte Kreuz zu küssen. Als die heilige Helena das Kreuz Christi gefunden hatte, erklärte ihnen Pater Carroll, wurde es zu kleinen Spänen zerstoßen, damit jede Gemeinde auf der Welt ein paar von ihnen bekommen konnte. In Coolbar wurde das Teilchen – kaum mehr als ein Staubkorn – in einer Glaskugel aufbewahrt, die auf einem Kruzifix aus Messing saß. Es sei dort, versicherte er ihnen, allerdings so klein, dass man es nicht sehen könne. Die Leute von Coolbar stellten sich an, um die Glaskugel zu küssen. Nach jedem Kuss wischte der Priester sie wieder sauber und trug sie an die Lippen des Nächsten. Im Abstand von etwa fünf Leuten übernahm Pater Rose die Aufgabe, dann wieder Pater Carroll.

Shell betete, bei Pater Rose dranzukommen. Er nahm Pater Carroll das Kreuz aus den Händen, als nur noch zwei vor ihr in der Reihe standen. Doch in dem Moment, als sie vortrat, nahm Pater Carroll das Kruzifix wieder an sich und hielt es ihr hin.

Shell küsste die Kugel in der Erwartung, dass irgendetwas Heiliges sie überkommen würde. Nichts geschah.

Wenig später war der Gottesdienst beendet und sie verließen die Kirche. Jesus war gestorben, doch kein Unwetter brach los. Die Toten erhoben sich nicht und erschienen nicht in großer Zahl. Stattdessen umfing sie ein stiller Abend mit trübem Regen. Dad schoss davon, um ein oder zwei Dinge zu erledigen, wie er sagte. Er eilte die Straße entlang Richtung Kneipe. Shell sah, wie Bridie den Hang hinaufflüchtete, den Regen aus ihren Haaren schüttelte und ihren durchsichtigen Schirm aufspannte. Fast wäre sie ihr hinterhergerannt, um sich mit ihr zu versöhnen, aber hinter ihr tauchte Declan Ronan auf und hielt sie an ihrem Pferdeschwanz zurück.

»Shell«, sagte er. »Liebe Shell.« Seine Finger kitzelten ihren Nacken.

»Was willst du denn jetzt?«, fragte Shell.

»Ich habe gemerkt, wie du mich in der Kirche angesehen hast«, sagte er frech.

»Hau ab.«

»Ich hab's gesehen. Du hast rübergestarrt.«

»Hab ich nicht.«

»O doch. Gestiert und gestarrt. Entweder zu mir oder zu Pater Rose.«

»Hör auf.« Sie griff nach Trix' Hand und begann sie den Hang hinunterzuziehen. Jimmy lief hinterher. »Du fantasierst, Declan.«

»Tu ich das?« Er wich nicht von ihrer Seite.

»Das tust du.« Sie hob den Kopf und sah ihn an. Er trug das Chorhemd zusammengefaltet über dem Arm und grinste sie an. Seine Hand schnellte vor und kniff sie in die Wange.

»Heute ist ein heiliger Tag, Declan.«

Er brach in schallendes Gelächter aus. »Dieser ganze Kram ist doch nichts anderes als massenweise sublimierte Sexualität.«

»Hör nicht hin, Trix. Was er da redet, ist Gotteslästerung.«

Declan packte sie am Kragen, damit sie stehen blieb. Er beugte sich zu ihr und flüsterte in ihr Ohr: »Shell. Sei nicht böse. Komm zu mir in Duggans Feld, ja? Morgens, irgendwann in den nächsten Tagen. Nur für einen Kuss. Einen Kuss, so wie neulich.«

Wieder spürte sie die zappelnden Würmer in ihrem Körper.

»Ich warte auf dich«, beschwor er sie. »Am Ostermorgen in der Frühe. Egal wie lange es dauert.«

»Du bist verrückt, Declan Ronan.«

»Und du bist eine wandelnde Sexbombe, Shell Talent.«

Sie versetzte ihm einen Rippenstoß und Trix sprang ihm auf den Rücken, aber er entwand nur lachend seinen langen, schlaksigen Körper und schritt davon, Richtung Allee.

»Winke, winke!«, rief er.

»Tscha-hau!«, brüllte Trix.

»Pscht, ihr zwei«, sagte Shell, obwohl sie unwillkürlich lächeln musste.

Auf ihrem Weg durchs Dorf hielt Mrs Duggan am Straßenrand. Ihre beiden Söhne starrten vom Rücksitz nach draußen und schnitten Jimmy Grimassen.

»Shell«, rief Mrs Duggan. »Ist euer Vater bei euch?«

»Er hat ein paar Dinge zu erledigen, Mrs Duggan.«

»Jetzt gerade?«

Shell nickte.

»Dann zwängt euch rein, ihr drei, dass ihr aus dem Regen rauskommt. John und Liam, rückt dahinten mal zusammen und macht Platz. Ihr könnt Tee bei mir trinken, wenn ihr wollt. Ich habe Obstkuchen gemacht.«

Sie fuhr mit ihnen hinüber zum Hof der Duggans. Früher, als Dad noch dort gearbeitet hatte, waren Trix und Jimmy oft zum Spielen da gewesen. Seit er die Arbeit aufgegeben hatte, kam es seltener vor, doch in den Schulferien gingen sie immer noch hin. Mrs Duggan war Mums beste Freundin gewesen, bereits seit ihrer Jugendzeit. Es gab ein Foto, auf dem die beiden achtzehn waren, in schmal geschnittenen Kleidern aus den Sechzigern, bei einer Tanzveranstaltung in Castlerock.

»Dr. Fallon hat mir erzählt, dass du krank warst, Jimmy?«

Jimmy schob seinen Ärmel hoch, um die Schnittwunde zu zeigen; inzwischen war es ein dunkler, dünner Strich, die Rötung war verschwunden.

Sie streichelte und wuschelte ihm über den Kopf und gab ihm ein Extrastück vom Obstkuchen.

Später half Shell beim Abräumen. Mr Duggan nahm die beiden Kleinen mit nach draußen, damit sie beim Füttern der Kälber halfen.

»Shell«, sagte Mrs Duggan, während sie die Teller abtrockneten. »Du wirst deiner Mum von Tag zu Tag ähnlicher.«

Die Worte waren gut und traurig zugleich, wie der Geschmack jener bitteren Limonade, die Pater Rose ihr bei ihrem Besuch gegeben hatte. »Wirklich, Mrs Duggan?«

»Ja, jetzt, wo deine Figur langsam zur Geltung kommt, und mit deiner Haarfarbe. Du hast genau denselben Mund, nur deine Augen sind anders. Heller als die deiner Mutter, würde ich sagen.«

Als die Arbeit getan war, lieh Mrs Duggan Shell ihr Fahrrad, damit sie zum Strand hinunterfahren konnte. Shell radelte durch die stillen Straßen. Nach kurzer Zeit war sie draußen auf der Ziegeninsel, vor ihr lag der Atlantik. Außer ihr war niemand dort. An den Klippen verwehte der Sand, warf im Wind immer wieder neue Falten. Die Uferlinie schlängelte sich entlang der See, die flach und ruhig dalag wie ein Pfannkuchen. Shell zog Schuhe und Strümpfe aus, sie kam sich vor wie ein Kind, und steckte den Rocksaum in ihren Slip. Die Kälte drang ihr bis in die Knochen, während sie hineinwatete. *Das Meer macht Spiegel auf dem Sand, die mein Fuß zertritt,* murmelte sie vor sich hin. Es war der Anfang eines Liedes, das sie und Mum sich zusammen ausgedacht hatten, vor langer Zeit. Shell blinzelte in die sinkende Sonne und sah eine Gestalt, wie die Flamme einer Kerze, die sich von ihr wegbewegte. Sie sah aus wie Mum, die einen ihrer heiß geliebten einsamen Strandspaziergänge unternahm. War das nicht ihr olivgrüner Schal, den sie sich über die Ohren gezogen hatte? Die Hand hatte sie tief in den Manteltaschen vergraben, den Kopf wie immer im Wind gesenkt. Shell kniff die Augen zusammen. Die Gestalt verschwand.

Shells Herz steckte in einem violetten Futteral.

Wenn Jesus stirbt, dachte sie, ist es ein bisschen so, als ob man selber stirbt.

Sechzehn

Der Ostersamstag war ein Tag des Stillstands. Das Grab war verschlossen, die Welt schwieg.

Trix und Jimmy liefen mit Shell über die Felder, sie hatten ihre Schaufeln dabei, rot und blau. Auf der Wiese am Hang pflückten sie die Narzissen und sammelten sie in Jimmys Eimer. Sie setzten sich auf einen umgestürzten Baum und schauten auf die wabernden Rauchschwaden von Coolbar, weißer Rauch vor weißem Himmel. Die Lämmer blökten und sprangen umher. Unter dem Baumstamm entdeckte Jimmy Larven. Er sammelte sie mit seiner Schaufel auf und trug sie den Hang hinunter, mit wedelnden Armen.

»Wo willst du denn hin?«, rief Shell.

»Ich bin ein Flugzeug. Wir fliegen nach Amerika!«

Trix übte balancieren.

Dad kam den ganzen Tag nicht aus seinem Zimmer. Seit den Stationen hatten sie ihn nicht mehr gesehen, wodurch ihnen ganz leicht ums Herz wurde.

Der lange Tag verstrich.

Trix und Jimmy hatten von Mrs Duggan eine zweite Torte

fürs Abendbrot bekommen. Shell wollte bis zur Auferstehung Jesu fasten. Sie war entschlossen die ganze Nacht über zu wachen, zu warten und zu beten. Weil sie nichts Besseres zum Anziehen hatte, riskierte sie es, Mums nahtloses rosafarbenes Kleid noch einmal anzuziehen. Die Haare band sie mit einem hübschen grünen Band zurück.

Als Trix und Jimmy bereits im Bett waren, hörte sie, wie sich in Dads Zimmer etwas regte, eine knarrende Diele, ein Fluchen. Shell flüchtete so schnell wie möglich nach draußen und versteckte sich hinter dem Steinhaufen auf dem Acker hinter dem Haus.

Gerade rechtzeitig: Er trat vor die Tür, mit hängenden Hosenträgern und nacktem Oberkörper. Sein Gesichtsausdruck schien zu sagen: Wo ist mein Abendessen? Ein- oder zweimal brüllte er ihren Namen, dann gab er auf und ging hinein. Sie wartete. Zwanzig Minuten später tauchte er wieder auf, diesmal trug er ein frisches Hemd und das Jackett seines zweitbesten Anzugs. Er ging die Straße hinunter, mit klimpernden Münzen in der Tasche.

Als er nicht mehr zu sehen war, atmete Shell erleichtert aus. Sie blieb oben auf dem Hügel sitzen und blickte auf den flachen grauen Bungalow hinunter, der immer schon ihr Zuhause gewesen war. Früher irgendwann einmal hatte Dad versprochen ein zweites Stockwerk zu bauen. Doch daraus war nie etwas geworden. Über dem bewaldeten Horizont stieg langsam der Mond auf, wie eine perfekt geformte Pusteblume. Shell gähnte. Sie war seit dem frühen Morgen auf den Beinen gewesen, hatte unzählige Dinge erledigt. Ich lege mich nur eine Stunde hin, dachte sie.

Als sie das Zimmer betrat, schliefen Trix und Jimmy bereits tief und fest. Shell legte sich in ihrem rosafarbenen Kleid auf ihr Bett und schlief, ohne es zu wollen, ein …

… In ihrem Traum befand sie sich im Dorf. Es war fast nichts zu hören. Sie schlich zwischen den Häusern umher, sah hier und da einen Lichtstrahl, der zwischen Vorhängen auf die Straße fiel. Die Dachvorsprünge waren schief und verbogene Fernsehantennen stachen in die schnellen Wolken der stürmischen Nacht. Shell warf einen verstohlenen Blick durch das Fenster der Kneipe. Dad und Mr McGrath saßen dort, zusammen mit Pater Carroll, der gerade versuchte der kaputten Jukebox ein Lebenszeichen zu entlocken. Tom Stack, der Barkeeper, war am Bierzapfen. Am Kaminfeuer schliefen drei ineinander verschlungene Hunde.

Shell versuchte die Kirchentür zu öffnen. Es war abgeschlossen. Sie setzte sich vor das Portal und wartete, worauf, wusste sie selber nicht. Die Versuchungen des Teufels überkamen sie, während sie dort saß. Ehe sie wusste, was sie eigentlich tat, lief sie bereits die Straße hinauf, die Allee entlang, die zu dem großen rosafarbenen Haus der Ronans führte. Sie klopfte an die Tür. Declan öffnete und nahm sie mit, um die Nacht draußen im Freien zu verbringen. Seine Hand war knochig und hart, seine heimtückische Zunge war in ihrem Ohr, zwischen ihnen lagen in einem einzigen Durcheinander ihre Kleider. Sie und Declan wälzten sich die Stranddünen hinauf bis zum Gipfel des Berges und auf der anderen Seite wieder hinunter. Doch oben auf der Bergkuppe näherte sich von dem kleinen Wald Pater Rose. Declan löste sich in Luft auf. Shell war wieder hübsch und ordentlich, trug ihr rosafarbenes Kleid und das grüne Haarband. Er kam und setzte sich neben sie, während sie gerade ihre Nachtwache hielt. Sie saßen wieder auf dem umgestürzten Baum, wo Shell mit Trix und Jimmy schon gesessen hatte. Kein einziger Muskel bewegte sich, kein einziges Wort fiel. Sogar die Larven schliefen. Doch zwischen ihnen pulsierte Liebe, eine andere Liebe als die von Declan, eine Liebe, die über das Körperliche hinausging, eine Liebe, die man mit ins Grab nahm. Er vergoss Tränen, während er dort neben ihr saß. Shell betete, dass sie versiegen würden, doch er schüttelte nur den Kopf, als wollte er sagen: *Shell* – in seinem typischen Tonfall –, *die Tränen gehören dazu, wusstest du das nicht?* Die Nacht der Erwartung wurde zu hundert Nächten, aber mit ihm an ihrer Seite machte es Shell nichts aus. *Zu dir seufzen wir,* klangen ihr Pater Roses Worte im Ohr. Und sie erwiderte in Gedanken: *Trauernd und weinend in diesem Tal der Tränen.* Zu warten war das Leben selbst. Sie erkannte das Verlockende der Erwartung, als hätte sie den Teig für die Scones gerührt, sie in den Ofen getan und nähme nun ihren immer stärker werdenden Duft wahr, während sie buken. Sie umschlang ihre Knie und schaute über die kreuz und quer herumstehenden Grabsteine hinüber zu jenem, der das Grab ihrer Mutter anzeigte. Die Morgendämmerung zog herauf. Nun waren die Grabsteine zu erkennen: Es wurde Zeit. Pater Rose und sie verließen ihren Platz der Nachtwache und betraten gemeinsam den Garten der dicht an dicht liegenden Gräber.

Pater Rose musste furchtbare Angst gelitten haben, so wie die Apostel. Er verschwand. Shell blieb allein zurück. Sie war Maria Magdalena, sie wartete.

Das Zwielicht war unheimlicher als die Dunkelheit. Am Grab ihrer Mutter blieb sie stehen. Die Inschrift war nicht zu erkennen, nur die Osterglocken, die sie im Herbst gepflanzt hatte, stachen als helle Flecken hervor.

Sie setzte sich nieder ins Gras und wartete noch eine Weile. Von irgendwo oben auf dem Hügel erhob sich eine Stimme. Erst nur ein melodiöses Murmeln, wie Vogelgezwitscher. Dann wie Krähen in einem schwankenden Baum. Die Töne kamen nun aus der Nähe, drüben vom Portal der Kirche, formten sich zu menschlichem Gesang. Shell konnte die Worte nicht verstehen, sie hörte nur die Töne. Sie stiegen an und fielen, wie schimmernde Blasen, die ein Muster aus Schönheit woben. Sie waren so wunderbar, dass Shell am liebsten geweint hätte. Denn inzwischen hatte sie die Stimme erkannt. Es war Mums Stimme. Es kam ihr vor, als hätte sie sie seit Ewigkeiten nicht mehr singen hören. Sie lächelte und wurde plötzlich ganz ruhig, versuchte die Melodie wiederzuerkennen.

Eine Tür öffnete sich und der Gesang wurde lauter. Ihre Mutter kam über den Hof gelaufen und betrat das Haus, wie sie es in Shells Erinnerung unzählige Male getan hatte. Nun ist sie in der Küche, dachte sie. Ein Wasserhahn begann zu rauschen. Ein Besen klapperte über den Fußboden. Sang sie das Lied über das Mädchen, das einen Tag vor ihrer Hochzeit starb? Shell gab sich die größte Mühe, die Worte zu verstehen, doch sie entglitten ihr.

Lange Vokale hallten in Wellen durch die Tür zu ihr herein. Die Kadenzen kamen näher und näher, als käme ihre Mutter, um nachzusehen, ob bei ihr auch alles in Ordnung sei. Es war damals, als sie Fieber gehabt hatte, vor drei Jahren. Trix und

Jimmy waren in der Schule, nur sie und Mum waren im Haus, und Mum schaute mehrmals am Tag bei ihr herein, kam mit dem Thermometer und heißer Zitrone, fühlte ihre Wangen. Die Diele draußen vor ihrer Tür knarrte auf die vertraute Art und Weise. Shell konnte es nicht erwarten, Mum zu sehen.

Das Lied verstummte, nur für den Bruchteil einer Sekunde. Shell hielt den Atem an.

Dann begann die Stimme von neuem, aber etwas hatte sich verändert. Eine furchtbare Traurigkeit hatte sich eingeschlichen. Vielleicht sagte das Mädchen zum letzten Mal etwas zu seinem Liebsten, ehe es starb. Oder vielleicht erklärte er ihr, warum er fortmusste. Ein hoher Ton zog sich höher und höher bis zu einem lang gehaltenen O, der großartigsten Stelle des Liedes. Doch anstatt wieder abzufallen und ein Ende zu finden, blieb der Ton dort oben hängen, wie eine Münze, die sich beständig um die eigene Achse drehte, unerträglich klar und rein. Er wurde zu einem brutalen, schrillen Schrei.

Der Türgriff begann sich im selben Moment zu drehen, als Shell wieder einfiel, wie die Dinge in Wirklichkeit lagen.

Mum war eigentlich tot. Ihr Gesang konnte gar nicht von innerhalb des Hauses kommen. Er kam aus ihrem Grab. Durch einen schrecklichen Irrtum hatte man sie lebendig begraben und sie sang nicht, sondern war am Ersticken.

Shell hatte sich in Mum verwandelt. Sie war unter der Erde eingeklemmt, bekam keine Luft, drückte gegen die weiche weiße Polsterung ihres Sarges. Sie versuchte sich mit einem Ruck aufzusetzen, befand sich wieder im Hier und Jetzt. Ihre Finger kneteten die Decke. Samtene Finsternis bedrängte sie von allen Seiten …

… Sie erwachte.

Zuerst wusste sie nicht, wo sie war. In einem Sarg oder in einem Feld? Am Grabstein ihrer Mutter? Nein. Sie lag in ihrem eigenen Bett. Mums Finger mussten gerade über ihr Gesicht gestrichen sein.

»Moira.« Eine vertraute Stimme. Er schon wieder. Sie erstarrte.

Die Vorhänge waren ein wenig zurückgezogen. Durch den Spalt ergoss sich Mondlicht auf die Überdecken. Ihr Vater ragte schwankend am Fußende des Bettes auf, doch er hatte keine Kleider an. Seine Nacktheit war abstoßend. Shell hatte vergessen die Tür zu verriegeln.

Ihr Herz raste. Ihr Atem ging stoßweise. Er taumelte auf sie zu.

»Moira.«

Seine Stimme klang schleppend. Shell hörte ein Rauschen in den Ohren.

Mit einer Hand begann er den Saum ihres Kleides zu befummeln. Die andere glitt nach oben zu ihrem Haar, zog an dem Band. Seine Augen waren halb geschlossen, sein Atem roch schal und abgestanden. Die Fettpolster an seinen Armen wabbelten, während er weiter umhertastete.

Jimmy murmelte irgendwas im Schlaf.

Das Geräusch löste sie aus ihrer Erstarrung. Sie wusste, was zu tun war.

Rasch rollte sie seitlich über die Bettkante, zu schnell für ihn, um sie festzuhalten.

Seine Hände wanderten über das Bettzeug, hoben ein Kissen, als würde er nach ihr suchen.

Sie ließ sich auf alle viere nieder und begann hinauszukrabbeln.

Dad saß fuchtelnd und murmelnd auf dem Bett. Ob er wach war oder schlief, ließ sich schwer sagen.

Leicht und geschmeidig wie eine Katze glitt Shell über den Fußboden und erreichte die Tür. Hinter sich hörte sie, wie er sich stöhnend auf ihrem Bett ausstreckte. »Moira. Geh nicht weg, Liebchen, komm zu mir.«

Shells Magen zog sich zusammen. Jimmy warf sich im Schlaf seufzend hin und her, Trix atmete ganz ruhig.

Shell schlüpfte zur Tür hinaus und schloss sie mit Nachdruck hinter sich.

In der Küche kauerte sie sich auf den Stuhl. Herr im Himmel. Ihr Atem beruhigte sich wieder, während die Dunkelheit langsam schwand. Inzwischen musste er wohl bewusstlos sein. Sie wartete, bis die Vögel zu singen begannen, diesmal in Wirklichkeit und nicht im Traum. Dann trat sie ans Fenster und schaute hinaus. Die Grashalme waren grau. Auf dem Acker schlich sich die Morgendämmerung heran.

»Ach, Mum.« Shell sagte es laut, doch der Ton verhallte im Nichts, legte sich schwer auf ihre Brust. Tränen begannen in ihren Augen zu brennen, und als sie fielen, machte sie sich nicht einmal die Mühe, sie fortzuwischen.

»Warum musstest du nur sterben?«

Keine Antwort, nur das Brummen des Kühlschranks war zu hören. Vielleicht war der Mann aus Galiläa nicht wie geplant auferstanden. Vielleicht lag er immer noch in seinem Grab, mausetot, genau wie Mum. Eine schmerzende Lücke riss in ihr auf, eine eiskalte Einsamkeit, wie ein weit entfernter

Stern. Sie berührte die Tasten des Klaviers, drückte sie sachte herunter, so dass sie keinen Ton erzeugten.

»Ach, Mum.«

Aus dem Zimmer hörte sie das Bett knarren. Dad musste sich umgedreht haben, während er seinen Rausch ausschlief.

Das Haus war beklemmend. Sie öffnete die Haustür und atmete die Luft des frühen Morgens ein. Kühl war sie und frisch. Das Wäldchen oben auf dem Hügel schien ihr ein Zeichen zu geben. Weil sie nichts Besseres zu tun wusste, ging sie los, den Hang hinauf. Die Anstrengung trieb ihr die Farbe zurück in die Wangen. Ziellos wanderte sie zwischen den ernsten, grüblerischen Bäumen umher. Ein Star sang eine abfallende Tonfolge, die wie ein Seufzen klang.

Als sie ins Freie trat, stand sie vor dem Feld der Duggans.

Eine Gestalt wanderte dort entlang, kam ihr aus der Richtung von Coolbar entgegen. Im Näherkommen schien sie zunächst dunkler zu werden, dann milchig grau.

Shell dachte an Maria Magdalena am Grabe und wie sie den Mann, der ihr begegnete, für den Gärtner gehalten hatte.

Sie wartete.

War es Pater Rose? Der Größe nach zu urteilen … Shells Herz machte einen Satz. Auf seinem Haar schimmerte das Licht.

Drei erschrockene Kaninchen jagten mit großen Sprüngen davon, als der Mann sich näherte. Im nächsten Moment erkannte sie ihn. Es war nicht Pater Rose. Es war Declan.

»Shell«, sagte er und strahlte sie an. Ihm schien gar nicht aufzufallen, dass sie geweint hatte. Er streckte die Hand nach ihr aus. »Ich wusste, dass du kommen würdest.«

Teil 2 *Herbst*

Siebzehn

Heiß brannte die Sonne herab. Die Luft stand.

»Wen hast du gern, Declan? Wen hast du auf der Welt am allerliebsten? Sag's mir.«

Declan antwortete nicht. Stattdessen fing er an sie zu kitzeln, griff nach einem Gerstenhalm und strich ihr damit kreuz und quer über den Bauch, während sie nackt in Duggans Feld lagen. Das leichte Kribbeln bewirkte, dass sie sich wand wie ein Aal, und sie musste kichern. Er drückte sie zu Boden, fixierte ihre Schultern mit seinen starken Armen und kitzelte sie stärker. Shell boxte ihn auf den Rücken.

»Hör auf!«, kreischte sie.

»Ich hör auf ... wenn du mir eine Kippe gibst.«

Shell suchte den Boden nach der Schachtel Majors ab. Sie zog eine heraus und steckte sie Declan in den Mund. Dann fand sie sein Feuerzeug und zündete sie ihm an. Declan nahm einen langen Zug und fuhr ihr mit den Fingern durch das Haar. Er rollte sie zur Seite und kuschelte sich von hinten an sie, schob seine Knie behaglich in ihre Kniekehlen. Ihre Treffen waren streng geheim; er hatte ihr das Versprechen abgenommen, dass sie sich daran halten würde. Declan und ich, ein geheimer Club, dachte sie. Die langen Ähren schirmten sie von der Außenwelt ab.

»Du hast meine Frage nicht beantwortet«, erinnerte sie ihn.

»Hmmm«, murmelte er ihr ins Ohr. »Und du hast meine nicht beantwortet.«

»Du hast mir doch gar keine Frage gestellt.«

»Dann frag ich jetzt.«

»Was denn?«

»Wen du am liebsten hast. Auf der ganzen Welt?«

»Das war doch meine Frage.«

»Ist es Kevin Dunne aus Jahrgang fünf? Hat er ein Auge auf dich geworfen, dieser Stinker?«

Shell reagierte nicht.

»Er ist ein Schielauge und ein Pickelgesicht – aber er palavert ständig von seinen Freundinnen.«

Sie schüttelte den Kopf.

»Kevin Dunne also nicht. Mick McGrath vielleicht?«

»Mick McGrath?«

»Doch nicht der Vater, der Sohn!«

»Der ist doch in Cashel, im Internat, oder nicht?«

»Er hätte es ja in den Ferien versuchen können.«

Sie zuckte mit den Schultern. »Ich sehe ihn fast nie.«

»Du verrätst es mir also nicht?«

Sie schüttelte den Kopf.

»Wenn ich verspreche ein Geschenk für dich zu kaufen, verrätst du es mir dann?«

»Was denn für ein Geschenk?«

»Was du gerne hättest.«

»Egal was?«

»Ganz egal was, Shell Talent.«

»Würdest du mir einen neuen BH kaufen?«

Er lachte. »Welche Größe?«

»Keine Ahnung. Früher hatte ich 36C. Aber ich glaube, da bin ich inzwischen rausgewachsen.«

»Das würde ich auch sagen. Du hast Größe D. Wenn ich je eine mit Größe D gesehen habe, dann die. Oder beide.«

»Würdest du mir dann das Geld geben ... wenn ich dir sage ... wen ich am liebsten mag?«

»Das würde ich.«

»Versprochen?«

»Versprochen.«

Sie lag ganz still und dachte nach. Dann drehte sie sich um und flüsterte ihm etwas ins Ohr.

»Was?«, sagte er. »Ich hab's nicht verstanden.«

»Es stimmt«, sagte sie laut. »Er ist es.«

»Aber ich hab den Namen nicht verstanden. Flüstere noch mal.«

Sie beugte sich über sein Ohr und flüsterte lauter: »Pistols und Shuttlecocks.«

»Das ist doch Blödsinn, verdammter Unsinn, Miss Talent.«

»Du hast nicht zugehört. Ich sag's nicht noch mal.«

»Du bist undurchdringlich wie Gestrüpp.«

»Du schuldest mir einen BH, Declan Ronan.«

»Du hast getrickst.«

»Du hast es versprochen.«

»Okay, okay. Ich geb dir einen Fünfpfundschein, dann

kannst du dir in der Stadt selber einen kaufen. Unter einer Bedingung.«

»Welche?«

»Dass du sagst: Declan Ronan, ich mag dich mehr als irgendwen auf der ganzen weiten Welt. Und dass du nächsten Donnerstag wieder herkommst und wir's noch mal machen.«

»Das sind schon zwei Bedingungen.«

»Okay, zwei Bedingungen. Alles oder nichts.«

Sie sagte den Satz auf, dann ließ sie ihre Hände über seinen harten Waschbrettbauch gleiten. Im Bruchteil einer Sekunde war er auf ihr und gab ihr einen langsamen Kuss.

»Also abgemacht«, murmelte er. »Am Donnerstag.«

Danach streiften sie ihre Sachen über. Declan wuschelte ihr durchs Haar und pustete ihr auf die Wange.

»Du siehst echt lustig aus«, sagte er. »Wie eine Katze, die man rückwärts durch eine Hecke geschleift hat. Du hast überall an dir Gras hängen.«

»Du auch, nur schlimmer. Du siehst aus wie ein Vogel nach einem Staubbad.«

Er hob seine Jacke auf und warf sie sich grinsend über die Schulter.

»Vergiss dein Versprechen nicht«, sagte sie.

Er stöhnte, wühlte aber in seiner Jackentasche und fand das Geld. »Pass auf, dass er groß genug ist«, sagte er und reichte ihr den Schein. »Aus dem Ding da quillst du überall raus.«

Sie drehte das Geld zu einer kleinen Rolle und steckte es sich vorne rein. Er lachte, kniff sie in den Arm und machte sich davon. Shell blickte der hochgewachsenen, sinnlichen Gestalt nach, die über das Sommerfeld den Hang hinunterschritt und schließlich in der Bergfalte verschwand.

Erst als er fort war, wurde ihr bewusst, dass er sie dazu gebracht hatte, das zu sagen, was er hören wollte, jedoch nichts dergleichen zu ihr gesagt hatte. Sie lief bergauf bis zum oberen Ende des Feldes und betrat das Wäldchen. Die Brennnesseln waren am Verdorren und die Blätter der Bäume hatten braune Ränder. Brombeeren schimmerten in der Hecke. Declan und sie gingen nun schon mehr als vier Monate miteinander und kein einziges Mal hatte er irgendwas gesagt, was sie hören wollte. Sie schüttelte weise den Kopf und beklopfte die Stelle, wo sein Geldschein steckte. Shell lächelte. So waren Jungen eben – auf der ganzen Welt.

Achtzehn

Sie holte Jimmy und Trix vom Hof der Duggans ab, wo sie den Tag verbracht hatten. Mrs Duggan war überhitzt und schlechter Laune, ganz anders als sonst. Sie scheuchte sie allesamt aus der Küche. Trix hatte ihre Schaufel verloren und brüllte wie am Spieß, aber Shell fand ihn am Melkstand. Dort hatte Trix ihn verloren, als sie Tote Soldaten gespielt hatten, auf den hohen Querstangen, mit denen die Kühe beim Melken festgeklemmt wurden. Shell erinnerte sich, wie sie den beiden das Spiel beigebracht hatte, sie hatte es selbst erfunden. Man saß mit beiden Armen aufgestützt auf einer Stange, das eine Bein vor ihr, das andere dahinter. Dann hakte man das vordere Fußgelenk in der hinteren Kniekehle ein und musste so mit aufgerichtetem Körper das Gleichgewicht halten. Wenn jemand auf einer anderen Stange einem zuzwinkerte, ließ man sich mit dem Oberkörper nach vorn fallen und war tot, als wäre man aus nächster Nähe erschossen worden. Man baumelte so mit dem Kopf nach unten an der Kniekehle, bis die anderen Soldaten auch nach unten hingen und tot waren. Dabei ließ man die Zunge raushängen und glotzte wie eine tote

Makrele. Wenn man jemandem in die Augen sah, konnte man immer noch zu ihm hinaufzwinkern und ihn töten, auch wenn man selbst schon tot war.

Trix meinte, sie hätte sich die rote Schaufel unter den Arm geklemmt und dann musste sie ihr runtergefallen sein, als Jimmy sie getötet hatte. Sie schlug Jimmy den ganzen Heimweg über damit auf den Hintern, und bei jedem Schlag quiekte er wie ein Schwein, sprang wie ein Verrückter in die Höhe und brachte Trix damit zum Lachen. Shell stimmte in ihr Gelächter ein.

Als sie nach Hause kamen, war niemand da. Dad war am Tag zuvor in die Stadt gegangen. Inzwischen war er an den meisten Wochentagen mit seiner Sammelbüchse in der Stadt unterwegs und blieb über Nacht oft weg. Wo er übernachtete, wusste Shell nicht. Am Abend davor hätte er eigentlich zu Hause sein sollen, war aber trotzdem nicht erschienen.

Sie bereitete das Abendbrot zu. Im Gefrierfach gab es dünn geschnittenen Frühstücksspeck. Shell taute ihn gar nicht erst auf, sondern briet ihn gleich zusammen mit den Brotscheiben.

Vielleicht war der Bus, den er genommen hatte, ja in einer scharfen Kurve umgekippt und alle Insassen waren dabei ums Leben gekommen.

Oder vielleicht hatte Dad sich in den Fluss gestürzt.

Oder ein Dieb hatte ihn niedergeschlagen, und als er aus seiner Bewusstlosigkeit erwachte, hatte er vergessen, wer er war.

Oder er war davongelaufen, hatte sie verlassen und das Boot genommen, das nach Wales übersetzte.

Shell lächelte gedankenverloren, während sie ihr Abendbrot aß. Sie war hungrig. Jimmy und Trix schnitten ihre Brotrinde ab und Shell aß alles auf. Als sie fertig waren, sagte Trix: »Superlecker. Darf ich mich entschuldigen, Shell?«

»Dürft ihr, alle beide.«

Sie schossen pfeilschnell zur Tür hinaus, um ihre Abendspiele zu spielen.

Shell räumte ab und summte dabei Mums Lieblingslied vor sich hin, das von dem Soldaten, der dem Mädchen die Hochzeit verspricht, »wenn man aus Muscheln irgendwann Hochzeitsglocken machen kann«. Shell fand die Vorstellung so romantisch, eine Braut und ein Bräutigam, und ein großes Hochzeitsfest, die Allee hinauf zur Kirche von Coolbar zu schreiten, und dazu der Ton von klimpernden Muscheln. Sie fegte den Boden, spülte die Teller und räumte alles weg. Das Fett ließ sie in der Pfanne, falls Dad es noch brauchte, wenn er auftauchte.

Als alles erledigt war, setzte sie sich in Dads Sessel, um von Declan zu träumen. Es war der einzige Sessel im ganzen Haus. Shell wagte es immer nur dann, sich dort hinzusetzen, wenn Dad weit fort war.

Ihre Arme ruhten auf den Lehnen und sie schloss die Augen.

Declan war wieder bei ihr und pustete in ihre Stirnfransen. Shell umarmte sich selbst, mit geschlossenen Augen, stellte sich jede kleinste Bewegung vor. *Du bist meine Liebste,* sagte er. *Wir werden heiraten, Shell, sobald wir die Glocken fertig haben.*

Seit vier Monaten oder länger, und niemand wusste davon.

Eine kalte Nadel schlängelte sich mitten durch ihr Innerstes von morgens bis abends.

Das Schlimme, woran sie nicht zu denken versuchte, kehrte zurück. Es überfiel sie immer wie plötzlicher Gestank, wenn sie nicht damit rechnete. Sie konnte gerade eine Straße überqueren und erstarren, direkt vor einem Auto, das auf sie zufuhr. Oder sie war dabei, Scones zu machen, und stellte auf einmal fest, dass sie den Teig zu Brei geknetet hatte. Und jedes Mal wurde sie mitten aus ihren Gedanken herausgerissen wie eine Fliege, die an einem Fliegenfänger hängen blieb.

Der Fluch war nicht mehr gekommen. Schon seit langer Zeit nicht mehr.

Sie wusste alles über den Fluch. Mum hatte es ihr erklärt, ein paar Jahre vor ihrem Tod. Dann hatte der Fluch an einem nassen Wintertag begonnen, als es Mum bereits schlecht gegangen war. Shell erinnerte sich, wie sie sich gekrümmt hatte, draußen im Regen, auf dem Heimweg von der Schule, als die seltsamen Schmerzen ihren Bauch durchzuckten. Shell hatte angefangen zu zittern. Ihre Beine fühlten sich an, als könnten sie jeden Moment nachgeben. Ihr war, als würde sich in ihr ein großer Klumpen Teig aufblähen, der einen heftigen, dumpfen Schmerz verursachte. Mum hatte ihr Tabletten und alles Notwendige gegeben und ihr erklärt, was zu tun sei. Shell erinnerte sich an ihre Worte: *Es ist ein komisches Gefühl, Shell. Aber es ist normal. Das ist dein Körper, der jeden Monat darauf hofft, dass ein Baby in dir wächst. Ich erinnere mich noch an Schwester Assumpta in meiner Klosterschule – hinter ihrem Rücken haben wir sie immer ausgelacht! – und sie nannte es immer »die Tränen einer enttäuschten Gebärmutter«. Wenn das Kind nicht entsteht, gibt dein Körper auf und lässt los. Dann beginnt er im nächsten Monat wieder von neuem, mit neuer Hoffnung. Und was ist, wenn das Kind entsteht?*, hatte Shell gefragt. *Dann kommt der Fluch nicht. Alles bleibt in deinem Körper und bildet ein schönes warmes Nest für dein Baby, damit es darin liegen kann. Es ist ein Segen der Natur, Shell. Nichts, wovor man Angst haben müsste. Warum wird es dann Fluch genannt?*, wollte Shell wissen. Mum hatte ihr durchs Haar gewuschelt. *Wir Frauen neigen eben dazu, die Dinge zu dramatisieren, Shell. Bei uns in der Schule gab es einen Witz: »Was ist besser, der Fluch oder kein Fluch?« Und die Antwort lautete: »Verflucht, das kommt drauf an, ob man verheiratet ist!«*

Shell konnte sich nicht daran erinnern, wann sie ihn zum letzten Mal gehabt hatte. Sie verzog das Gesicht, kniff die Augen zusammen und ging in Gedanken die Sommerferien durch, ihre wöchentliche Arbeit, die Tage der heiligen Messe, die Abendessen, die sie zubereitet hatte, die Einkaufstage. Sie durchlebte das letzte Sommerhalbjahr noch einmal. Sportunterricht. Schriftliche Arbeiten. Das Herz-Jesu-Fest, als in der Schule Tomatensandwiches und Kekse verteilt worden waren, die sie draußen auf dem Rasen gegessen hatten. Bridie Quinn war samt ihrem Sandwich mit Theresa Sheehy abgezogen und hatte Shell ignoriert, wie sie es schon seit Ostern tat. Sie saß nicht mal mehr im Bus neben ihr und hatte alle Versuche von Shell, wieder Frieden zu schließen, abgewiesen. Ohne Bridie war der Schulalltag langatmig und leer. Shell zuckte mit den Schultern und versetzte sich zurück in den Mai, alles davor war nur noch verschwommen.

Sie erinnerte sich an keine Fluch-Tage.

In der Abendhitze lauschte sie auf die Geräusche im Haus. Fliegen umsurrten die Fliegenfänger. Aus der Ferne, vom Acker, hallten die Stimmen von Jimmy und Trix herüber. Die Uhr auf dem Fenstersims tickte. Hätte sich doch die frühere Bridie, die kluge, patente, einfach so neben ihr materialisieren können, um ihr mit einem Flüstern ihre Ängste zu nehmen! »Du fantasierst«, ließ sie Bridie in ihrer Vorstellung sagen. »Du bist so schwanger wie Mutter Teresa!«

Sie warf einen Blick auf den heiligen Kalender an der Wand, der immer noch den Mai anzeigte, weil seither niemand daran gedacht hatte, ihn umzublättern. Auf dem Bild war die Jungfrau Maria in der Grotte von Lourdes zu sehen, mit einer über ihrem Kopf schwebenden Krone aus Sternen und liebevoll ausgestreckten Armen. Über die Felsen ergoss sich der wallende Stoff ihres blauen Mantels und am Rand kniete die heilige Bernadette im rot-grünen Gewand einer Bäuerin. Neben ihr entsprang dem Boden eine plätschernde Quelle.

Mum hatte eine Pilgerfahrt nach Lourdes gewollt, um geheilt zu werden. Doch Dad hatte es nicht erlaubt.

Shell schreckte aus dem Sessel hoch, als sie hörte, wie draußen ein Auto hielt. Eine Wagentür schlug zu. Sie hörte, wie Dad sagte: »Vielen Dank, Pater.« Shell warf einen verstohlenen Blick durchs Fenster und sah, wie Pater Carroll winkte und auf die Straße nach Coolbar einschwenkte.

Ihr Vater blieb einen kurzen Moment auf dem Pfad stehen. Er trug seinen besten Anzug. Vor einigen Monaten hatte er ihn aus der Plastikfolie gewickelt, um ihn für seine Ausflüge in die Stadt anzuziehen. Das Jackett stand offen, das Hemd darunter hatte er seit zwei Tagen nicht gewechselt. Er schaute zu Jimmy und Trix hinüber, die oben am Hang über den Acker rannten, auf das Wäldchen zu, vielleicht, um Dad auszuweichen. Sie sah, wie seine Schultern nach unten sanken, wie er den Kopf hängen ließ. Pater Carrolls Wagen verschwand in der Kurve.

»Shell!«, rief Dad. Sie hörte, dass er keine gute Laune hatte. Aber betrunken war er nicht.

Sie stellte eine Herdplatte an, um die Pfanne zu erhitzen.

Neunzehn

Mit Dads Rückkehr begann wieder das frühe Aufstehen und Steinesammeln. Es war der Morgen des ersten Herbsttages. Auf dem Gras lag Tau, ein Geruch von Vitalität erfüllte den Hof. Der Steinhaufen überragte Shell inzwischen und war breiter, als Trix groß war.

Trix und Jimmy gingen schon voraus, während Shell noch die Cornflakes und das Marmeladenglas in den Schrank zurückstellte. Sie wischte die Plastiktischdecke ab, während Dad ungeduldig das Kleingeld in seiner Tasche klimpern ließ.

»Nun mach schon«, sagte er.

Sie spülte die Krümel vom Schwamm.

Sie schob die Stühle an den Tisch.

Sie öffnete das Fenster, um zu lüften.

Er schnalzte missbilligend mit der Zunge.

»Dad«, sagte Shell und hängte das Geschirrtuch über die Stuhllehne. »Es gibt keine Steine mehr zum Aufsammeln.«

Es wurde still in der Küche. Sie konnte sehen, wie sein Mund sich verzog, seine Brauen sich senkten.

»Wir haben jeden einzelnen Stein auf dem Acker hinterm Haus aufgesammelt.«

»Dann kontrolliert es noch mal, Zentimeter für Zentimeter.«

»Aber wozu, Dad? Zum Pflügen ist es dieses Jahr zu spät. Oder hast du vor, das Feld zu verkaufen?«

Er schnaubte und erhob sich. Sie sah, wie seine Handfläche sich streckte, wie bereit zum Schlag. Er hob sie, kam auf sie zu, hielt inne. Sie stand reglos da.

Dads Arm sackte nach unten. Er atmete aus, heftig und lang. »Vielleicht hab ich das. Vielleicht auch nicht. Raus mit dir, Shell. Verschwinde!«

Sie zuckte mit den Schultern und ging.

Als sie hinaustrat, sah sie Jimmy und Trix drüben beim Steinhaufen. Jimmy hatte die Arme seitlich ausgestreckt, wie ein Flugzeug, Trix war am Hüpfen und spielte Himmel und Hölle. Statt sich ihnen anzuschließen, schlich Shell auf Zehenspitzen zur Vorderseite des Hauses und duckte sich unterhalb des Fensters, das sie absichtlich offen gelassen hatte.

Sie konnte hören, wie Dad drinnen umherging. Ein Möbelstück – vielleicht ein Stuhl? – wurde über den Boden geschleift. Sie hob den Kopf bis zum Fenstersims und spähte hinein.

Es war der Sessel, den er bewegt hatte. Er hatte ihn weggerückt, als hätte er vor, den Boden vorm Klavier zu wischen. Dann sah sie, wie er unterhalb der Klaviertastatur herumfuhrwerkte. Er löste die Holzverkleidung über den Pedalen. Shell hatte ganz vergessen, dass man sie herausnehmen konnte. Schon seit geraumer Zeit vor Mums Tod war es nicht mehr gemacht worden, seit der Klavierstimmer zum letzten Mal da gewesen war. Sie duckte sich wieder, als Dad aufstand und die Holzverkleidung beiseitestellte. Dann riskierte sie einen zweiten Blick; er hatte die Holzverkleidung an den Tisch gelehnt, hockte nun wieder vor dem Klavier und holte eine Flasche Whiskey und eine Teedose heraus, die Shell schon seit Ewigkeiten nicht mehr gesehen hatte. Dann trug er beides hinüber zum Tisch und setzte sich damit hin, ihr den Rücken zugewandt. Shell konnte nicht erkennen, was er tat, doch sie sah, wie er mehrmals kurz mit dem Kopf nickte, als würde er etwas zählen. Und sie sah, wie er ein paar Schlucke Whiskey nahm, direkt aus der Flasche.

Halb lächelnd huschte sie ums Haus zum Acker.

Dad. Der sie um acht Uhr morgens vor die Tür jagte, um in Ruhe saufen zu können. Dad. Ein Sozialhilfeempfänger, der sich nicht traute seine unehrlichen Einkünfte aus den Sammelbüchsen auf ein Bankkonto einzuzahlen.

Später am Tag, als er zu seiner üblichen Mittwochabend-Sauftour ausgegangen war und Trix und Jimmy bereits im Bett lagen, öffnete sie selber das Klavier.

Sie fand die Teedose. Daneben standen zwei Whiskeyflaschen, die eine zur Hälfte geleert. Sie drehte den Verschluss der Flasche auf und roch an ihr. Es war wie ein Gemisch aus Zucker und Zitrone. Sie dachte an Pater Roses Flasche Bitter Lemon und musste lächeln. Dann öffnete sie die Teedose. Sie war bis zum Rand vollgestopft mit Papiergeld. Shell zählte es.

Es war ein Vermögen. Hunderte von Scheinen, überhaupt keine Münzen.

Sie füllte sich einen kleinen Schluck Whiskey ab und kippte ihn runter. Ihr Magen drehte sich um. Die brennende Flüssigkeit kam ihr fast wieder hoch. Was war daran bloß so gut? Es schmeckte nicht süß. Es sprudelte nicht. Es war erst lauwarm und brannte dann wie Feuer. Es schmeckte nach versengtem Heu. Sie hustete und ihr Magen verkrampfte sich erneut. Für einen kurzen Moment glaubte sie sich übergeben zu müssen. Rasch stellte sie die Flasche zurück ins Klavier. Dieses Zeug würde sie nie wieder anrühren.

Sie wandte sich der Teedose zu. Am liebsten hätte sie das Geld genommen oder zumindest einen Teil davon. Sie stellte sich vor, mit Bridie bei Meehan's in der Wäscheabteilung die wehenden Negligés und BHs aus Spitze anzuprobieren und alle zu kaufen, anstatt sie stehlen zu müssen. Oder sie würden zusammen in die Spielhalle von Castlerock gehen und eine Münze nach der anderen einwerfen und ein ganzes Meer von Münzen würde sich über ihre Füße ergießen. Und dann sah sie sich und Bridie auf einem Boot, das nach England hinüberfuhr, auf der Flucht, mit Seewind in den Haaren, frei wie die kreisenden Möwen.

Sie seufzte. Wahrscheinlich hatte er alles bis zum letzten Schein genau gezählt. Und Bridie redete nicht mal mehr mit ihr. Sie verschloss die Dose wieder und stellte sie zurück. Dann setzte sie die Klavierverkleidung wieder an Ort und Stelle, so leise wie möglich.

Zwanzig

Der Büchereibus kam an einem Freitag in die Stadt.

Shell hatte ihn früher nie genutzt, aber sie hatte ihn auf ihrem Heimweg von der Schule oft auf der Grünfläche am oberen Ende des Piers stehen sehen. Er fiel ihr erneut auf, als sie ihre üblichen Besorgungen gerade erledigt hatte und zur Haltestelle zurücktrottete. Der Büchereibus war groß und weiß, mit einer grünen Aufschrift an der Seite und einer leichten Aluminiumtreppe, die hineinführte.

Einer plötzlichen Laune folgend stieg sie hinauf.

Drinnen war eine Frau gerade dabei, die Bücherregale zu ordnen. Sie war kaum größer als Jimmy, trug kurzes schwarzes Haar und einen schlabberigen weißen Overall. Im Hintergrund dudelte ein Radio den neuesten Hit und die Frau summte mit. Es war ein völlig fremder Rhythmus.

»Tach«, sagte die Frau, ohne sich umzudrehen.

Shell blieb auf der obersten Stufe stehen und traute sich nicht einzutreten.

Die Bibliothekarin warf einen Blick über ihre Schulter. Sie hatte ein schmales Kinn und braune Augen, umgeben von

Lachfältchen, ein wenig so, wie sie bei Mum ausgesehen hatten. »Komm herein und schau dich um, wenn du möchtest«, ermunterte sie Shell.

»Darf ich?«

»Darfst du.« Sie sang den Text des Popsongs mit und wackelte dabei mit den Hüften: »*No need to ask, he's a smooth operator, smooth operator ...*« Sie verstummte und zuckte mit den Schultern, als Shell immer noch in der Tür stehen blieb. »Ich beiße doch nicht.«

»Ich dachte, man müsste alt sein«, sagte Shell.

»Alt?«

Shell nickte. »Um herzukommen.«

Die Bibliothekarin lächelte. »Warum denn das?«

»Ich habe immer nur ältere Leute hier reingehen sehen. Graue Köpfe.«

»Hier kommen alle Kopfsorten her. Graue Köpfe, weiße Köpfe, rote Köpfe, schwarze Köpfe, Dummköpfe, Hitzköpfe.«

Shell lachte. »Was ist denn das für ein Lied da im Radio?«

»Das läuft gerade erst in England. Über einen Kerl, der in ganz Amerika die Herzen bricht.«

Wahrscheinlich so einer wie Declan, dachte Shell. »Das ist nicht übel.«

»Nun komm doch rein«, sagte die Bibliothekarin. »Ich zeig dir, was wir haben.«

Shell trat ein. Die Bibliothekarin zeigte ihr Bücher mit Bildern, Bücher mit Geschichten, Naturbücher und dass alles in verschiedene Bereiche eingeteilt war. Auf der einen Seite stünden die Geschichten, erklärte sie, auf der anderen die Sachbücher. »Das Einzige, was wir hier im Bus nicht haben, sind

Gedichte. Dafür musst du zu uns in die Bücherei kommen. Magst du Gedichte?«

»Nein«, sagte Shell. »Nur Songs.«

»Songs sind doch auch Gedichte, oder?«

Shell zuckte mit den Schultern. »Keine Ahnung.« Sie dachte an die vielen alten Songs ihrer Mutter, die alle von gebrochenen Herzen und verpassten Chancen handelten. »*Coast to coast, L. A., to Chicago ...*«, sang die Frauenstimme im Radio. »Manche vielleicht.«

»Suchst du irgendetwas Bestimmtes?«

Shell schluckte. »Nein, nichts.«

»Aber du willst dich mal umschauen?«

Shell nickte.

Die Bibliothekarin lächelte. »Dann schau dich um. Ich geh mal kurz runter zum Pier, eine rauchen. Kannst du hier für mich die Stellung halten?«

Shell nickte wieder und sah zu, wie die Bibliothekarin sich entfernte, die Treppe hinunter und am Pier entlang. Die Flut kam gerade herein. Vor dem gewaltigen wogenden Blau wirkte die Frau so zierlich, dass Shell sich fragte, wie um alles in der Welt sie mit ihren Füßen an die Pedale des Busses heranreichte. Der Song im Radio verklang, wurde abgelöst von einer Unterhaltung.

Shell wandte sich den Büchern zu. Vor der Geräuschkulisse des Radios hörte sie Mums Stimme, die in Gedanken zu ihr sprach. *Es ist ein Segen der Natur.* Shell trat an das Naturregal. Sie hatte ein Buch über Bäume und Büsche gesehen, strich mit dem Finger an den Buchrücken entlang. *Wale und andere Meeressäuger. Heimatliche Pilze und Flechten. Die Wildnis Irlands.*

Brucellose: Prophylaxe und Behandlungsmöglichkeiten. Dann fand sie etwas, das mehr mit ihrem Thema zu tun hatte: *Der menschliche Körper von A bis Z.* Das Buch war dick und groß, mit Sicherheit zu sperrig, um es in ihre Einkaufstüte zu stecken. Sie warf einen nervösen Blick zum Pier hinunter. Die Bibliothekarin stand ganz am anderen Ende. Shells Herz pochte, das Radio knisterte.

Sie begann zu blättern. Krankheiten und Körperteile sprangen ihr entgegen. *Ataxie. Karotide. Pfeiffer'sches Drüsenfieber. Gürtelrose. Schilddrüse.* Sie blätterte zum Anfang zurück und suchte nach dem Inhaltsverzeichnis. Stattdessen landete sie wieder bei A. Sie las ein paar der Einträge. Das alles hatte nichts mit ihr zu tun. Ihre Augen wurden glasig und sie las weiter, ohne das Gelesene wirklich zu verstehen. *Amenorrhö: anormales Ausbleiben der Menstruation ...* Was zum Teufel hatte das alles zu bedeuten? Sie klappte das Buch zu, schloss die Augen. Atmete lang und heftig zwischen den Lippen hindurch aus. Dann schlug sie es wieder auf und suchte hinten im Index unter S.

Das Wort Schwangerschaft war aufgelistet. Ein längerer Eintrag. Seite 368–404.

Sie schlug die Seite 368 auf und begann zu lesen.

Als sie zur nächsten Seite umblätterte, fiel ihr wieder ein, wo sie sich befand. Sie warf einen raschen Blick hinüber zum Pier. Die Bibliothekarin kam zurück. Sie würde jeden Moment wieder hier sein. Shell wich in den hinteren Teil des Busses zurück und versuchte die Seiten herauszureißen, aber sie waren zu fest und es waren zu viele. Ihre Hände zitterten. In Panik stopfte sie das Buch ganz nach unten in ihre Einkaufstüte, zwischen

Konserven und Schachteln. Sie stellte die Bücher auf dem Regal um, damit die große Lücke, die der dicke Wälzer hinterlassen hatte, nicht zu sehen war. Sie griff sich ein anderes Buch, das in der Nähe stand, und steckte ihre Nase genau in dem Moment hinein, als draußen die Stufen zu klappern begannen.

»Da bin ich wieder«, sagte die Bibliothekarin. »Hast du was gefunden?«

Shell blickte auf. Ihre Wangen brannten, ihre Kehle war wie ausgetrocknet. »Ähem«, sagte sie. »Dieses hier.« Im Radio begann ein neuer Song, die schrille Stimme eines Mannes. Shell konnte den Text nicht verstehen.

»Was ist es denn?«

Shell warf einen Blick auf den Titel. *Eine liebevolle historische Betrachtung der Brieftaube.*

Die Bibliothekarin schaute auf das Buch, dann blickte sie Shell an und brach in schallendes Gelächter aus. »Ich hätte dich nie für eine Brieftauben-Liebhaberin gehalten«, sagte sie und schaltete mitten im Song das Radio aus.

Shell blinzelte in die Stille, zuckte mit den Schultern und stellte das Buch zurück.

»Du kannst es ausleihen, wenn du willst«, bot die Bibliothekarin an.

»Ich habe gar keine Leihkarte.«

»Du kannst dich heute anmelden. Ich brauche nur deine Adresse und dein Geburtsdatum.«

»Ich habe keine Zeit, die Eiscreme schmilzt. Hier in der Tüte.« In der Tüte war gar keine Eiscreme. Aber das brauchte die Bibliothekarin ja nicht zu wissen. »Ich muss sie nach Hause bringen.«

»Dann vielleicht ein andermal?«, sagte die Bibliothekarin.

Shell nickte. Sie griff nach der Tüte mit den Einkäufen und schlenderte zur Tür hinaus. »Also dann, auf Wiedersehen.« Sie betrat die Treppe.

»Soll ich dir damit nicht helfen? Du hast ja ganz schön was zu schleppen.«

»Geht schon. Ich komm schon klar.«

»Dann auf Wiedersehen.«

Sie spürte die bohrenden Blicke der Bibliothekarin im Rücken, während sie sich entfernte. »He, du. Ehe du gehst!«

Shell war nur ein paar Schritte gegangen. Sie erschauerte und drehte sich um. »Was ist?«

»Tauben sind was Tolles. Mein kleiner Cousin Timmy hält welche.«

Shell starrte sie an. Die Bibliothekarin nickte. »Als er letztes Jahr nach England rüberfuhr, nahm er seine beste Brieftaube mit. In einem Käfig, mit einem Tuch drüber. Ein weißgraues Männchen, superelegant, mit einer Halskrause aus Flaum. Und als das Boot drüben ankam, ließ Timmy es raus. Am Hafen von Fishguard. Hunderte von Meilen von zu Hause entfernt. Und weißt du was?«

Shell blickte in die lächelnden Augen der Bibliothekarin und das Herz hämmerte ihr im Brustkorb. »Was?«

»Als sie eine Woche später aus dem Urlaub zurückkamen, wer wartete dort auf dem Dachvorsprung ihres Hauses?« Die Bibliothekarin nickte, obwohl Shell gar nichts gesagt hatte. »Richtig geraten. Unser Freund. Genau diese Brieftaube mit der flaumigen Halskrause.«

Shell brachte ein Lächeln zu Stande.

»Und willst du wissen, wie dieser Vogel von Timmy hieß?«, fragte die Bibliothekarin.

Shell zuckte mit den Schultern. »Wie?«

»Bumerang!«

Shell rang sich ein höfliches Kichern ab.

»Also, so was nenn ich ein Gedicht!«, sagte die Bibliothekarin.

Einundzwanzig

Shell zerrte die Einkaufstüte in den Linienbus, der sie oberhalb des Dorfes wieder absetzte. Die Sonne brannte auf die roten Beeren der vertrocknenden Bäume herab und auf Shells Scheitel. Im Gehen spürte sie den Schweiß an ihrem Rücken. Die Henkel der schweren Einkaufstüte schnitten ihr in die Handflächen, dass es schmerzte.

In der schläfrigen Ruhe des Mittags schritt sie durch das Dorf. Vor dem Haus des Priesters parkte kein Auto. Die Hunde, die zur Kneipe gehörten, sonnten sich auf dem Bürgersteig. McGraths Laden hatte für die Mittagspause geschlossen, die Jalousie war heruntergelassen. Kurz vor der Brücke wollte sie gerade ins Feld abbiegen, als sie ein seltsames Spotzen und Stottern hinter der Kurve hörte. Es klang wie bei einem Flugzeug im Kino, wenn der Motor immer wieder ausgeht und man weiß, dass der Pilot in großen Schwierigkeiten ist. Shell blieb stehen. Inzwischen kannte sie das Geräusch.

Pater Roses violetter Wagen holperte über die Brücke. Genau in dem Moment, als er sie entdeckte, fiel der Motor aus und das Auto kam mit einem Ruck zum Stehen.

Er saß dort, beide Hände am Lenkrad, und starrte über die Kühlerhaube, mit ausdrucksloser Miene. Das Seitenfenster war offen und Shell sah seine Koteletten, kraus und drahtig, und seinen Mund, mit zusammengekniffenen Lippen.

Er hatte seit Monaten kaum mehr zu ihr gesagt als ein Hallo. In letzter Zeit musste sie sich meistens mit einem höflich distanzierten Nicken begnügen.

Sie hatte unzählige Male an seinen Messen teilgenommen. Doch der Funke, der ihnen innegewohnt hatte, war verglüht. Etwas hatte sich verändert, hatte an Spannung verloren. Er las die Worte noch immer im selben, gleichmäßigen Tonfall, aber seine Sätze hatten die Kraft der Bilder eingebüßt. Während er sprach, waren seine Augen ständig auf einen fernen Punkt gerichtet. Es war nicht der Himmel und es war auch nicht hier: Es war irgendwo dazwischen, auf halber Höhe, in der Schwebe.

Sie ging auf ihn zu.

»Pater Rose?«, sagte sie. »Ist der Wagen kaputt?«

Er antwortete nicht, sondern drehte langsam den Kopf in ihre Richtung.

»Hallo, Shell«, sagte er. Seine Mundwinkel hoben sich kaum merklich. Er nickte. »Nicht kaputt, eher am Pausieren. Der Motor ist heiß gelaufen. Er wird gleich wieder anspringen.«

»Wird sie wieder mal frech, ja? Isebel?«

Halb lachte er auf, halb seufzte er. »Ich hätte nicht übel Lust, sie auszupeitschen«, sagte er und klopfte auf das Lenkrad. »Du hast aber eine Menge Einkäufe, Shell.«

Sie drückte die Tüte an sich und spürte, wie ihr das Blut in die Wangen schoss. Ihr war, als könnte jeder durch das Plastik schauen und das dicke Buch sehen, das sich in der Tüte verbarg. »Nur das Übliche«, murmelte sie.

»Ich würde dich ja nach Hause fahren, bloß ...« Er hob seine Hände kurz vom Lenkrad und ließ sie wieder zurückfallen.

Sie wusste, was er meinte. Es lag nicht daran, dass das Auto eine Pause eingelegt hatte. Es schien, als hörten sie beide immer noch das Echo von Pater Carrolls Stimme am Mittwoch vor Ostern, wie sie durch die Sakristei der Kirche hallte. *Wir haben keinen Grund, Damen ohne Begleitpersonen durch die Gegend zu fahren.*

»Keine Sorge«, sagte Shell. »Ich komme schon klar.«

»Also dann, Shell.«

»Also dann, Pater.« Sie bog in das Feld ein.

»Und, Shell?«

Sie warf einen Blick zurück.

Er schaute sie wieder mit diesem Blick an, den sie von früher kannte, seine Augen zielten direkt in ihre, schlugen ein wie Meteoriten. Sie hatte ein Gefühl, als stünden ihr all ihre Sünden – Declan, das gestohlene Buch, die Küsse und alles andere – mitten auf der Stirn geschrieben. Und sie fühlte sich nackter, als sie sich im Feld der Duggans je gefühlt hatte.

Shell musste seinem Blick ausweichen, schaute über seine Schulter und biss sich auf die Lippen.

»Was ist?«, stieß sie hervor.

»Gottes Segen!«

Sie nickte. Die zwei einfachen Worte drangen direkt in ihr Herz, fanden tief in ihrem Innersten ein Zuhause. Sie errötete und wandte den Kopf ab, um das Lächeln zu verbergen, das seine Freundlichkeit ihr ins Gesicht gezaubert hatte. Sie nickte ihm zu und schritt den Hügel hinauf.

Auf halber Höhe hörte sie das Husten seines Motors, wie er stotterte, erstarb, erneut ansprang. Sie hielt inne und lauschte auf die Geräusche seines Wagens, folgte ihnen durch das Dorf, bis sie leiser wurden und schließlich in der Ferne verklangen. Sie stellte die Tüte ab. Gottes Segen. Seine Stimme waren Wellen aus Rauch, die in ihr aufstiegen, sich ihren Weg durch ihre Glieder bahnten, bis in den Kopf. Sie starrte zum Wäldchen hinauf. Die Bäume verfärbten sich. Still und golden schien die Sonne auf ihre Kronen. Shell ließ sich auf dem Pfad nieder. Die letzten Heuschrecken zirpten. Über ihrem Kopf schwebte reglos ein Sperber. In ihrer Vorstellung war sie dort oben bei ihm, schwerelos, blickte aus großer Höhe auf die Banalitäten der Welt hinunter.

Zweiundzwanzig

In den darauffolgenden Tagen verbrachte Shell viel Zeit im Wäldchen und las dort *Der menschliche Körper von A bis Z*. Sie hatte das Buch in eine Plastiktüte gewickelt und versteckte es unter einigen Steinen am Rand des großen Haufens. In den ruhigeren Stunden des Tages nahm sie es hervor und las es auf dem umgestürzten Baumstamm, neben einem Haufen Holzspänen, in dem sie das Buch rasch verstecken konnte, falls jemand plötzlich vorbeikam. Doch es kam nie jemand. Shell las sämtliche Artikel zum Thema Schwangerschaft, die sie finden konnte. Sie schaute sich Bilder von Föten an, die sich im Bauch aufblähten und jungen Lachsforellen ähnelten. Dann bekamen sie Nasen, Hände und Finger und gekrümmte Rücken und sahen aus wie eine Karte von Irland. Shell betrachtete die Bilder und dann ihren Bauch. Sie konnte nicht glauben, dass ein derartiges Wesen in ihr heranwuchs. Ihr Bauch war fester als gewöhnlich, weniger wabbelig. Doch abgesehen davon stand er nicht so vor wie auf den Bildern. Sie fand den Artikel über die Amenorrhö wieder. Dort stand, dass der Fluch zuweilen auch aus anderen Gründen ausblieb. Genau wie bei mir, entschied sie. Ich habe einen leichten Anfall von Amenorrhö.

Ein kurzes Gespräch mit Mrs Duggan eine Woche später überzeugte sie nahezu. Es war ein Samstag und Shell kam, um Trix und Jimmy vom Spielen abzuholen. Mrs Duggan hatte sich in einen Sessel plumpsen lassen, die Füße auf dem Hocker, und bat sie, sich zu ihr zu setzen.

»Es geht mir nicht so gut, Shell. Trix und Jimmy werden mir in letzter Zeit zu viel.«

»Entschuldigen Sie, Mrs Duggan. Was fehlt Ihnen denn?«

Mrs Duggan setzte ein seltsames Lächeln auf, das gar kein richtiges Lächeln war. »Es ist wieder mal was unterwegs. Ein Baby. Deswegen bin ich so müde und mir ist schlecht. Normalerweise wird einer Frau in den ersten zehn Wochen oder so übel. Dann geht es vorüber. Aber ich bin schon weit drüber hinaus und fühle mich immer noch genauso schlecht.« Sie verzog das Gesicht und rutschte nervös in ihrem Sessel herum.

»Sie sind schwanger, Mrs Duggan?«

Sie nickte. »Leider Gottes, das bin ich.« Mrs Duggan seufzte.

Sie saßen schweigend da. Shell ließ ihren Blick durch die Küche schweifen. Sie war nicht so sauber wie sonst und ihr fiel ein, dass es schon seit Ewigkeiten keinen selbst gebackenen Obstkuchen mehr gegeben hatte. Dann musterte sie Mrs Duggans Bauch und stellte fest, dass er riesig war. Wieso war ihr das vorher nur nicht aufgefallen?

»Dr. Fallon hat mir gesagt, ich soll mich ausruhen, um den Blutdruck niedrig zu halten, Shell. Deswegen muss ich dich bitten Trix und Jimmy im Moment nicht mehr vorbeizubringen. Zusammen mit meinen beiden wird es einfach zu viel. Nur fürs Erste.«

Shell nickte. »Sie toben gern herum«, erklärte sie.

Mrs Duggan lächelte schwach. Ihre Augen schlossen sich, als würde sie jeden Moment einnicken.

»Mrs Duggan?«, fragte Shell. »Darf ich Sie was fragen?«

»Was denn, Shell?«

»Wenn etwas unterwegs ist ... Woran merkt man es?«

»Habt ihr denn heutzutage keinen Biologieunterricht mehr?«

Shell zuckte mit den Schultern. »So was Ähnliches.«

»Ich sag dir, woher ich es weiß, Shell. Jedes Mal, mit absoluter Sicherheit, weiß ich es schon nach ein paar Tagen. Weil ich dann nämlich sofort keinen Räucherlachs mehr mag. Normalerweise ist das mein Lieblingsgericht. Wir essen ihn zu Weihnachten und zu Ostern oder wenn wir Gäste haben. Jack holt den über Eichenholz geräucherten, von den Fischereien am anderen Ende der Stadt. Aber wenn bei mir was unterwegs ist, werden mir schon allein bei dem Gedanken an das orangefarbene schrumpelige Lachsfleisch die Hände feucht. Und bei dem Geruch muss ich würgen.« Sie lachte und wuschelte Shell durchs Haar. »Es ist ein bombensicherer Test. Halt mir ein Stück Räucherlachs unter die Nase und ich weiß sofort Bescheid.«

Mit einem Lächeln schloss sie die Augen wieder.

Shell stand auf. »Also dann, auf Wiedersehen, Mrs Duggan«, sagte sie.

»Auf Wiedersehen, Shell. Tut mir leid wegen der Kleinen.«

»Keine Sorge, Mrs Duggan. Morgen müssen sie sowieso wieder zur Schule.«

Shell probierte Mrs Duggans Methode gleich am nächsten Tag aus, nachdem sie Trix und Jimmy zur Schule gebracht hatte. Sie hatte Dad ein paar Münzen aus seiner Ersatzhose geklaut, ging damit in die Stadt und kaufte die kleinste Packung Räucherlachs, die sie finden konnte. Als sie nach Hause kam, öffnete sie sie sofort und roch daran. Dann legte sie eine der orangefarbenen Scheiben auf ein Stück Brot mit Butter und aß es auf.

Sie schnitt sich noch eine Scheibe Brot ab und aß weiter. Und dann noch mehr, bis die ganze Packung leer war. Nie zuvor hatte ihr eine kleine Zwischenmahlzeit so gut geschmeckt.

Sie stopfte die Verpackung ganz zuunterst in den Mülleimer und wusch sich die Hände, damit niemand den Geruch an ihr bemerken würde. Dann lehnte sie sich in Dads Sessel zurück und atmete erleichtert auf. In ihren Gedanken lachte Bridie sie aus: *Ich hab's dir doch gesagt. Du bist so schwanger wie Mutter Teresa.* Ihr Blick fiel auf den Kalender, der immer noch Mai anzeigte. Shell stand auf und blätterte vier Monate weiter bis zum September. Es war ein Bild von Jesus bei der Speisung auf dem Berg, wie er Brot und Fisch an die Menschenmenge verteilte. Sie hängte den Kalender zurück an die Wand und setzte sich lächelnd wieder hin, umschlang ihren Körper mit beiden Armen. Die dünne Nadel der Angst zog sich zurück in die hintersten Regionen ihres Bewusstseins, wie ein Regenwurm, der in der Erde verschwand.

Dreiundzwanzig

Der nächste Tag war ein Donnerstag. Shell hätte schon seit zwei Tagen wieder in die Schule gehen müssen, doch stattdessen schwänzte sie wieder, um sich oben auf dem Feld der Duggans mit Declan zu treffen. Dort erwartete sie ein Schock: Das Feld war gemäht worden und lag leer und offen vor ihr, von allen Seiten gut einsehbar. Von Declan fehlte jede Spur.

Sie setzte sich an den Rand des Wäldchens und wartete. Eine halbe Stunde verging. Shell pflückte eine Herbstaster und zupfte die Blütenblätter ab. Die langen Enden der Grashalme zerkratzten ihre Knie. Hätte sie doch nur ihr Buch vom Körper mitgebracht, um sich die Zeit zu vertreiben. Gerade als sie dachte, er würde nicht mehr kommen, war von der Straße das Hupen eines Wagens zu hören. Shell rannte über den Acker zum Gartentor. Declan saß im neuen französischen Schrägheckmodell seines Vaters.

»Springen Sie hinein, meine Dame«, sagte er und schwenkte seinen Arm.

Sie starrte ihn an. »Ich wusste gar nicht, dass du Auto fährst!«

»Seit letzten Monat habe ich den vorläufigen Führerschein«,

sagte er. »Ich bin schon total oft mit dem Wagen unterwegs gewesen.«

»Und dein Vater ... Weiß er davon?«

»Spring rein oder ich fahr ohne dich los.« Er langte herüber und öffnete die Beifahrertür.

Sie grinste und stieg ein. Die Sitze waren mit einem weichen grauen Stoff bespannt, die Kühlerhaube glänzte marineblau. Sie war so makellos und sauber, wie die von Pater Rose mitgenommen und matt gewirkt hatte. Declan drückte einen Schalter, um die Fenster herunterzulassen, und brauste davon. Der Wind peitschte Shells Haare, umwehte ihr Gesicht. Sie kniff die Augen zusammen, drehte sich in die Sonne und spürte, wie seine Hand sich auf ihr Knie legte und es drückte. Ihr Herz machte einen Freudensprung. Sie rasten um die Kurve, als hinge ihr Leben davon ab.

Er nahm die kleineren Straßen zur Ziegeninsel, der felsigen Halbinsel, auf der die Schafe weideten. Über eine schmale, unbefestigte Straße steuerte er den Wagen zum verborgenen Strand: ein Streifen aus buntem Kies, der in der Mitte in feinen hellen Sand überging. Weiter hinten lagen vor einer bröckeligen Klippe überall verstreute Felsbrocken.

Die Herzmuschelfischer waren da gewesen und wieder fort. Die Schule hatte wieder angefangen, der Strand war menschenleer.

»Mal kurz reinspringen?«, sagte Declan und begann sich auszuziehen. Er hatte bereits die Hose abgestreift.

»Ich nicht«, sagte Shell. »Es ist zu kalt.«

»Komm schon. Bloß weil September ist, heißt das nicht, dass es schon eisig ist.«

Shell fröstelte. »Ich hab keinen Badeanzug mit.«

»Dann eben nackt. Ist doch niemand hier!«

»Ich tauch mal den Zeh rein.«

Declan lachte und schlug mit seinem T-Shirt nach ihr. Dann rannte er vom Wagen direkt in die Brandung hinein. Sie schaute zu, wie er in großen Sprüngen durchs flache Wasser platschte und *huu-ha-ha-huu* machte, wenn die Wellen an ihm hochschlugen. Shell applaudierte, als er mit einem Kopfsprung eintauchte.

Plötzlich schlug etwas in ihr Purzelbäume. Wie ein Blatt, das vom Baum fiel. Oder wie eine schwingende Gitarrensaite, die jemand angeschlagen hatte. Sie griff sich an den Bauch.

Was zum Teufel war das?

Declans Kopf tauchte auf. »Komm rein, Shell. Es ist fantastisch!«

Sie bekam keine Luft. Etwas zuckte unter ihren Händen. Allmächtiger. Was passiert mit mir?

Sie riss sich die Kleider vom Leib und rannte zum Meer hinunter, nackt. Sie schrie, als das kalte Wasser an ihr hochspritzte, und stürzte sich kopfüber in die Welle.

Ihre Kopfhaut brannte. Ihr Kiefer war wie Eis. Sie konnte nichts mehr fühlen.

Declan packte sie an den Fußgelenken und zog sie tiefer hinein. Sie ruderte so heftig mit den Armen, wie sie nur konnte. Sie tat alles, um nicht weiter nachzudenken. Das Taubheitsgefühl wanderte vom Kopf bis zu den Zehen hinunter.

Sie machten eine Seetang-Schlacht und spielten Wellengleiten. Aber schon nach kurzer Zeit begannen sie zu frieren, gingen aus dem Wasser und legten sich zum Trocknen auf Declans Handtuch. Shell zog sich zitternd wieder an. Sie liefen zur Klippe hinüber und krochen durch einen Spalt, den nur die Leute aus der Umgebung kannten, in eine Höhle. Haggertys Höllenloch wurde sie genannt. Er kniff sie in den Po, als sie auf allen vieren vorankroch. Shell schrie auf.

»Du bist wie ein brünstiges Mutterschaf«, sagte er.

»Und du bist wie ein Stier, der mit den Hörnern irgendwo stecken bleibt, Declan.«

»Wo denn?«

»Weiß nicht. In einem Tor. Nein, in einem Dornbusch.«

Er kniff sie wieder.

Die letzten Gäste hatten vier Bierdosen und Zigarettenstummel hinterlassen.

»Ich bin schon seit Jahren nicht mehr hier gewesen«, sagte sie und richtete sich im stillen Halbdunkel auf. »Ich weiß noch, dass Mum sie mir damals gezeigt hat, als ich klein war.«

»Wir Jungs brachten unsere Opfer immer zur Folterung hierher«, erinnerte sich Declan. »Mädchen. Weißt du noch?«

»Nein. Ihr habt mich nie gefangen. Ich war immer zu schnell für euch.«

»Das bist du immer noch.«

»Hör auf. Du bist doch der Schnelle.« Shell erschauerte. »Was habt ihr denn mit ihnen gemacht, wenn ihr sie hierhergebracht hattet? Mit den gefangenen Mädchen, meine ich.«

»Nicht viel. Wir fesselten sie und überließen sie der Willkür der Wellen. Wir nannten es die Abdeckerei.«

»Abdeckerei? Was ist denn das?«

»Na, du weißt schon. Wie ein Schlachthaus. Wo man kranke Tiere schlachtet.«

»Igitt.« Bei dem Gedanken an totes Fleisch, das an Haken hing, begann Shells Magen zu zucken.

»Und jetzt ist es der Platz, wo alle Mädchen zum Vögeln herkommen. Wusstest du das nicht?«

Shell schüttelte den Kopf. Heißt das, dass du Bridie ebenfalls hierhergebracht hast?, schoss es ihr unwillkürlich durch den Kopf. Sie schob den flüchtigen Gedanken beiseite und sah sich um. »Puh. Es ist enger, als ich es in Erinnerung habe. Kälter. Mum sagte, die Höhle sei wunderschön. Ein Ort, den Wind und Wetter über Tausende von Jahren oder mehr geformt haben. Sie hat ihre Lieder immer hier gesungen.«

Sie setzte sich. Seetang quatschte, die schwarzen Luftpolster platzten unter ihr. Shell schlang die Arme um die Knie und begann das Lied zu singen, das Mum immer so geliebt hatte, das über den Schmied, der einen Brief schreibt, ein Versprechen abgibt und dann eine andere heiratet. Die Töne hallten zwischen den Wänden hin und her, kollidierten miteinander und verschmolzen zu herrlichen Dissonanzen.

Mitten in der dritten Strophe unterbrach Declan sie mit einem stürmischen Kuss auf den Mund.

Ehe sie etwas sagen konnte, fing er wieder an, ging aufs Ganze, seinen Kopf unter ihrem Kinn. Sie schloss die Augen fest, während die restlichen Töne ihr immer noch in den Ohren klangen. Sie sah sich wieder im Waschsalon, wo sie früher immer die Wäsche hingebracht hatte, und schaute zu, wie in der Trommel alles hin und her schwappte, durch den Schaum sprang und nach unten fiel. Im nächsten Moment war sie der Sperber, der hoch über dem Feld mit seinen Flügeln schlug, schwebend im Himmelsblau. Als er herabstieß, verwandelte er sich in die Brieftaube mit der flaumigen Halskrause, die über die Irische See flog und im Kielwasser einer zurückkehrenden Fähre immer wieder pfeilschnell den Sprühnebel durchquerte. Sie dachte an alles, Hauptsache nicht an jenes seltsame Zucken, das sie am Strand in sich gespürt hatte. Ich habe es mir eingebildet. Draußen murmelte das Meer, in der Ferne, voller Unruhe. Über ihrem Ohr landete monoton ein Wassertropfen nach dem anderen auf einem Felsvorsprung. Eine gähnende Leere überkam sie. Shell öffnete die Augen. Declans Locken pressten sich unterhalb von ihrer Schulter an sie, dahinter waren die Furchen der hubbeligen Wand. Mum, warum musstest du bloß sterben? Gedämpft und geheimnisvoll hörte sie das Läuten einer weit entfernten Glocke, die Kirche von Coolbar, die zum mittäglichen Angelusgebet rief. Einmal, zweimal, dreimal. *Heilige Mutter Gottes, bete du mit uns, für uns zum Sohn.* Was würde Dad wohl sagen, wenn er sie hier so sähe? Das Läuten wurde vom Wind davongetragen und kehrte dann wieder zurück. Sechsmal, siebenmal, achtmal. *Dass er mächtig uns vertrete vor des ew'gen Vaters Thron.* Shell dachte an Mums Plattenspieler, wie die Nadel über die schwarzen Rillen der alten Langspielplatten gesprungen war, das Geknister zusammen mit der goldenen Stimme von John McCormack, Irlands legendärem Tenor. *So begrabt mich auf dem Berge, mein Gesicht zur Sonne Gottes.* Elfmal, zwölfmal. Ein plötzlicher, herzergreifender Höhepunkt, ein rascher reiner Schrei, ihre Mutter, die vor sich hin sang, den Ton immer höher hinaufschraubte bis zum höchsten, während sie die Kartoffeln schälte, die Wollsachen mit der Hand wusch, sich lächelnd nach Shell umsah und ihre Hände abwischte.

Declans Fingerknöchel drückten sich in ihren Rücken. Der Plattenspieler und die Platten waren nicht mehr da. Dad hatte sie kurze Zeit nach Mums Tod verkauft. »Huu-ha-ha-huu«, wimmerte Declan, als hätte ihn eine weitere heftige Welle erwischt. Er rollte von ihr herunter, leise keuchend.

Shell rührte sich nicht.

»Gib mir eine Kippe, Shell«, sagte er nach einer Weile.

Sie reichte ihm eine und sah zu, wie er sie anzündete und zu rauchen begann. Er bot ihr einen Zug an, aber Shell machte sich nichts mehr daraus. Während er qualmte, drückte er ihr nasses Haar.

»Weißt du was, Shell?«, sagte er, mehr zum Deckengewölbe der Höhle als zu ihr.

»Was?«

»Diese Höhle. Haggertys Höllenloch. Es ist wirklich ein Höllenloch. Wie die ganze irische Insel.«

»Meinst du?«

»Meine ich. Das schwarze Loch von Kalkutta ist nichts dagegen. Ein Haufen Scheiße. Nur schlimmer.« Er drückte die Zigarette aus und zündete sich die nächste an. »Ganz Irland ist ein schwarzes Loch. Ein riesengroßes, verdammtes schwarzes Loch. Willst du mein neuestes Gedicht mal hören?« Ehe sie etwas erwidern konnte, begann er:

Schmeiß Munster aus dem Fenster,
Connacht schick ins Nirgendwo,
und Leinster samt den Limericks
spül getrost ins Klo.

Er spuckte die Worte gegen die Wände, dass ihr eigenes Echo sie traf. »Was hältst du davon?«

»Nicht schlecht, aber was ist mit der vierten irischen Provinz?«

»Ulster? Ulster ist wie ein Magengeschwür. Eins mit Durchbruch. Zum Glück gehört Ulster nicht zu Irland. Die Briten können es gerne haben.«

Shell kicherte. »In Derry würde man dich für solche Sprüche erschießen, Declan.«

»Das spricht nur für ihre Blödheit.«

»Was Irland betrifft, ist Coolbar doch gar nicht so schlecht«, sagte Shell und dachte an das Wäldchen, die Bergfalte, die Wildnis ringsum.

»Coolbar ist zum Heulen. Das Schlimmste von allem. Meine Familie kam vor zwanzig Jahren aus dem hinteren Teil von Castlerock hierher, aber für die Nachbarn hier sind wir immer noch Zugezogene.«

Bei dem Wort *Zugezogene* heulte ein so schauerlicher Windstoß durch die Höhle, dass Shell zu zittern begann. »Los, raus hier«, sagte sie.

Declan nickte. »Okay.«

Sie schlüpften in ihre Sachen. Es war wie eine Erlösung, wieder auf den Strand hinauszukommen. Die Sonne war hinter einer Wolkendecke verschwunden, die Wellen hatten sich der Küste genähert. Shell blickte hinaus auf das Meer und sog die Luft ein. Hinter ihr blökte ein Schaf. Sie drehte sich um und entdeckte es, gefangen auf halber Höhe der Klippe auf einem Felsvorsprung. Wie war es dort nur hingekommen? Sie stellte sich vor, dass es dort nun für alle Zeit sein Dasein fristen musste oder sich vielleicht vor lauter Verzweiflung in die Tiefe stürzen würde, auf die Felsen.

»Komm«, sagte Declan und zog sie am Arm.

Er fuhr sie bis zum Kreuz, das oberhalb des Dorfes stand, und sprach während der Fahrt kaum ein Wort. Shell sang den Rest des Liedes vom Schmied, während sie über die holperige Landstraße dahinfuhren, aber Declans Augen waren fest auf die Straße gerichtet, starrten auf den Asphalt, der durch den wuchernden Grasstreifen in der Mitte in zwei Hälften zerfiel.

»Besser, du steigst jetzt aus«, sagte er und hielt.

Sie nickte. »Okay. Also, bis dann, Declan.« Sie öffnete die Tür und wollte aussteigen.

»Tschau, Shell.« Er hielt sie am Handgelenk zurück. »Shell ...«, sagte er.

»Was denn?«

Er drehte seine Hand so, dass ihre Handflächen sich berührten. Dann verschränkte er seine Finger mit ihren.

Declan hatte das bisher noch nie getan. Shells Herz setzte für einen kurzen Moment aus.

»Ja?«, sagte sie lächelnd.

»Du bist ...« Er zögerte.

Sie wartete.

Sie spürte, wie er ihre Hand drückte.

»Ja?«

»Du bist die Beste aus der ganzen Klasse«, sagte er.

Shell dachte an ihre miserablen Noten in der Schule, an ihre verhauenen Klassenarbeiten. Sie grinste. »Sei nicht albern«, sagte sie. »Du bist doch derjenige, der immer alle Punkte kriegt.«

Jeder wusste, dass Declan in seinem Abschlusszeugnis eine so hohe Punktzahl erreicht hatte, dass es zweimal fürs College reichte. Er hatte einen Studienplatz für Jura an der Uni gewonnen, sagte aber, dass er nicht hingehen würde, und die Meinung seiner Familie sei ihm ganz egal. Shell verstand seine Weigerung nicht. Sie fand, dass er einen guten Anwalt abgegeben hätte, mit seiner Schlagfertigkeit und immer auf seinen Vorteil bedacht.

»Okay, dann bist du nicht die Beste aus der ganzen Klasse. Du bist ...«, er überlegte. »Du bist eine Klasse für sich.«

Sie lächelte. Er hielt immer noch ihre Hand. Sie beugte sich in den Wagen und drückte ihm einen raschen Kuss auf die Wange.

»Tschau-tschau«, sagte sie.

»Winke, winke«, sagte er.

»Sehen wir uns am Donnerstag?«

Er wandte den Blick ab, starrte durch die Windschutzscheibe und zog seine Hand zurück. Seine Lippen wurden schmal.

»Was ist, Declan? Donnerstag?«

Er ließ den Motor an. »Kann sein. Mal sehen.«

»Im Feld? Oder drüben auf der Ziegeninsel?«

»Weiß nicht.« Er löste die Handbremse. »Egal.« Der Wagen rollte an. »Hinter den Bergen, bei den Zwergen, Shell.«

»Also tschüs. Bis dann.«

Er nickte und zuckte mit den Schultern. Dann wendete er und fuhr davon. Sie sah seinen Blick im Rückspiegel kurz vor dem Abhang. Er winkte. »Bis dann, Shell. Au revoir!«, rief er durch das offene Fenster zurück. Die Worte blieben hinter ihm in den Hecken hängen und platzten dann wie Blasen, als der marineblaue Wagen mit Schrägheck ein letztes Mal aufblitzte und hinter einer Kurve verschwand. Das Letzte, was sie von ihm sah, war sein schwarzer Lockenkopf. Leicht zur Seite geneigt, wie eine Taube, die über den nächsten Schritt nachgrübelt.

Lächelnd schüttelte sie den Kopf. Verrückter Kerl. Wieder eine Bewegung, ein Raunen, das sie durchzuckte. Wie ein Nachtfalter diesmal, der sich aus seinem Kokon herauswand, vorsichtig und zögernd. Sie griff sich an den Bauch, starrte wie blind auf die verlassene Straße hinab.

In diesem Moment wusste sie es.

Körperbuch hin oder her, Amenorrhö war es jedenfalls nicht.

In ihr wuchs ein Baby heran.

Sie wandte sich ab, lief den Hügel hinauf und kam zum Acker, ohne zu bemerken, wohin ihre Füße traten. Shell setzte einfach einen Fuß vor den anderen und lief für den Rest des Tages herum wie ein Roboter. Ihr Geist war nach innen gerichtet, auf das zappelnde Etwas in der Mitte ihres Körpers.

Am darauffolgenden Abend kam Jimmy mit Neuigkeiten von Seamus nach Hause, dem jüngeren Sohn der Ronans, der mit ihm in dieselbe Klasse ging. Mr und Mrs Ronan tobten vor Wut, denn an diesem Morgen hatten sie nach dem Aufstehen auf dem Küchentisch eine von Declan hingeschmierte Nachricht vorgefunden. Er sei unterwegs nach Amerika, schrieb er, die Familie und der Studienplatz hätten sich erledigt. Sein Freund Jerry Conlan habe ihm in Manhattan einen Job besorgt, mit dem er von jetzt auf gleich hundert Dollar am

Tag verdienen könne, also brauche sich niemand um ihn zu sorgen. Als Nachtrag hatte er noch einen letzten Vers hinzugefügt:

Komme gerne jederzeit …
wenn's im Juni heftig schneit.

Vierundzwanzig

Am Montag ging Shell wieder zum Unterricht und trug diesmal die Winteruniform. An den Stellen, an denen der Faltenrock im letzten Frühling noch zu weit gewesen war, spannte er inzwischen. Die Bluse passte ihr, aber nur, weil sie ihr vorher zwei Nummern zu groß gewesen war. Sie schloss die oberen Knöpfe ihrer Strickjacke und ließ die unteren offen, was ihr das Gefühl gab, schlanker zu wirken.

Auf dem Schulhof gesellte sich niemand zu ihr. Bridie Quinn war nirgends zu sehen. Declan war Tausende von Meilen entfernt.

Shell setzte sich hinter die Hütte und schloss ihre Augen, um den inneren Bildern freien Lauf zu lassen. Declan, der ihr auf dem Feld der Duggans im frühen, tief liegenden Morgennebel entgegenkam. Pater Rose, der ihr mit seinem Arm eine Brücke baute und sagte: *Wir sind in Gottes Hand, Shell ...*

»Shell!« Sie hob den Kopf. Vor ihr stand Theresa Sheehy, das Mädchen, mit dem Bridie im letzten Schuljahr abgezogen war.

»Was ist?«

»Bist du dick geworden!«

»Bin ich nicht.«

»Bist du doch. Mindestens sechs Kilo.«

»Ach. Na und?«

»Du solltest eine Bananendiät machen. Die ist super. Da nimmt man in fünf Tagen fünf Pfund ab.«

»Und was isst man?«

»Bananen.«

»Sonst nichts?«

»Und gekochte Eier.«

»Igitt.« Schon bei dem Gedanken an gekochte Eier drehte sich ihr der Magen um. Sie aß seit Monaten keine Eier mehr, genau wie Mrs Duggan keinen Räucherlachs mehr vertrug.

»Ehrlich, es funktioniert«, sagte Theresa. »Ich hab's ausprobiert.«

Shell zuckte mit den Schultern. »Hast du Bridie gesehen?«

»Sie spricht nicht mehr mit dir.«

»Ich weiß. Aber ist sie heute da?«

»Nee.«

»Wo ist sie?«

»Woher soll ich das wissen?«

»War sie letzte Woche da?«

»Spurlos verschwunden. Es heißt, dass sie zu ihrer Tante gezogen ist, nach Kilbran.« Theresa rückte näher. »Aber ich weiß es besser.«

»Was denn?«

»Im Sommer hat sie mir etwas erzählt, ein Geheimnis.«

»Was denn?«

»Sie meinte, sie würde von zu Hause weglaufen. Irland verlassen. Vielleicht ist sie schon fort.«

»Nein.«

»Es stimmt. Und weißt du, was ich glaube?«

»Was?«

»Sie und Declan.« Theresa Sheehy nickte, als wäre damit alles klar.

»Was ist mit ihnen?«

»Vielleicht sind sie weggelaufen. Zusammen.«

Shell starrte sie an. Sie schüttelte den Kopf. »Nach Amerika? Nein!«

»Warum nicht?«

»Sie haben doch schon vor Monaten Schluss gemacht. Bridie hat's mir erzählt.«

Theresa setzte ein süffisantes Lächeln auf. »Das ist nicht der letzte Stand.«

»Wie meinst du das?«

»Sie sind wieder zusammengekommen. Im Sommer. Bei einer Tanzparty in Castlerock.«

Shell öffnete den Mund. Es kam kein Ton heraus.

»Ich habe sie gesehen. Auf der Tanzfläche. Wie sie rumgehopst sind und sich verrenkt haben. Wie zwei Katzen auf 'ner heißen Herdplatte.«

»Du lügst.«

»Tu ich nicht.« Theresa schüttelte den Kopf und blickte auf ihre lange rote Nase herab. »Ich weiß echt nicht, was ihr zwei an ihm gefunden habt. Dieser Schweinehund.«

Es läutete zum Unterricht.

Shell rührte sich nicht. Sie schaute zu, wie die rotbraunen

Ameisen sich in langen Schlangen ins Schulgebäude drängten. Als der Pausenhof menschenleer war, stand sie auf und klopfte sich den Staub vom Rock. Dann lief sie hinüber zum Hintereingang, der eigentlich für Lieferfahrzeuge bestimmt war, und schlüpfte dort hinaus.

Sie ließ sich durch die Stadt treiben. An dem Pier, den die Bibliothekarin hinuntergelaufen war, blieb sie stehen, dann betrat sie ihn und schritt ganz bis ans Ende. *Ein Pier ist eine enttäuschte Brücke,* hatte Mum immer gesagt, denn damals waren sie ihn oft entlangspaziert, Hand in Hand. *Eigentlich möchte er irgendwohin, aber er hat den Mut verloren.*

Sie stellte sich Declan und Bridie vor, wie sie zusammen die Straßen von Manhattan hinabhüpften, zwischen Mülleimern und Wolkenkratzern, durchgeknallten Amerikanern, glänzenden Luxuslimousinen. Lichter blitzten auf, Sirenen heulten, die Großstadt pulsierte vor Leben. Sie waren fort, hatten Shell zurückgelassen. Vergessen. Eine Coladose rollte ihr vor die Füße. Sie zertrat sie, hob sie auf und schleuderte sie so weit hinaus ins Meer, wie sie nur konnte. Vielleicht ist es nicht wahr, dachte sie. Doch möglicherweise stimmte es tatsächlich. Bridie hatte immerzu davon geredet, dass sie sich eines Tages bis nach Hollywood durchschlagen würde, um dort ein Star zu werden. Mit ihrem dunkelblonden Haar hielt sie sich für eine Mischung aus Marilyn Monroe und Meryl Streep. Vielleicht hatte sie inzwischen halb Amerika durchquert, war auf dem Weg nach Kalifornien, dorthin, wo immerzu die Sonne schien. Demnächst würde Shell sie wohl als Mitwirkende in einem der Filme sehen, die in Castlerock im Kino liefen.

Die zertretene Dose tanzte ausgelassen auf dem Wasser,

entfernte sich immer weiter von der Spitze des Landungsstegs, trieb hinaus aufs Wasser. Shell beugte sich über das Geländer und schaute ihr nach. Es würde eine Weile dauern, aber irgendwann würde sie schließlich die Hafenmündung erreichen und das offene Meer.

In diesem Moment wurde ihr klar, was sie zu tun hatte.

Fünfundzwanzig

Dad war an diesem Tag wieder in Cork, also hatte Shell freie Bahn. Sie nahm den Elfuhrbus von der Stadt nach Hause und packte die Reisetasche, die sie, Trix und Jimmy auf dem Acker zum Steinesammeln benutzt hatten. Shell stopfte ihre Jeans und die T-Shirts hinein, ihren Ersatz-BH – den alten, den Bridie ihr gestohlen hatte –, ihre Unterwäsche, ihr einziges Sonntagskleid. Sie schlüpfte aus ihrer Schuluniform und in Mums rosafarbenes Kleid, das sie seit Ostern nicht mehr getragen hatte.

Sie besaß keinen Pass, aber dort, wo sie hinwollte, brauchte sie auch keinen. Um sich notfalls ausweisen zu können, nahm sie ihre Busfahrkarte mit.

Sie packte ein Sandwich und etwas zu trinken ein.

Sie warf ihre Zahnbürste mit den verbogenen, abgenutzten Borsten hinein.

Auch die kleine taubenblaue Häkeltasche, die Mum ihr für die Kirche geschenkt hat, wurde eingepackt.

Shell prüfte das Gewicht der Reisetasche. »Federleicht«, sagte sie laut. Sie lächelte. Nicht wie die Steine auf dem Acker.

Sie griff nach Nelly Quirke, dem Kuschelhund. Früher einmal hatte er ihr gehört. Mum hatte ihn ihr geschenkt, als sie noch klein gewesen war. Shell hätte schwören können sich noch zu erinnern, wie sie ihn an ihrem Geburtstag ausgepackt hatte, als Zweijährige. Nun gehörte er Trix, aber Shell spürte das Verlangen, ihn mitzunehmen. Zärtlich strich sie ihm über das abgekaute Ohr, streichelte die schwarze Stupsnase und die weichen weißen Schnurrhaare. Dann legte sie ihn in Trix' Bett zurück, die Bettdecke hübsch um seinen Hals drapiert.

Jetzt, da sie den Kniff kannte, ließ sich die Holzverkleidung des Klaviers ohne Probleme lösen. Shell griff nach der Teedose und nahm den ganzen Packen Scheine heraus. Sie zählte das Geld. Dann verstaute sie es in ihre taubenblaue Messetasche und hängte sie sich ans Handgelenk.

Shell setzte das Klavier wieder zusammen.

Ein scharfer Windstoß fuhr durchs Haus, pfiff in der Regenrinne.

Sollte sie eine Nachricht hinterlassen, wie Declan es getan hatte? Sie zögerte einen Moment, dann schüttelte sie den Kopf. Er war nach Westen gegangen, sie wollte nach Osten, und sie gingen aus unterschiedlichen Gründen.

Sie trat aus dem Haus und schloss die Tür hinter sich, hielt den Schlüssel in ihrer Hand und hätte beinahe abgesperrt, als ihr Jimmy und Trix einfielen. Wenn niemand kam, um die beiden von der Schule abzuholen, würde irgendwer – wahrscheinlich ein Lehrer – sie nach Hause bringen. Es war für alle Beteiligten besser, die Tür offen zu lassen.

Aber sie selbst würde keinen Schlüssel mehr brauchen. Shell ging wieder hinein und legte ihn auf den Küchentisch, was ebenso aussagekräftig war wie eine Nachricht. Sie legte ihn ordentlich in eins der marineblauen Quadrate der karierten Plastiktischdecke. Dann sah sie sich ein letztes Mal um.

Der Kühlschrank stand offen. Shell war sich sicher, ihn wieder geschlossen zu haben, als sie den Käse, den sie fürs Sandwich gebraucht hatte, zurückgestellt hatte.

Sie schloss ihn wieder.

Verharrte reglos, lauschte.

Der Kühlschrank sang seine Melodie, mit tiefer Brummstimme. Das Haus stützte sich auf sein Fundament. Da war ein Knarren, dann ein Tappen, wie eine Bodendiele, die heruntergedrückt wurde, oder eine Tür, die sich schloss. Shell hörte, wie sie atmete, wie das Blut in ihren Ohren rauschte.

»Mum?«, sagte sie.

Keine Antwort.

Von irgendwo aus der Nähe ertönte ein heftiges Poltern. Shell erschauerte. Aus Dads Zimmer.

Shell stürmte durch die Diele und riss die Tür zu seinem Zimmer auf. Die Vorhänge blähten sich.

Auf Mums Schminkkommode war eine Flasche von Dads Aftershave umgefallen, das war alles.

Shell atmete erleichtert auf, brachte alles in Ordnung und schloss das Fenster. Sie biss sich auf die Lippen. Die drei Spiegel bettelten sie an, Platz zu nehmen und ein letztes Ewigkeitsspiel zu spielen. Sie strich mit dem Finger über die Holzplatte, zog eine Spur im Staub. »Ich bin schon zu alt dafür«, sagte sie laut. Die Worte hallten zurück, ließen sie erschrocken zusammenzucken.

Fluchtartig verließ sie den Raum und jagte durch die Diele

zur Haustür, schlug sie hinter sich zu und stöhnte erleichtert auf. Was für ein Geist sich auch immer dort drinnen befand, er würde ihr nicht nach draußen folgen. Shell griff wieder nach der Reisetasche und schritt den Acker hinauf Richtung Wäldchen. Sie würde das Dorf weiträumig umgehen und dann auf der Hauptstraße einen Fernlaster anhalten, der sie mitnehmen konnte. Niemand würde erfahren, wohin sie verschwunden war. Sie dachte an Maria Magdalena, wie sie in Frankreich angekommen war, und stellte sich Dünen mit dem heulenden Wind und das kleine Kind vor, gezeugt von Jesus, das Mühe hatte, mit seiner Mutter Schritt zu halten, ihre Hand hielt. In ihrem Fall würde es kein kleines Kind geben. Sie würde in Fishguard Harbour ankommen, hinter sich die Möwen und Wellen, und sie würde nicht mehr zurückkehren. Als Erste würde sie in den Nachtzug nach London steigen und dann die Erste in der Schlange sein – vor welchem Krankenhaus auch immer, das irische Mädchen aufnahm, die eine Abtreibung vornehmen lassen wollten. Egal wo diese Klinik sich befand, sie würde sie finden.

Sie umrundete das Wäldchen und ließ sich auf dem umgestürzten Baum nieder, um ein letztes Mal auf die Bergfalte herabzublicken. Sie starrte zum Kirchturm hinüber, auf die Schieferdächer, die im Wind schwankenden Ulmen, die müden Felder. Shell ließ die Tasche vor sich zu Boden plumpsen.

Sie holte das Geld heraus und strich mit der Hand über die Scheine.

Der Geist war ihr doch gefolgt.

Sie erinnerte sich an Mums Stimme, wie sie in jener Osternacht aus ihrem Grab zu ihr gesungen hatte.

Sie dachte an Nelly Quirke, den Stoffhund, und an Jimmys Verhalten, als er im Frühjahr krank geworden war, mit den weiß hervorstechenden Sommersprossen in seinem schmalen Gesicht, wie er sich eine Schaufel gewünscht hatte.

Sie dachte an Trix, an ihre Puppen aus Papier und seltsamen Gesänge, wie sie sich ankuschelte, um ein neues Abenteuer von Angie Goodie zu hören.

Sie werden gar nicht wissen, wie man nachts die Zimmertür verriegelt.

Sie erinnerte sich an die Nacht, in der die Eule zu ihr sprach und ihr riet zu war-ar-ar-ar-arten.

Langsam verstrich der Morgen.

Als es Mittag wurde, nahm Shell ihre Tasche. Es läutete zum Angelusgebet, schon wieder, wie eine Platte, bei der die Nadel in der Rille hing. Sie machte sich nicht die Mühe, die Schläge zu zählen, sondern stapfte über den Acker zurück zum Haus und packte alles wieder aus. Dann öffnete sie das Klavier, legte das Geld in die Teedose zurück und verschloss es wieder.

Sie aß das zuvor geschmierte Sandwich, heizte den Ofen vor und begann ein paar Scones zu backen.

Sechsundzwanzig

Die Weidenblätter wehten gespenstisch bleich im Wind. In der Kälte verlor der Rotdorn seine Beeren. Shell wurde sechzehn. Sie teilte Dad eines Tages mit, dass sie mit der Schule fertig sei, und er nickte, als hätte er verstanden.

Mittlerweile war er nur noch an den Wochenenden zu Hause. Das Geld in der Teedose wurde langsam weniger. Shell hatte es aufgegeben nachzuzählen, aber sie merkte es auch so.

An den meisten Samstagen saß er in seinem Sessel neben dem Heizelement, starrte Löcher in die Luft und klimperte mit den Münzen in seiner Hosentasche. Es schien, als hätte er bis zum Öffnen der Kneipe nichts zu tun. Irgendetwas ließ ihm keine Ruhe, aber Shell hatte keine Ahnung, was es war. Zuweilen schaute er sie an und wandte den Blick dann wieder ab, mit gefalteten Händen, wie zum Gebet. Doch die Finger rieben unaufhörlich über seine Knöchel, als wollte das Gebet einfach nicht heraus.

Sie hatte keine Angst mehr vor ihm.

Nachts lag sie in ihrem Bett und lauschte auf das Atemkonzert von Jimmy und Trix, während sie schliefen. Dann wanderten ihre Hände über ihren Bauch. Shell war sich sicher, dass der Knopf der Hose jeden Moment abplatzen konnte. Sie hörte Declan, der einen Vers zum Besten gab ...

Der Bauch von Shell
wächst ziemlich schnell ...

Weiter kam sie nicht. Declan hätte ihn irgendwie vollenden können, viel besser, als sie angefangen hatte. Ihr fiel wieder ein, dass er ohne ein Wort die Flucht ergriffen hatte, wahrscheinlich in Begleitung von Bridie. *Du bist eine Klasse für sich, Shell.* Die Klasse der allerdümmsten Schülerin, das war sie. Sie umschlang ihr Kissen mit beiden Armen und wünschte sich, sie hätte Declan an seinen langen dunklen Locken packen können, um ihn in einen Kuhfladen zu schubsen. Sie lächelte bei dem Gedanken, wie er kopfüber in die grüne Pampe tauchte. Shell fuhr in der Dunkelheit hoch und nickte zufrieden. Dann schüttelte sie den Kopf. Nein. Irgendwie war es nicht das, was sie sich wünschte. Nicht wirklich. *Du bist eine Klasse für sich, Shell.* In New York war es fünf Stunden früher. Wahrscheinlich war er immer noch in der Stadt unterwegs, trank Bier in einem irischen Pub und trug seine Gedichte vor. Wartete auf die richtige Chance, spielte mit vollem Einsatz.

Tu's doch, Declan, tu's, dachte sie. Er war nicht wie der Schmied in Mums Lied. Im Gegensatz zu ihm hatte ihr Declan niemals irgendwelche Versprechungen gemacht. Er hatte ihr nie einen Brief geschrieben. Er war vielleicht ein aalglatter Herzensbrecher, aber er hatte auch nie vorgegeben etwas anderes zu sein.

In diesem Moment fiel es ihr ein:

*Der Bauch von Shell
wächst ziemlich schnell.
Die Hose ist nicht mehr zu groß,
denn Shell ist schwanger, zweifellos.*

Fast konnte sie Bridies amüsiertes Gekicher hören und wenig später schlief sie ein.

An einem Samstagmorgen gegen Ende Oktober wachte sie auf und stellte fest, dass Trix und Nelly Quirke bei ihr im Bett lagen. Trix lag auf dem Rücken und sang ihre Quatschlieder zur Decke hinauf.

»Trix, was tust du denn hier?«

»Du hast geweint, Shell. Im Schlaf. Deswegen bin ich zu dir ins Bett gekrochen.«

Shell strich ihr über das Haar. »Die dumme Shell, weint im Schlaf«, murmelte sie.

Trix drehte sich zappelnd auf den Bauch. »Fingerbilder, Shell!«

»Nicht schon wieder.«

»Bitte!«

Shell tauchte ihren Zeigefinger in einen imaginären Eimer Farbe. Sie malte Trix einen großen Baum auf den Rücken, mit Zweigen, die bis zum Hals und an die Schultern reichten, und Wurzeln bis zu ihrem Hintern.

»Das 's ja einfach. Ein Baum!«

Shell begann jedes Mal mit einem Baum. Als Nächstes malte sie Nelly Quirke, sogar ihr zerkautes Ohr.

»Keine Ahnung. Mal's noch mal.«

»Noch mal?« Sie malte es ein zweites Mal und Trix erriet es. Sie hatte es von Anfang an gewusst, mit Sicherheit, sie wollte das Spiel bloß in die Länge ziehen.

»Jetzt bin ich an der Reihe«, sagte Shell und drehte Trix ihren Rücken zu.

Jimmy setzte sich in seinem Bett auf und schaute zu. »Mal doch einen Betonmischer«, schlug er vor.

Trix begann mit einer langen Linie, die spiralförmig nach oben ging, bis unter Shells Arme, dann nach unten, rings um ihre Taille.

»Ein Betonmischer?«, riet Shell.

»Nein.« Trix' Finger kreiste weiter.

»Sie denkt es sich erst beim Malen aus«, behauptete Jimmy.

»Das kitzelt, Trix! Hör auf!«

»Rate. Was ist es?«

»Weiß nicht. Wellen im Meer?«

»Nein. Ein Haufen Schlangen.« Trix' kleine Hände umfassten Shells Bauch und fingen an zu kitzeln. Als sie die Mitte der Wölbung erreichten, hielten sie inne. »Was ist das denn?«

»Pscht, Trix. Gar nichts. Bloß ich.«

»Der ist ja riesig.«

»Das liegt nur daran, wie ich liege.«

»Der ist, wie der von Mrs Duggan war. Bevor sie ins Krankenhaus musste.«

»Nein, ist er nicht, Trix. Sei still.«

Jimmy stürzte sich auf sie und Trix und riss die Bettdecke weg. »Zeig her!«, kreischte er.

»Geht runter, ihr beiden. Runter!« Sie boxte nach ihnen.

»Das sieht ja aus, als wär ein Fußball drin.«

Shell rollte sich schluchzend zusammen. »Runter vom Bett. Alle beide.« Sie merkte, wie sie zurückwichen. »Ihr weckt noch Dad auf.«

Sie lag ganz still da und rührte sich nicht.

»Lebst du noch?«, fragte Trix.

Shell öffnete die Augen. Trix stand auf der einen Seite ihres Bettes, Jimmy auf der anderen. Beide starrten sie an.

»Es ist ein Geheimnis, okay? Mein Bauch. Ein Geheimnis. Ihr dürft es niemandem sagen, verstanden?«

Trix nickte. Jimmy nickte.

»Wenn ihr es irgendjemandem sagt, bringt Dad mich um. Kapiert? Er bringt mich um.«

Wieder nickten sie. »Er bringt dich um«, wiederholte Trix.

Jimmys Sommersprossengesicht schaute betreten beiseite. »Musst du denn nicht ins Krankenhaus, Shell? So wie Mrs Duggan? Muss man da nicht hin, damit sie das Baby rausziehen?«

Sie konnte sich nicht vorstellen, wo er das herhatte.

Shell seufzte und schüttelte den Kopf. »Jeder Dummkopf kann ein Baby rausziehen«, sagte sie. »Das kann man selber machen. Es springt einfach raus, weißt du. Wenn es fertig ist.«

Jimmys Augen weiteten sich vor Erstaunen. »Wie Toast? In einem Toaster?«, fragte er.

Shell wischte sich die letzten Tränen fort. »Ja, Jimmy. Genau wie Toast.«

Siebenundzwanzig

Jimmy fand einen alten Pullover, der in der Nähe der Schule über einem Zaun hing, schwarz, dick und lang. Er brachte ihn Shell mit nach Hause und sie wusch ihn aus und zog ihn an. Der Pullover war so lang und weit, dass er ihr bis über die Oberschenkel reichte und die Wölbung des Bauchs verdeckte.

Morgens fühlten Trix und Jimmy abwechselnd nach dem Zucken unter ihrer Bauchdecke. Jimmy meinte, es wäre ein eingesperrter Frosch. Trix sagte, es sei ein Spatzenflügel.

Dad kam und ging, mal betrunken, mal nüchtern, von Freitag bis Montag. Shell hatte nicht den Eindruck, dass er irgendetwas merkte. Er schien weder sie noch sonst jemanden mehr anzuschauen. Er starrte ständig nur vor sich hin, als würde dort in nächster Nähe unsichtbar schwebend sein Schicksal auf ihn warten.

An Allerseelen mussten sie alle wie gewöhnlich pünktlich um sechs Uhr abends niederknien, um den Rosenkranz zu beten. Sie waren beim ersten der freudenreichen Geheimnisse, der Verkündigung, als der Erzengel Gabriel Maria erscheint und ihr sagt, dass sie ein Kind unter dem Herzen trägt. An diesem Tag konnte Shell allerdings nur das Traurige darin erkennen. Wer hatte wohl je an eine unbefleckte Empfängnis geglaubt, damals wie heute? Die einfachen Leute von Nazareth, davon musste man ausgehen, waren nicht anders gewesen als die Einwohner der Grafschaft Cork. Während sie das erste Vaterunser herunterratterten, dachte Shell an Marias kargen Raum, eine Kniebank, ein Gebetbuch, Blumen, ein goldener Heiligenschein, und dann das offene Fenster, das den Blick auf einen strahlend blauen Himmel freigab, voller weißer Engel. Das Gesicht des Erzengels Gabriel war das von Pater Rose. Dad sprach ihnen vor, als sie mit den zehn »Gegrüßet seist du, Maria« begannen.

Gegrüßet seist du, Maria, voll der Gnade,
der Herr ist mit dir,
du bist gebenedeit unter den Frauen,
und gebenedeit ist die Frucht deines Leibes ...

Seine Stimme wurde leiser und verstummte. Trix und Jimmy leierten das Gebet noch herunter, bis es zu Ende war. Sie tauschten nervöse Blicke, rätselten, warum Dad wohl aufgehört hatte. Das hatte er noch nie getan. Trix begann ein zweites »Gegrüßet seist du, Maria«, geriet bei dem Wort Gnade jedoch ins Stocken. Alle knieten und schwiegen, irgendetwas stimmte nicht. Dad würde mit Sicherheit jeden Moment explodieren. Doch stattdessen erhob er sich und ging ohne ein Wort in die Diele. Sie hörten, wie er das Haus verließ und in die Nacht hinauslief. Als sie zu Bett gingen, war er noch immer nicht zurück.

Nach diesem Vorfall gab es keine abendlichen Rosenkranzgebete mehr.

Es folgte ein Sonntag, an dem Shell es nicht mehr schaffte, sich in ihr Messekleid zu zwängen, das sie für gewöhnlich trug. Es war ein langärmeliges Kordsamtkleid, mit Reißverschluss am Rücken und an der Taille gerafft. Der Reißverschluss ging einfach nicht zu, weder als Trix daran zerrte noch Jimmy. Shell zog ihre Jeans wieder an, die sie inzwischen mit einem Gürtel oben hielt, kaschiert von ihrem langen schwarzen Pullover. Sie ging hinaus in die Küche.

»Dad«, sagte sie. »Ich kann heute nicht in die Kirche gehen. Ich bin krank.«

Sie gab sich Mühe, bleich und geschwächt zu wirken, obwohl sie wusste, dass ihre Wangen glühten.

Dad blickte von seinem Stuhl auf, er hatte sich gerade vornübergebeugt, um die Schuhe zuzubinden. Sein Blick schoss an ihr vorbei und traf die Wand.

»Krank?«

»Ich habe Schmerzen, Dad. Kopfschmerzen.«

Er nickte. »Dann bleib zu Hause. Du kannst dich um das Abendessen kümmern.«

Seitdem kam sie jeden Sonntag mit derselben Ausrede zu ihm und jedes Mal gab er dieselbe Antwort.

Unter der Woche borgte sie sich, immer wenn sie das Haus verließ, seinen Regenmantel, der an ihr herunterhing und fast bis zu den Knöcheln reichte. Sie holte Trix und Jimmy von der Schule ab, machte die Besorgungen bei McGrath's, und niemand sagte ein Wort. Miss Donoghue starrte sie einmal an, als schönes Wetter war.

»Siehst du die Dinge nicht gerne positiv, Shell?«, fragte sie zuvorkommend.

Shell runzelte verwirrt die Stirn.

Miss Donoghues entschlossene Hand griff nach einer Falte des wallenden Regenmantels und schüttelte sie. »Draußen ist kein einziger Regentropfen in Sicht, liebes Kind.«

»Oh.« Shell zuckte mit den Schultern. »Ach das. Der Wetterbericht war gar nicht gut, Miss Donoghue.«

»Nein?«

»Nein.«

Miss Donoghue wirkte nicht sehr überzeugt.

»Es ist ein Sturm im Anmarsch«, behauptete Shell. »Vom Atlantik.«

»Das ist ja das Neueste, was ich höre.«

»Es wurde im Radio angesagt, Miss Donoghue.« Und damit verließ sie, so schnell es ging, den Raum.

An einem anderen Tag hielt sie sich gerade in McGrath's Laden auf. Sie hatte ein paar Münzen in der Tasche und wollte sich eine Kleinigkeit kaufen. Im vorderen Bereich mit den Verkaufstheken war niemand, die Tür zum hinteren Teil des Gebäudes war angelehnt. Dahinter waren Stimmen zu hören, Mrs McGrath, die über irgendetwas schimpfte, Mr McGrath, der sich verteidigte. Shell juckte es in den Fingern, eine Tüte Lakritzmischung zu klauen, die einen Penny mehr kostete, als sie hatte, doch sie hielt sich im Zaum. Die Tür öffnete sich und Mrs McGrath erschien an der Kasse, mit einem Gesicht wie ein Unwetter.

»Shell Talent«, sagte sie. »Du bist es nur. Ich dachte, ich hätte dieses Bimmelding gehört. Was suchst du denn?«

Shell zog den Regenmantel enger um sich. Es war vollkommen undenkbar, dass Mrs McGrath ihr auch nur einen einzigen Penny Preisnachlass gewährte.

»Nur das hier«, sagte sie und entschied sich für die billigeren Weingummis.

Sie bezahlte.

»Möchtest du vielleicht eine Tüte?«, erkundigte sich Mrs McGrath gespreizt.

»Nein, es geht schon.« Sie steckte die Packung mit den Weingummis in eine der Regenmanteltaschen.

Mrs McGrath starrte sie an. Ihre schlaffen Lippen verzogen sich, ihre kleinen Augen stachen wie Stecknadeln. »Wieso schleppst du diesen schweren Mantel mit dir rum?«

»Es ist starker Regen angesagt, Mrs McGrath«, sagte Shell.

Mrs McGrath glotzte. »Also bitte!«

»Ich geh lieber, bevor es anfängt.«

»Bevor was anfängt?«

»Der Regen, Mrs McGrath. Es kann jeden Moment losgehen.« Sie drängte zur Tür.

Mrs McGrath kam hinter der Ladentheke hervorgeschossen, als wollte sie sich auf sie stürzen. »Es ist ein herrlicher Tag, Shell. Keine Wolke weit und breit.«

Shell beeilte sich durch die Tür zu kommen und knallte sie mit einem ohrenbetäubenden Bimmeln hinter sich zu. Sie spürte den stechenden Stecknadelblick von Mrs McGrath, der sich zwischen ihre Schulterblätter bohrte, während sie die Straße hinunterschritt. Sie war noch nicht sehr weit gekommen, als es, wie die Einlösung einer Prophezeiung, zu regnen begann, obwohl immer noch die Sonne schien. Es goss wie aus

Eimern, unglaubliche Wassermassen. Shell arbeitete sich den matschigen Hügel hinauf, kaute im Gehen ihre Weingummis, lauthals lachend, während ihr das Wasser über Hals und Haare rann.

Das wird dir eine Lehre sein, Mrs McGrath, dachte sie. Du alte Zicke!

Achtundzwanzig

Es wurde Dezember, neblig und kalt. Trix hängte den Adventskalender von vor zwei Jahren wieder auf, den Mum ihnen noch gekauft hatte. Shell hatte die Türchen mit Tesafilm wieder zugeklebt und jeden Morgen wechselten sich Trix und Jimmy ab, eins zu öffnen. Sie zählten die Tage bis Weihnachten.

»Sind alle Geschenke schon gekauft, Shell?«, fragte Trix.

Shell blinzelte. »Geschenke?«

»Letztes Jahr haben wir Schokoladengeld bekommen. Und Badezusatz.«

Shell erinnerte sich, wie Dad sie am Weihnachtsmorgen mit ein paar Geschenken in letzter Sekunde überrascht hatte. Es war völlig ausgeschlossen, dass er es in diesem Jahr wieder tun würde, seinen schicksalsschweren Blicken nach zu urteilen. Wenn irgendwelche Geschenke gekauft – oder gestohlen – werden sollten, dann musste Shell es tun.

»Der Weihnachtsmann wird euch sicher etwas bringen«, versprach sie.

»Pöh.« Trix schüttelte den Kopf. »Der Weihnachtsmann ist doch blöd.«

»Wer sagt das denn?«

»Jimmy. Er sagt, nur die Dummen glauben an den Weihnachtsmann. Oder an fliegende Rentiere. Oder an Gott.«

»Das sagt er?«

»Ja. Er sagt, das ist alles nur Erfindung.«

Shell betrachtete den Engel, der in dem einen Türchen des Adventskalenders hinter einer Wolke hervorspähte. Der Engel, der Weihnachtsmann und die Heilige Jungfrau Maria, sie alle schienen zu entschweben, in ein Märchenland.

»Stimmt das, Shell?« Trix blickte sie herausfordernd an.

Shell zwickte sie ins Kinn. »Ich weiß nicht, Trix. Ich weiß nur, dass nichts Falsches daran ist, dumm zu sein. Dumme Menschen haben manchmal Recht.«

Trix runzelte die Stirn und dachte nach. Dann streckte sie ihre Hand aus und berührte Shell am Bauch.

»Kriegen wir das zu Weihnachten, Shell? Unser Geheimnis? So wie bei Jesus?« Ihre Augen funkelten.

»Ich weiß nicht, Trix. Ich glaube nicht. Wahrscheinlich eher im Januar.«

»Im Januar?«

Shell nickte.

»Januar?« Trix wandte sich ab, ihre Lippen zitterten. »Das ist ja noch eine Ewigkeit hin.«

Shell streichelte sie im Nacken. »Pscht, Trix. Dann bringt der Weihnachtsmann dir eben etwas anderes, du wirst schon sehen.«

Jeden Morgen brachte sie Trix und Jimmy zur Schule, stieg mit ihnen den Acker hinauf, umrundete das Wäldchen und lief am Feld der Duggans entlang den Hang hinunter. Jimmy marschierte vorneweg, dann kam Trix und Shell ging als Letzte, die Arme um den gewaltigen Bauch geschlungen. Sie waren wie die Heiligen Drei Könige, nur ohne einen Stern, dem sie hätten folgen können. Bereits an der höchsten Stelle des Wäldchens bekam Shell kaum noch Luft und die Kälte verwandelte ihren schweren Atem in weiße Wolken. An der Abzweigung zum Dorf scheuchte sie die beiden weiter und ließ sie das letzte Stück allein gehen.

Dad blieb die meiste Zeit in Cork. Shells Eindruck war, dass er dort eine Freundin hatte. Als sie eines Morgens seinen Kleiderschrank durchsucht hatte, waren ihr Lippenstiftspuren an seinem Hemdkragen aufgefallen. Von dem Geld im Klavier waren inzwischen nur noch hundert Pfund übrig.

Eines Tages, dachte Shell, wird er ganz in die Großstadt ziehen und überhaupt nicht mehr wiederkommen.

Tagsüber fuhr sie in die Stadt, um ihre Besorgungen zu erledigen. Sie nahm den Bus von der Haltestelle außerhalb des Dorfes, um die Mittagszeit, wenn sonst niemand unterwegs war. Wenn sie nach Hause kam, fegte sie den Boden und machte sich vielleicht daran, etwas zu backen, wenn ihr danach war. An trüben Nachmittagen streifte sie ihre Schuhe ab, setzte sich in den Sessel und schaltete das Heizelement an. Dann lauschte sie auf das Knistern, während die Metallstäbe erst rot und dann orangefarben zu glühen begannen.

Das Baby machte sich bemerkbar, wenn sie sich nicht bewegte.

Kevin. Hughie. Paul. Sie schüttelte den Kopf. Nein. Gabriel. Sie lächelte.

Und wenn es ein Mädchen wurde?

Zuerst fiel ihr absolut nichts ein. Dann kam ihr die richtige Idee. Rose.

»Shell«, sagte Jimmy an diesem Abend.

»Du sollst deine Hausaufgaben machen, Jimmy.«

Er warf den Füller hin. »Schon fertig.«

»Ich glaube dir nicht.«

Jimmy drückte mit der Zunge sein Wangenzelt nach außen. »Mr Duggans erste Kuh hat gekalbt.«

»Schon?«

Jimmy nickte. »Das Kalb kam früh. Zu früh, sagt Mr Duggan.«

Shell starrte ihn an.

»Ich hab gesehen, wie's rausgekommen ist, Shell. Nach der Schule. Mr Duggan hat erlaubt, dass ich und Liam zusehen.«

»Und?«

»Es kam hinten bei der Kuh raus.«

Trix blickte mit offenem Mund von ihren Hausaufgaben auf.

»Na und?«, sagte Shell. »Wo sollte es denn sonst rauskommen?«

»Mr Duggan hatte eine Schnur. Die hat er um die kleinen Hufe gewickelt und das Kalb dann rausgezogen.«

»Igitt«, sagte Trix.

»Es ist gar nicht rausgesprungen, Shell. Nicht so wie Toast.«

»Nein?«

»Jedenfalls nicht gleich. Als erst mal ein gutes Stück draußen war, flutschte der Rest irgendwie hinterher.«

»Na bitte.«

»Das sah aber nicht so toll aus«, sagte Jimmy.

Shell gab einen missbilligenden Laut von sich. »Dann war das eben eine einzelne Kuh, die Pech gehabt hat«, sagte sie. »Normalerweise fallen die Kälber einfach nach unten.«

»Und übrigens ...«

»Du sollst deine Hausaufgaben zu Ende machen, Jimmy. Und du auch, Trix.«

»Da kam auch noch dieses ganze Zeugs raus.«

»Zeugs? Was für ein Zeugs?«

»So 'n Ekelkram.«

Trix verzog das Gesicht. »*Äh!*«

»Was denn für Ekelkram?«

»Braune Klumpen. Was Schleimiges, so wie Glibber. Mr Duggan meinte, das ist die Nachgeburt. Und weißt du was?«

»Was?«

»Die Kuh wollte sie auffressen. Und sie hat auch noch den ganzen Schlabber von dem Kalb abgeleckt.«

Shell erschauerte. »Jetzt mach endlich weiter. Auf der Stelle.«

Jimmy griff wieder nach dem Füller. Trix blätterte eine Seite um. Der Kühlschrank summte.

»Eine Kuh ist eine Kuh«, sagte Shell. »Babys kommen weich und weiß auf die Welt. Ihr werdet schon sehen.«

Ein heftiges Hungergefühl überkam sie, während ihre beiden Geschwister sich wieder mit ihren Hausaufgaben beschäftigten. Sie inspizierte die Speisekammer nach etwas Essbarem, aber das Brot war bis auf den letzten Rest aufgebraucht.

»Shell«, fing Jimmy wieder an.

»Was?«

»Wenn ... du weißt schon, was«, er deutete auf ihren Trommelbauch und machte eine weit ausholende Geste.

Sie runzelte die Stirn. »Ja?«

»Was machst du dann damit?«

Sie starrte ihn an.

»Sie wird's verstecken. Stimmt's, Shell?«, meldete sich Trix zu Wort.

Shell spitzte nachdenklich die Lippen.

»Wo denn?«, sagte Jimmy spöttisch.

»Sie könnte es in die Schublade legen«, überlegte Trix. »Oder unters Bett.«

»Dad würde es doch schreien hören, Dummbatz«, sagte Jimmy.

»Nein, würde er nicht.«

»Doch, würde er.«

»Würde er nicht!«

»Würde er doch!«

»Seid still, alle beide!«, brüllte Shell. Sie hielt sich mit beiden Händen die Ohren zu.

Jimmy kaute an seinem Füller. »Und? Was wirst du machen?«, rief er ihr zu.

Shell dachte an Maria und Josef, die vor dem Zorn des Königs Herodes nach Ägypten geflohen waren. Sie dachte an Moses als Baby, das in einem Binsenkörbchen den Fluss hinuntergetrieben war. Sie ließ die Hände sinken. »Mach dir darüber keine Sorgen, Jimmy«, sagte sie. »Du wirst schon sehen. Ich habe mir alles genau überlegt.«

Neunundzwanzig

Doch das hatte sie nicht.

Wieder und wieder las sie das Körperbuch, bis sie den Abschnitt über die Geburt in- und auswendig kannte. Worte wie Kontraktionen, Dilatation, Amnionwasser, Sektio, Episiotomie begannen ihr vor den Augen zu verschwimmen, verwirrten sich zu einem Labyrinth aus Normal und Anormal, Erlaubt und Verboten, Vorher und Nachher. Shell schlug das Buch zu und dachte: Ich knie mich einfach hin und presse und hoffe ... und presse weiter.

Dann kamen die Was-wenns.

Was, wenn ... An den immer dunkler werdenden Nachmittagen saß sie im Sessel, während der Wind draußen die Regenrinne umheulte und schräg von Westen der Regen niederging. Was, wenn ... Nein, sie hatte sich gar nichts genau überlegt. Sie war ratlos und biss sich auf die Lippen. Sie brauchte jemanden, der ihr half. Nicht Trix und Jimmy. Jemanden, zu dem sie hingehen und dem sie alles erzählen konnte. Wenn Bridie doch nur da gewesen wäre. Sie hätte sich irgendeinen verrückten Plan ausgedacht, was immerhin besser gewesen wäre als gar kein

Plan. Shell schaute auf den heiligen Kalender. Das Dezemberbild zeigte Maria mit dem Kind. Der blaue Umhang der Heiligen Jungfrau bedeckte wallend ihren Oberkörper und die Knie, das Baby saß aufrecht und segnete die Welt. *Madonna mit Kind und einem 33J-Wonderbra,* hörte sie Declan witzeln. Wem hatte Maria es wohl erzählt? Wahrscheinlich ihrer Mutter. Und dann hatte ihre Mutter es dem Vater erzählt. Und der Vater hatte es Josef erzählt. Und nach und nach hatte jeder es erfahren. Und jeder hatte es verstanden.

Ihr Blick fiel auf das Klavier. Der Deckel war hochgeklappt, Jimmy hatte am Abend zuvor gespielt, wie immer. Sie sah Mum vor sich, wie sie auf dem Hocker saß, den rechten Fuß über dem Pedal schwebend, wie ihre Finger über die Töne glitten und leichte, sanfte Melodien hervorbrachten. »Mum, ich muss dir etwas sagen«, sagte sie laut. Die Gestalt am Klavier wandte sich langsam um, mit fragendem Blick. Die Andeutung eines Lächelns huschte über ihre Lippen. »Was denn, Shell?« Die Töne auf dem Klavier stockten, die Melodie geriet ins Schwanken. Shell konnte sich einfach nicht überwinden weiterzureden. »Nichts, Mum, entschuldige. Spiel nur weiter.« Doch anstatt sich umzudrehen und weiterzuspielen, löste die Gestalt sich auf und hinterließ gähnende Leere. Shell stand auf und klappte den Deckel herunter, um die Tasten nicht sehen zu müssen.

Sie musste an Mrs Duggan denken, die Mums beste Freundin gewesen war. Es wäre eigentlich naheliegend gewesen, sich an sie zu wenden. Doch sie lag schon seit einiger Zeit im Regionalkrankenhaus, um dort ihr eigenes Kind zur Welt zu bringen; bisher war sie noch nicht zurück. Es hätte Komplikationen gegeben, hieß es, aber niemand wusste etwas Genaues.

Ihre einzige andere Freundin war Bridie Quinn. Shell hatte keine Hoffnung, dass sie ihr irgendwie von Nutzen sein konnte, selbst wenn sie sich nicht in Kilbran aufhielt, wie Bridies Familie erklärte, oder in Amerika. Wie Theresa Sheehy behauptete.

Es gab niemanden.

Dann fiel ihr Pater Rose ein.

Sie erinnerte sich wieder, wie sein Arm zu einer Brücke wurde. *Gottes Segen, Shell. Bist du glücklich, Shell? Vertraue mir, Shell.*

Als ich den Hügel heraufkam, sah ich dich, Shell. Seine Worte schwirrten ihr im Kopf herum, seine Augen blickten sie über die einfallenden Strahlen des Lichts in der Kirche hinweg an. Hastig, ehe sie Zeit hatte, es sich anders zu überlegen, griff sie nach Dads Regenmantel und eilte hinaus. Im strömenden Regen stieg sie den Acker hinauf und lief ins Dorf hinunter, den Kopf im Wind gesenkt, die Hände taub vor Kälte. Der Regen peitschte ihr entgegen und ging in Schneeregen über. In den stahlgrauen Pfützen tanzte das Wasser.

Im Dorf war alles ruhig, kein Leben, keine Seele zeigte sich. Es war Dienstag, der Nachmittag, an dem man für gewöhnlich zur Beichte ging. Sie hatte seit Ewigkeiten nicht mehr gebeichtet, nicht mehr seit der Fastenzeit, als Pater Carroll sie von dem üblichen Sündenkatalog freisprach, den sie sich zuvor zurechtgelegt hatte. *Ich habe mit meinem Bruder geschimpft. Ich habe Dad nicht gehorcht. Ich habe die Schule geschwänzt.* Jedes Mal zählte sie dieselben drei Dinge auf, und falls es ihm aufgefallen war, hatte er es nie erwähnt. Vielleicht nahm an diesem Tag ja Pater Rose die Beichte ab. Wenn es so war, konnte sie den Beichtstuhl betreten und ihm einfach alles erzählen. Es würde dunkel sein, das Metallgitter würde sie trennen, nur die Umrisse seines Gesichts würden zu erkennen sein. Er unterlag der Schweigepflicht. Er würde ihr zuhören. Er würde ihr sagen, was zu tun war.

Sie betrat die Kirche. Seit Wochen war sie nicht mehr hier gewesen.

Niemand war dort. Der Wind jagte an den vier Wänden entlang im Kreis. Mit blinden Augen blickten die Statuen auf die Seitenschiffe hinab.

Die Macht der Gewohnheit ließ Shell den Finger ins Weihwasser tauchen und sich bekreuzigen. Sie knickste und schritt langsam zum Beichtstuhl hinüber. Die Tür des Sünders stand einen Spaltbreit offen. Über der Tür des Beichtvaters hing das Schild. *Pater Rose.* Sie betrat die Kabine des Beichtenden und kniete mit Mühe nieder.

»Pater?«, sagte sie. Es kam keine Antwort.

»Pater Rose?«

Nichts. Sie war allein. Auf der anderen Seite des Gitters zeichnete sich keine Gestalt ab. Möglicherweise waren in der Zeit ihrer monatelangen Abwesenheit die Beichtzeiten geändert worden. Vielleicht war ihm das Warten auf die Sünder auch zu lang geworden und er war bereits fort, zum Abendbrot.

Sie ließ den Kopf auf die feuchten Ärmel ihres Regenmantels sinken und redete.

»Segne mich, Vater, denn ich habe gesündigt«, begann sie stockend. »Ich habe bei Meehan's zwei BHs gestohlen. Ich habe mich mit Declan Ronan in Duggans Feld nackt ausgezogen. Nun bin ich schwanger und weiß nicht, was ich tun soll.«

Oh, Shell, schien ihr eine Stimme zu antworten, *das ist ja eine ganze Litanei an Sünden. Aber es gibt nichts, was Gott dir nicht vergibt. Wenn du drei »Gegrüßet seist du, Maria« und ein »Ehre sei dem Vater« betest und versuchst all dies nicht wieder zu tun, wirst du rein sein wie der Regen und kommst auch in den Himmel.*

Sie merkte, wie ihre Schultern bebten, wie sie halb kicherte, halb weinte. Jimmy hat Recht. Nur Dummköpfe können so etwas glauben. Sie erhob sich von der Kniebank und kletterte mühsam aus der Kabine. Fast hätte sie lauthals losgeprustet. Shell musste schlucken, um das Lachen zu unterdrücken. Sie sparte sich den Knicks vor dem Altar und eilte den Mittelgang entlang zur Tür, um möglichst schnell hinauszukommen. Der schwache Duft nach Weihrauch, die dunklen Schatten und die unheimlichen schweigenden Statuen bedrängten und umkreisten sie wie ein Schwarm Fledermäuse. Gerade als sie den Ausgang erreichte, hörte sie, wie sich die Tür zur Sakristei öffnete. Vom anderen Ende der Kirche näherten sich beschwingte Schritte. Shell erstarrte.

»Hallo. Ist jemand gekommen, um zu beichten?«

Es war die Stimme von Pater Rose, der in die Dunkelheit hineinrief. In der Leere des Raumes klang sie sonderbar tonlos.

Shell blieb reglos an der Seitentür stehen. »Nein, Pater«, sagte sie, ohne sich umzudrehen.

»Bist du das etwa, Shell?«

Seine Worte strahlten plötzlich Wärme aus, hatten diesen vertrauten Ich-weiß-genau-was-du-fühlst-Tonfall, den er ihr gegenüber immer angeschlagen hatte. Sie drehte den Kopf, vergrub ihre Hände tief in den Taschen des Regenmantels. Er stand ein gutes Stück von ihr entfernt im Mittelgang, die Arme verschränkt, in einer schwarzen Soutane. Im schummerigen Licht der unbeleuchteten Kirche war sein Gesicht nicht zu erkennen.

»Wir haben uns lange nicht mehr gesehen.«

Sie lächelte unmerklich. »Ja, Pater. Ich bin es nur.«

»Bist du hergekommen, um zu beten?«, fragte er und trat einen Schritt vor.

Shell biss sich auf die Lippen. »Beten?«, stammelte sie, als wäre das Wort ihr unbekannt.

»Oder vielleicht einfach nur, um vor dem Regen Schutz zu suchen?«

Sie nickte. »Der Regen. Das war der Grund.«

»Kirchen, Shell«, sagte er und seine rechte Hand fuhr durch die Luft, als würde er einen unsichtbaren Vorhang zurückziehen. Sie hörte ihn seufzen und seine Hand sank wieder nach unten. »Wenigstens diesen Nutzen haben sie.« Die Sätze schallten den Gang hinunter zu ihr herüber, mit ineinander verhedderten Worten, die ihren Glauben in Fetzen rissen. Irgendetwas war ihm abhandengekommen, etwas wie die Halteleine eines Bootes oder das Geländer einer Treppe, so wie es ihr selbst auch abhandengekommen war. Es schien, als wären sie beide gestrandet, hier in demselben dunklen, verlassenen Ort der Hoffnungslosigkeit. Blindlings streckte sie den Arm in Richtung Tür. Sie konnte sich nicht umdrehen, sonst hätte er gesehen, was aus ihr geworden war, eine Schande, mit der sie niemals hätte leben können. Sie tastete nach der Klinke.

»Es stimmt, Pater«, sagte sie. »Diesen Nutzen haben sie auf jeden Fall.« Shell wusste kaum, was sie sagte oder meinte, doch ehe er etwas erwidern konnte, stand sie wieder draußen im Freien, in der erbarmungslosen Kälte des Tages. Auf dem Rückweg durch das Dorf rannte sie fast. Es war niemand unterwegs. Als sie den windigen Hügel erklomm, atmete sie erleichtert auf.

Der Regen ließ nach. Auf halber Höhe beugte sie sich nach vorn, plötzlich erschöpft. Als sie sich wieder aufrichtete, breitete sich ein Schmerz in ihr aus, stechend und fast schon vergessen. Der Fluch, da ist er wieder. Zitronenfarbene Wolken teilten sich. Eine fahle Sonne schimmerte hindurch. Shells Ohren glühten. Keuchend spürte sie, wie die letzten Regentropfen angenehm kühl auf ihre Stirn fielen. Der Schmerz verdichtete sich zu einem Klumpen in der Beckengegend und löste sich schließlich auf. Shell stieg weiter den Hang hinauf. Es gibt nichts, was er hätte tun können, dachte sie. Ich bin allein.

Der Wind trug lautes Geschrei an ihr Ohr. Shell drehte sich um und sah Trix und Jimmy, die auf sie zurannten, mit wedelnden Armen, wie wirbelnde Windmühlenflügel. Sie waren schon wieder aus der Schule zurück. Shell konnte sich nicht erklären, wo die Zeit geblieben war. Am Wäldchen blieb sie stehen und wartete auf die beiden, bibbernd unter ihrem Regenmantel. Ich bin allein, abgesehen von Trix und Jimmy, dachte sie. Wir drei. Wir müssen das gemeinsam durchstehen.

Dreißig

Jimmy hatte die Noten von *Wir Heiligen Drei Könige, wir kommen von fern* herausgesucht. Er saß am Klavier und klimperte fast den ganzen Abend auf den Tasten herum, während Trix und Shell aus einer alten Cornflakespackung ein paar Engelsflügel ausschnitten.

Der dumpfe Schmerz kam und ging. Es begann wieder zu regnen. Shell schaltete den zweiten Stab des Heizelements ein, obwohl Dad es ihnen verboten hatte. Es war Dienstag; die Wahrscheinlichkeit, dass er vor Freitag wieder zu Hause auftauchte, war sehr gering, also würde er es nicht erfahren. Shell legte seinen Regenmantel vor die Küchentür, damit es nicht so zog, und drückte die Gardinen mit allerlei Krimskrams aus dem Haus gegen die Fensterbank. Dennoch waren ihre Hände eiskalt.

Sie machte Ochsenschwanzsuppe warm, zwei Dosen als Abendessen, trank hastig ihre Schale leer und spürte, wie sie sich beim Schlucken die Kehle verbrühte. Wieder begann sie zu zittern.

Der Schmerz kehrte zurück, stechend und energisch, und sie sprang so abrupt auf, dass ihr Stuhl umkippte.

Trix und Jimmy starrten sie an. »Was hast du denn, Shell?«, fragte Jimmy.

Sie antwortete nicht. Ihre Augen hefteten sich auf den heiligen Kalender über dem Klavier, fixierten den wallenden Mantel der Jungfrau, folgten dem Faltenwurf.

»Stimmt was nicht, Shell?«, sagte Trix.

Sie hielt sich am Tisch fest. »Nichts.« Shell stellte den Stuhl wieder hin, setzte sich und umfasste ihren Bauch. »Alles in Ordnung.«

»Wirklich?«

»Wirklich. Mir ist nur gerade eingefallen, dass ich was vergessen habe, das ist alles.«

Sie stand auf und begann umherzugehen.

»Was ist es denn?«, fragte Trix.

»Was ist was?«

»Das, was du vergessen hast?«

»Was ich vergessen hab?«

Jimmy tippte sich mit zwei Fingern an die Stirn. »Sie hat sie nicht mehr alle«, flüsterte er Trix laut und deutlich zu.

»Beeilt euch mit eurer Suppe«, sagte Shell. »Es ist Zeit fürs Bett.«

»Nein, noch nicht. Es ist erst sieben.«

»Wenn ich sage, es ist Zeit fürs Bett, dann ...« Sie unterbrach sich und ging in die Hocke. »... ist es Zeit fürs Bett.«

»Und meine Flügel?«, sagte Trix.

»Du kannst sie morgen früh fertig machen.« Der Schmerz ließ nach. »Oder jetzt vielleicht, wenn du dich beeilst.«

Trix und Jimmy tranken ihre Suppe aus und stellten die Schalen klappernd in die Spüle, während Shell den Tisch abräumte. Trix kramte ihre Flügel hervor und öffnete den Malkasten. Sie füllte einen Becher mit Wasser und tauchte den Pinsel hinein. Jimmy setzte sich wieder ans Klavier. Inzwischen spielte er auch *Jingle Bells*.

Shell holte den Besen und begann zu fegen.

»Du hast den Boden doch gerade erst gefegt«, bemerkte Jimmy, ohne sich umzudrehen.

»Jetzt ist er aber wieder voller Krümel, von euch beiden«, erwiderte sie patzig und stieß die Borsten gegen seine Füße, fuhr mit ihnen zwischen die Beine des Klavierhockers und die Pedale. »Ich feg dich weg, wenn du nicht still bist!« Sie schwang den Besen Richtung Spüle.

Das Licht begann zu flackern, trübte sich und wurde wieder greller. Der Wind schwoll zu einem durchdringenden Pfeifen an. Die Zeit verging. Jingle, jingle, spielten die Klaviertasten, immerzu denselben nervtötenden Ton.

Großer Gott, da ist es wieder.

Shell ließ den Besen fallen. »Spiel weiter, Jimmy.« Hastig stürzte sie ins Schlafzimmer und ließ sich keuchend auf das Bett fallen. Doch der Schmerz kehrte erbarmungslos wieder. Sie zog die Knie bis an ihr Kinn und begann vor und zurück zu schaukeln. *Jingle bells, jingle bells, jingle all the way.* Die Ochsenschwanzsuppe kam wieder hoch, doch Shell schaffte es gerade noch, sie wieder hinunterzuschlucken. In ihren Ohren rauschte es und gelbe Streifen flimmerten ihr vor den Augen. *O what fun it is to ride on a one-horse open sleigh-hey, jingle bells ...*

»Shell?« Jimmy und Trix beugten sich über ihr Bett und schauten zu ihr herunter.

Sie blinzelte. In ihr explodierte der Schmerz in tausend

winzige Teile, die das Blut in jeden Winkel ihres Körpers trug, dann ließ er nach. »Was ist?«

»Bist du in Ordnung?«, fragte Jimmy.

Trix zitterten die Lippen. »Du benimmst dich so komisch, Shell.«

Shell setzte sich hin. »Es geht mir gut.« Sie stand auf und wuschelte Trix durchs Haar. »Ich musste mich nur mal kurz hinlegen.« Sie ging zurück in die Küche. »Mach die Flügel fertig, Trix. Komm, gib mir einen Pinsel.«

Sie malten einen Mischmasch aus Orange, Weiß und Gelb. Aber das Grün der Cornflakespackung schien immer noch durch, deshalb übertünchten sie die Stelle mit viel Blau. Die grauen Innenseiten wurden knallrot. Shell bohrte mit Hilfe eines Fleischpikers Löcher und zog ringförmige Schnüre hindurch, mit denen die Flügel sich an den Schultern befestigen ließen. Trix probierte sie an.

Jimmy schaute vom Klavier auf. Er spielte schon wieder *Wir Heiligen Drei Könige*. »Die hängen ja runter.«

»Tun sie nicht«, sagte Trix. Sie flatterte mit wedelnden Handflächen durch die Küche.

»Tun sie. Die Flügelspitzen zeigen nach unten. Wenn du ein echter Engel wärst, würdest du abstürzen.«

»Würd ich nicht.«

»Doch.«

»Nein.«

»Doch. Krach, wumm, flatsch!«

»Seid still!«, kreischte Shell. Da war es wieder, unerbittlich und brutal. Ihre Hand schoss blindlings nach vorn, fegte das Wasserglas und die Pinsel quer über den Küchentisch.

Sie packte die Rückenlehne eines Stuhls. Das farbige Wasser lief über das geordnete Schachbrettmuster der Plastiktischdecke.

Shell erreichte die Spüle gerade noch rechtzeitig. Diesmal ließ sich die Ochsenschwanzsuppe nicht mehr aufhalten.

»Igitt«, sagte Trix.

Shell drehte die Wasserhähne voll auf und sank in die Hocke. *Uuuääruuuuu* ... Das Stöhnen schien aus den tiefsten Tiefen ihrer Kehle zu kommen.

Jimmy verließ seinen Klavierhocker und musterte sie eingehend. »Klingt genau wie bei Mr Duggans Kuh«, sagte er nachdenklich.

Wieder perlte der Schmerz von ihr ab wie Wasser. Aber ihr war immer noch eiskalt und zittrig zu Mute.

»Trix«, flüsterte sie. »Sei so gut und wisch die Schweinerei auf, ja?«

Sie holte den Regenmantel, der vor der Türritze gelegen hatte, und zog ihn sich über.

»Wo willst du denn hin?«, fragte Jimmy.

»Nach draußen. Ein bisschen frische Luft schnappen.«

»Aber es gießt in Strömen.«

»Ist mir egal.«

Sie lief zur Tür hinaus und fünfmal um das Haus, während sie die Runden mitzählte. Das Einzige, was sie sah, war das Licht, das durch die Küchenfenster auf den betonierten Weg fiel, vor dem Haus und hinter dem Haus, und die Regenrinnen und Gullys, durch die der Regen in die Erde schoss.

Bei der neunten Runde ging es wieder los. Wieder musste sie sich übergeben, in den Wind. Diesmal war nicht Dad die hustende Ziege am Torpfosten, sondern sie selbst. Nach einer Weile wich der Schmerz.

Sie ging wieder hinein.

»Lass Wasser in die Wanne, Trix.«

»Aber heut ist gar nicht Badetag, Shell.«

»Egal. Ich bade.«

Trix rannte los.

»Und du spiel weiter, Jimmy.«

Jimmy zuckte mit den Schultern und spielte *Wir Heiligen Drei Könige, wir kommen von fern,* auf den knarrenden tiefen Tasten des Klaviers. In der Badewanne stieg das Wasser genau bis zu dem Schmutzrand, der sich einfach nicht mehr entfernen ließ. Es war nicht brüllend heiß, aber immerhin warm genug. Sobald sie drinlag, hörte das Zittern auf. Ihre Hände und Füße begannen zu prickeln. Trix setzte sich auf den Toilettendeckel und schaute ihr zu, was sie öfter tat.

»Du benimmst dich heute Abend total komisch, Shell«, sagte sie.

»Wieso komisch?«

»Bei dir geht's dauernd hin und her. Komisch ist das.«

Kontraktion, Dilatation, Erlaubt und Verboten, Vorher und Nachher.

»Ihr macht mich ganz verrückt, ihr zwei.«

Sie rieb sich mit dem Seifenstück unter den Armen. »Reich mal den Waschlappen rüber, Trix.«

»Wenn du ein zweites Loch bohren würdest, Shell …«

»Was?«

»In meine Flügel. Und noch eine zweite Schnur durchziehst. Und sie in der Mitte verknotest …«

»Wir versuchen es später«, versprach Shell. »Raus mit dir. Schieb ab.«

Die nächste Schmerzattacke überfiel sie im selben Moment, als Trix das Bad verließ. *Da stehet vor uns ein leuchtender Stern.* Shell drehte sich um, ging auf die Knie und presste den Kopf gegen die Glasur der Badewanne. *Uuuääruuuuu …* Der Laut dröhnte ihr in den Ohren, tief und heftig. Mr Duggans Kuh musste zu ihr in die Wanne gestiegen sein. Nicht sie selbst stieß diese Laute aus, sondern die Kuh. *Uuuääruuuuu …*

Zweimal ließ sie Wasser nachlaufen, aber inzwischen war kein warmes Wasser mehr im Boiler. Die Handtücher waren feucht und schmuddelig, aber sie trocknete sich ab, so gut es ging, und streifte die Kleider wieder über.

Als sie in die Küche zurückkam, erwartete sie eine Überraschung. Jimmy und Trix hatten die Malsachen weggeräumt. Auf dem Tisch lagen nun ein Knäuel aus Schnur, eine Schere, eine Mülltüte aus Plastik und ein paar alte Puppenkleider von Trix. In der Mitte stand ein kleiner Pappkarton, etwas größer als eine Schuhschachtel. Der Deckel fehlte und das Innere des Kartons war mit einer dicken Watteschicht ausgepolstert.

»Wir haben alles vorbereitet, Shell«, sagte Jimmy.

Shell starrte auf den Tisch. »Vorbereitet?«

»Für das Baby.«

»Das Baby?«

»Was denn sonst?«

Trix grinste. »Ich hab dir doch gleich gesagt, dass es zu Weihnachten kommt.«

Jimmy klopfte sich auf den Bauch. »Deswegen klingst du auch wie Mr Duggans Kuh. Das Baby kommt raus, stimmt's?«

Shell nickte. »Ich glaube, ja«, gab sie zu. Sie ging zum Tisch und betrachtete ihre Gaben, griff nach der Schnur und der Schere und erschauerte. Was, wenn ... Episiotomie und Sektio ...

»Ich glaube nicht, dass wir das hier brauchen werden«, sagte sie, legte beides wieder hin und nahm den Müllbeutel in Augenschein. »Wozu soll der denn gut sein?«

»Für den ganzen Schmodder. Die Nachgeburt.«

Shell schüttelte den Kopf. Sie nahm den Schuhkarton und befühlte die Watteschicht. »Das ist hübsch«, sagte sie.

»Das ist eine Krippe, Shell«, erklärte Trix. »Die hab ich gemacht. Ich hab Watte reingelegt statt Stroh.«

Shell nickte. »Viel besser als Stroh«, sagte sie und krümmte sich erneut.

»Es geht wieder los«, sagte Jimmy.

Diesmal überrollte der Schmerz sie wie ein Schwerlaster, der sie auf dem Asphalt platt walzte. Mittendrin schoss ein heißer Schwall zwischen ihren Beinen hervor.

»Es kommt!«, schrie sie auf. Aber als der Schmerz sich knurrend wieder zurückgezogen hatte, blieb nichts als eine Pfütze auf dem Boden.

Jimmy holte den Mopp.

»Was ist das denn?«, fragte Trix, den Blick gesenkt. »Eine komische Farbe hat das.«

»Das ist Badewasser«, sagte Shell. Ihre Zähne klapperten. »Nie im Leben.«

»Doch.«

»Igitt.«

»Mach es weg.«

Jimmy wischte es mit dem Mopp auf.

»Ich bin ganz nass.« Shell musste plötzlich schluchzen und konnte überhaupt nicht mehr aufhören. »Mir ist eiskalt. Und ich bin nass bis auf die Haut.«

Jimmy stellte den Mopp beiseite und legte beruhigend seine Hand auf ihren Ellbogen. »Komm mit, Shell«, ermunterte er sie.

Sie führten sie ins Schlafzimmer und Trix half ihr, das Nachthemd anzuziehen. Sie deckten sie zu und legten ihre eigenen beiden Decken obendrauf.

»Jimmy?«, krächzte Shell.

»Was ist?«

»Bist du so gut und bringst mir eine Schüssel? Die Plastikschüssel für die Wäsche.«

»Warum?«

»Mir wird schlecht.«

Er kam mit der Schüssel wieder. Nach ihm kam Trix mit einer Tasse Tee und einem Keks. Anstatt sich zu übergeben, aß Shell den Keks und trank den Tee. Für einen kurzen Moment fühlte sie sich fast normal. Dann kam die nächste Wehe, dann die übernächste und die überübernächste, bis die Schmerzen bei ihr Schlange standen wie Ungeheuer, die im Vorübergehen nach ihr griffen, sich in ihr festbissen, ihr die Glieder auseinanderrissen.

Shell wusste noch, dass sie irgendwann aus einem Tunnel auftauchte und nach der Uhrzeit fragte. Jimmy sagte etwas. Zwei Uhr. Wie konnte es denn zwei sein? Draußen war es stockdunkel. »Ihr müsstet doch in der Schule sein, ihr beide. Was habt ihr denn hier zu suchen?«

»Es ist zwei Uhr nachts, Shell.«

»Es kommt, es kommt.«

»Das hast du das letzte Mal auch schon gesagt.«

»Es kommt wirklich, o Gott.« Sie kauerte am Boden und kroch Richtung Küche. »Gott, hilf mir.« Ihre Knie spreizten sich, ihr stumpfes Haar wellte sich über den Dielenboden.

»Hol die Mülltüte, Trix. Die Schnur. Und die Schere«, hörte sie jemanden sagen. Es klang wie die Stimme eines Folterknechtes. Er würde sie zerstückeln. Sie begann lauthals zu brüllen, aber meilenweit konnte niemand sie hören. In ihrem Unterleib steckte ein Messer mit glühender Klinge, das sie zerfleischte.

»Nein! Verschont mich«, schrie sie. »Ich wollte doch nichts Böses tun. Bitte!«

Sie war Angie Goodie auf dem Kirchturm. Aber die Blitze trafen sie, nicht den Zauberstab, wieder und wieder, rissen sie in Stücke.

Im Zimmer wurde alles weiß und still. Shell hob den Kopf und sah sich um. Trüb und ruhig war es und ein warmer Luftstrom schlug ihr entgegen. Sie befand sich überall und nirgends. Sie war ein Geist. Das Ungeheuer hatte sie umgebracht. Irgendwo spielte ein Klavier, in weiter Ferne, dann war die Brandung des Meeres zu hören, wie die Wellen auf der Ziegeninsel. Das Weiß um sie herum wurde zu einem Beigeton, dann zu einem zarten Gelb, wie Sand. Der Wind kräuselte es und plötzlich schritt ihre Mutter darüber hinweg, kam auf sie zugelaufen, den olivfarbenen Schal unter dem Kinn zu einem festen Knoten geschlungen, und der Wind blähte ihren Mantel aus Tweed. *Shell,* rief sie. *Meine Shell. Da bist du ja. Ich habe den ganzen Tag nach dir gesucht, aber ich konnte dich nicht finden. Wohin bist du nur fortgelaufen, du unartiges Mädchen?* Sie trat dichter an Shell heran und legte ihr beide Hände auf die Schultern, beugte sich über sie und schaute ihr in die Augen. Shell erwiderte ihren Blick. Sie erkannte ihr Spiegelbild in Mums Augen, durchscheinend, auf und ab tanzend. Gleich neben Mums Lachfältchen, die sich nach oben bogen wie ein halbiertes Lächeln, genau wie es bei der Bibliothekarin gewesen war. Mums Hand berührte ihre Stirn und strich eine feuchte Locke beiseite. *Du hast Fieber, Shell. Du solltest nicht draußen unterwegs sein, wenn es so stürmt. Komm mit, Shell. Ich bringe dich nach Hause.* Sie spürte Mums kühle Hand in ihrer Linken, dann in ihrer Rechten, vielleicht gab es ja zwei Mums, eine an jeder Seite. Shell drehte sich bald hierhin, bald dorthin, suchte verzweifelt nach Mums Gesicht, doch der weiße Nebel war zurückgekehrt. *Mum,* schrie sie. *Geh nicht fort. Verlass mich nicht. Bitte geh nicht. Bitte.*

»Shell ... Shell ...«

Die Worte wurden weicher, entfernten sich. *Shell ...* Irgendetwas bewegte sich fliegend von ihr fort. Mums Seele. Sie schoss davon wie ein Stein, der eine Klippe hinunterrollte, der den Hang hinabschlitterte und dabei immer schneller wurde. Dann wurde sie zu dem verirrten Schaf, das vom Felsvorsprung fiel, sich in der Luft drehte und drehte, sich überschlug, seinem Tod entgegen in die Tiefe stürzte. *Nein,* rief sie ihm nach. *Nein. Komm zurück, Schaf, komm zurück.*

Die Felsen, das Meer, das Schaf verschwanden. Sie spürte eine Hand in ihrem Nacken. Sie befand sich in der Küche, kauerte in der Mitte einer Decke. Ihr Nachthemd war bis zu den

Hüften hochgekrempelt. Ihre Unterarme stützten sich auf die Sitzfläche des Sessels. Unter ihren Knien war schwarzes Plastik. Und auf dem Plastik lag ein Klumpen, der rot und blau und braun und weiß aussah. Jimmy berührte ihn. Er hatte ein feuchtes Tuch und wischte den Klumpen damit sauber.

»Du hast es geschafft, Shell«, schnaufte er. »Es ist draußen.«

Er wischte und es erschien ein Gesicht. Zwei hellblaue Augen. Eine winzige Nase. Ein kleiner Schmollmund.

»Ich hab's geschafft?«, keuchte sie.

Die Arme waren um den Körper geschlungen, an ihren Enden waren winzige Finger, wie die einer Puppe.

Etwas hatte sich um seinen Hals gewickelt.

»Was ist ... was ist dieses Ding da?«, flüsterte sie.

Jimmy tat irgendetwas, zog daran, zerrte daran, ließ es über den Kopf des Babys gleiten.

»Nimm es nicht weg ... Es ist ...«

Kopfschüttelnd berührte sie es. Es war weißlich grau, wie eine seltsame Halskette.

»Ist es eine Schnur? Ihr habt es doch nicht etwa mit Hilfe dieser Schnur rausgezogen?«

»Nein«, sagte Jimmy. »Die Schnur haben wir nicht benutzt. Es kam raus, wie du gesagt hast. Von ganz allein.«

Er holte die Schere hervor und schnitt das runde, dicke Etwas durch. Es glitschte um den Körper des Babys, ein langer, zurechtgestutzter Wurm.

»Iiih«, sagte Trix. »Wie scheußlich.«

Das eine Ende des Wurms mündete im Bauchnabel des Babys. Jimmy schnitt ein zweites Mal, um es abzutrennen. Das andere Ende baumelte zwischen Shells Beinen hervor. Jetzt erinnerte sie sich wieder, was es war – sie hatte es im Körperbuch gelesen: die Nabelschnur.

Jimmy wischte weiter an dem Baby herum.

»Ist es ein Junge oder ein Mädchen?«, fragte Trix.

»Ein Mädchen, du Dummbatz. Das sieht doch jeder Idiot.«

»Ein Mädchen?«, keuchte Shell. »Reich sie mir rüber, Jimmy. Ich will sie halten.«

Shell streckte die Hand aus und berührte das seltsame, fremdartige Wesen. Minuten verstrichen, schweigend und still.

Irgendeine Pampe kitzelte ihre Oberschenkel. »Die Nachgeburt!«, brüllte Jimmy.

Etwas Rotes, Schlabberiges, dunkel wie Leber, kam heraus. Shell kümmerte es nicht, sie bemerkte es kaum. Inzwischen hatte sie die Kleine bei sich, hielt sie wie ein rohes Ei, legte sie sich auf die Knie, lächelte. Das kleine Gesicht verschwamm vor ihren Augen, wurde wieder klar. Sie berührte das Köpfchen. Es war weich, wie die Schale eines Apfels. Winzige violette Venen zeichneten sich ab und es war kahl. Shells Herz hätte beinahe ausgesetzt, dann aber durchströmte sie ein Gefühl der Wärme. Rosie, flüsterte sie. Meine geliebte Rosie. Sie berührte die kleine Nase. Bist du es wirklich? Habe ich das zu Stande gebracht? Sie begann Mums Lieblingslied zu summen. *Gottes Liebe, komm zur Erden, sei uns demutsvoller Hort.* Süß und zerknittert lag das kleine Baby schlafend in ihren Armen. Es gab keinen Laut von sich.

Einunddreißig

Jimmy und Trix versuchten das Kind wegzutragen, aber Shell ließ es nicht zu. Sie nahm die Kleine mit ins Bett und sang ihr das Kirchenlied vor, wickelte sie in ein weiches Flanelltuch und legte sie neben sich auf ein Kissen.

Sie musste wohl eingeschlafen sein.

Am nächsten Morgen erwachte sie spät. Panisch suchte sie nach dem Baby. Es war noch immer dort, wo sie es hingelegt hatte, auf die Seite gerollt, durch das Kissen an Shells Schulter gedrückt, das Köpfchen ruhte in Shells Achselhöhle. Sie nahm die Kleine hoch und sang ihr noch ein wenig vor. Langsam stand sie auf. Ein Schmerz strahlte vom Bauch bis hinab in ihre Knie. Sie humpelte aus dem Zimmer in die Küche und schaffte es bis ins Bad. Dort ließ sie erneut Wasser in die Wanne. Sie stieg hinein, samt dem Baby, schöpfte Wasser und ließ es über die kleine runzelige Stirn laufen. *Ich taufe dich Rose,* sagte sie. Das Kind war eiskalt, wie sehr sie auch versuchte es zu wärmen. Milch tropfte aus ihren Brustwarzen, doch das Baby war zu müde, um zu trinken.

Shell stieg aus der Wanne und wickelte sie mit einem Handtuch schön warm ein. Sie bettete sie in Trix' Pappkarton, auf der weichen Watteunterlage. Sie legte ein paar saubere Socken zusammen, um den empfindlichen Kopf zu stützen. Dann machte sie das Frühstück.

Trix und Jimmy wurden wach. Sie hätten längst in der Schule sein müssen, aber Shell schimpfte nicht mit ihnen.

»Ihr könnt heute zu Hause bleiben«, sagte sie. »Nur für heute.«

Sie zog die Vorhänge beiseite und stellte den Krimskrams wieder zurück an seinen Platz. Sie summte das Kirchenlied. *Sei uns demutsvoller Hort. Lass es eitel Freude werden ...* Das Morgenlicht fiel herein. Schnelle Wolken jagten am Himmel entlang. Eine matte Sonne schleppte sich tief über den Acker dahin. »Schönes Wetter heute«, sagte Shell. Sie ging hinüber zu dem Baby, berührte seine Wange und lächelte.

»Rosie«, murmelte sie.

»So heißt sie also?«, sagte Trix.

Shell nickte. »Gefällt sie dir?«

»Hübsch ist sie.« Trix' Lippen zitterten. »Sehr hübsch, Shell.«

»Was hast du denn, Trix? Was gibt es denn da zu weinen?«

Trix schwieg, fing aber lauthals zu heulen an. Die Tränen strömten ihr nur so über das Gesicht.

»Du machst dir Sorgen, was Dad wohl sagen wird ... Wenn er zurückkommt?«

Trix schüttelte den Kopf. Dann nickte sie.

»Keine Angst. Wir überlegen uns schon was. Vielleicht macht es ihm auch gar nichts aus.« Shell summte weiter.

Jimmy warf seinen Löffel hin.

»Shell«, sagte er.

»Ja?«

»Weißt du noch, die Kuh von Mr Duggan?«

»Himmelherrgott. Hör doch endlich auf von dieser Kuh zu faseln.«

»Die, von der ich dir erzählt habe. Bei der das Kalb zu früh kam.«

»Was ist damit?«

»Es kam tot heraus.«

»Tot?«

Jimmy nickte. »Ich hab's dir vorher nicht erzählt.«

Shell starrte ihn an.

»Ich wollte dir keine Angst machen.«

»Oh.« Shells Hände schossen erschrocken zu ihrem Hals hinauf, begannen zu zittern und wurden ganz kalt. »Die arme Kuh. Und sie hat das Kalb noch abgeleckt.« Ihre Zähne klapperten. »Und es war tot.«

»Sie hat es nicht gemerkt, Shell. Sie hat nicht bemerkt, dass das Kalb tot war.«

»Wahrscheinlich nicht. Die arme Kuh.«

Shell nahm den Babykarton, setzte sich in den Sessel und wiegte ihn auf ihrem Schoß. Das Baby schlief immer noch.

Sie starrte durch die Küche zum Fenster, wo das Sonnenlicht hereinfiel.

Sie versuchte die Melodie zu summen, aber die Töne wollten einfach nicht heraus.

In ihrem Herzen fiel ein schweres Tor ins Schloss.

Sie zwang sich den Blick zu senken auf das, was dort auf ihrem Schoß lag.

Das Baby war blau und steif. Es war tot.

Sie fanden den Deckel und verschlossen den Pappkarton, bedeckten das kleine Kind. Shell versuchte zu weinen, doch ihre Augen waren wie ausgetrocknet. Jimmy nahm die blaue Schaufel und Trix die rote. Shell trug den winzigen Sarg in ihren Armen. Feierlich traten sie durch die Tür hinaus ins Freie. Sie, Jimmy und Trix waren wie eine Ehrenparade, die schweigend in Reih und Glied den Acker hinaufmarschierte. In der Mitte gruben sie ein Loch in die Erde. Der Boden war nach dem Regen weich und schwer. Es gab keine Steine. Jimmy legte den Karton auf den Grund der Grube und Shell schnitt sich eine Haarsträhne ab und legte sie zusammengerollt auf den Deckel aus Pappe. Trix fügte noch einen Stechpalmenzweig hinzu. Sie bekreuzigten sich gemeinsam. Dann füllten sie die Grube mit Erde auf und säumten sie mit einem Kreis aus runden Steinen von dem großen Steinhaufen.

Teil 3 *Winter*

Zweiunddreißig

Zum Wochenende kehrte Dad aus Cork zurück.

Schweigend aß er sein Abendbrot und setzte sich in seinen Sessel. Er sagte kein einziges Wort.

Shell bemerkte, wie seine Blicke ihr folgten, während sie durchs Zimmer ging und die Sachen forträumte.

»Und, Shell?«, sagte er.

»Und was?«

»Es geht dir doch gut, Shell, oder?«

»Bestens, Dad.«

»Deine Kopfschmerzen. Haben sie dich geplagt, während ich fort war?«

»Ein bisschen. Aber jetzt sind sie weg, Dad. Ganz und gar weg.«

Er nickte. »Gut.« Er erhob sich, durchmaß mit klimperndem Kleingeld in der Hosentasche den Raum und warf ihr einen seltsamen Blick zu, das eine Auge winzig und zusammengekniffen, das andere groß und rund. Ein paarmal sah es aus, als stünde er kurz davor, etwas zu sagen, dann aber besann er sich eines Besseren. »Gut, ich bin dann weg«, sagte er schließlich und verließ das Haus, obwohl der Pub unmöglich schon geöffnet haben konnte.

Die Tage vergingen. Milch tropfte aus Shells Brüsten. Schwester Assumpta, die Nonne, die Mum unterrichtet hatte, hätte es wohl als Tränen der enttäuschten Milchdrüsen bezeichnet. Shell musste ihren BH die ganze Zeit mit Küchenpapier ausstopfen. Sie weinte nicht. Stattdessen baute sich in ihr eine Härte auf wie ewiges Eis. Die Kälte betäubte sie. Jede Minute erschien ihr wie eine Woche. Rosies kleine Hände, die hellen, kaum sichtbaren Venen unter ihrer Haut gingen ihr ständig durch den Kopf, aber es kamen keine Tränen. Morgens stellte sie sich vor den Steinkreis, blickte hinüber zum Wäldchen, in das wilde Geäst, und dachte an gar nichts.

Dad blieb zu Hause. Vielleicht hatte sich die Sache mit der Großstadt und der Lippenstift-Dame erledigt. Shell kümmerte es nicht. Sie fuhr in die Stadt und schaffte es, bei Meehan's einen Armreif für Trix und leuchtend grün-gelbe Fußballsocken für Jimmy zu stehlen. Der Verkäufer unterhielt sich gerade mit jemandem, der etwa einen Meter entfernt stand, und es war ihr vollkommen gleichgültig, ob sie erwischt wurde. Zum Schluss nahm sie noch einen Bogen Geschenkpapier mit, mattblau mit aufgeprägten Silberengeln, die Trompete spielten. Als sie nach Hause kam, packte sie die Geschenke ein und versteckte sie unter ihrem Bett. Dort fand sie das Körperbuch wieder, das inzwischen ganz eingestaubt war, sowie Mums rosafarbenes Kleid, sorgfältig zusammengefaltet. Sie zog das Körperbuch hervor und warf es in den Mülleimer; es kümmerte sie nicht, ob irgendwer es finden würde.

Es ging auf die Ferien zu. Der Endspurt bis Weihnachten

hatte begonnen. Mrs Duggan kehrte mit einem kleinen Jungen aus dem Krankenhaus nach Hause zurück. Er habe ein Loch im Herzen, hieß es, doch er würde überleben. Jimmy und Trix wollten unbedingt hingehen, um ihn zu sehen, aber Shell wollte nichts davon hören. Heiligabend gab sie ihren Bitten schließlich nach und ließ sie gehen. Sie selbst blieb zu Hause, um das Abendessen zu kochen.

Als die beiden fort waren, klopfte es an der Tür. Shell und Dad hatten sich gerade zum Essen hingesetzt. Dad knurrte, stand aber auf, um nachzusehen, wer es war.

Er kam in die Küche zurück und hinter ihm betrat Sergeant Liskard von der städtischen Polizeistation den Raum.

Shell erstarrte. Die Socken und der Armreif. Wie sind sie mir nur auf die Schliche gekommen? Wie?

Der Sergeant blieb am Fenster stehen. Die Spitze seines Stiefels malte Schnörkel auf den Küchenfußboden. Er hatte die Stirn in Falten gelegt.

»Na, Tom. Was gibt es Neues?«, fragte Dad. »Sammelst du für Weihnachten oder was führt dich her?«

»Das nicht«, erwiderte der Sergeant. Er biss sich auf die Lippen und atmete geräuschvoll aus. »Wir haben ein Baby gefunden, Joe.«

»Ein Baby?«

Der Sergeant nickte. »Ein Baby.«

Shell starrte ihn an und griff sich unwillkürlich an den Hals. Auch an diesem Morgen war sie auf dem Acker gewesen, so wie immer. Die Steine lagen nach wie vor im Kreis, genau wie sie sie hingelegt hatten. Nichts war zerstört gewesen.

»Ein Baby?«, flüsterte sie.

Der Sergeant nickte. »Drüben auf der Ziegeninsel. Am Strand.«

»Am Strand?«, wiederholte Shell.

»In der Höhle da drüben. Kennst du sie?«

Shell nickte.

»Man hat das Baby dort ausgesetzt.«

»In der Höhle?«

»Dem Kleinen von Mrs Duggan geht es gut. Das habe ich gerade kontrolliert«, sagte der Sergeant.

Sie standen in der kleinen Küche, abwartend, was als Nächstes geschehen würde. Die Welt unter Shells Füßen begann einzubrechen.

»Ein Baby«, wiederholte sie.

»Ja«, sagte der Sergeant. »Und das Baby ist ... tot.«

Das Wort war wie ein Dolch. Es tat so weh, dass ihr die Tränen kamen. Die kleinen Finger und der Schmollmund mit den blauen Lippen. Die gellende Stille des Schreis, der niemals kam. »Tot«, schluchzte sie. »Tot?«

»Ich fürchte, ja.«

Dads Hand legte sich schwer auf ihren Arm. »Reiß dich zusammen, Shell.«

»Mir bleibt nichts anderes übrig, Joe«, fuhr der Sergeant fort. »Es tut mir leid, aber ich habe meine Anweisungen. Ich soll euch beide zur Wache bringen, für ein Verhör.«

Shell schaute Dad an. Er blickte an ihr vorbei, starrte auf das Klavier, wie erstarrt, als sähe er jemanden oder etwas direkt auf sich zukommen. Er schüttelte den Kopf und fuhr zusammen. »Was hast du gesagt, Tom?«

»Ihr müsst mitkommen.«

»Wohin?«

»Zur Wache, Joe, zum Verhör. Es tut mir leid.«

»In Ordnung. Ich hole nur die Mäntel.«

Shell zitterte, ihre Knie fühlten sich an wie Wackelpudding. *Tot.* Dad legte ihr einen Mantel um die Schultern. Seine Hand bohrte sich in ihr Kreuz und dirigierte sie Richtung Tür. Sein Daumen und die Finger drückten mit aller Kraft zu. *Tot.* Seine Stimme klang ihr im Ohr, zischende Silben, rasch und leise.

»Sag kein Wort, verstanden, Shell? Sag ... bloß ... kein ... Wort!«

Shell nickte und nickte und konnte gar nicht mehr aufhören. *Tot.* Sie nickte immer noch, als Dad ihr die hintere Wagentür des Sergeants öffnete und selbst auf der anderen Seite einstieg. Sie bemühte sich nicht, die Tränen fortzuwischen. Die Felder von Coolbar flogen vorbei, endlose Hecken drängten sich von beiden Seiten heran. Sie wusste nicht, wo man sie hinbrachte. Das Einzige, was sie hörte, war das Wort *tot*, das ihr im Kopf dröhnte, wieder und wieder, wie ein Angelusgeläut.

Dreiunddreißig

Sag kein Wort.

Man hatte sie in einen Raum gesteckt, dort sollte sie warten. Von draußen klopfte ein kahler Baum an die Fensterscheibe. Es regnete ununterbrochen. *Sag bloß kein Wort!*

Sie hatte nichts gesagt. Die Fragen brausten ihr in den Ohren, erst laut, dann leise, wie Wellen. Sie befand sich unter Wasser. Die Töne wurden immer wieder verschluckt. Die Frau mit der Stachelfrisur war gegangen. Vorher hatte sie mit ihr gesprochen, ihr zwischendurch immer wieder Taschentücher gereicht. Was auch immer die Frau gesagt hatte, Shell hatte nichts davon gehört. Das Baby am Strand. Das Baby in der Höhle. Das Baby auf dem Acker. Tot, alle tot. *Sag überhaupt nichts.*

Sie hatten Dad weggebracht, in einen anderen Raum.

Shell stand auf und ging zum Fenster, um den tanzenden Zweigen zuzusehen. Unterhalb von ihr wucherten die Schornsteine und Antennen von Castlerock, erstreckten sich in mehreren Lagen den Hang hinunter bis ans trübe Meer. Sie schlang die Arme um sich, griff sich an die Ellbogen, dachte an den mit Watte ausgepolsterten Karton und begann zu singen:

*Der Stechpalmzweig trägt eine Beere,
die ist so rot wie Blut ...*

Der Arzt, vor dem man sie gewarnt hatte, unterbrach sie. Er eilte atemlos herein, fast schon kahl, mit geröteten Wangen. Seine Fragen waren wie ein Sperrfeuer. Sie nickte bejahend, schüttelte verneinend den Kopf oder zuckte mit den Schultern, wenn sie keine Antwort wusste. Dann untersuchte er sie von Kopf bis Fuß.

Zehn Minuten später ging er wieder und sagte, das sei dann alles, mehr sagte er nicht.

Sie wurde abgeholt und in ein anderes Zimmer gebracht. Es ging ein hallendes Treppenhaus hinunter, einen Korridor entlang, durch eine Tür, die letzte links. Dieser Raum war kleiner, an den Wänden blätterte gelbe Farbe ab. Die Fensterscheibe war aus Milchglas, so dass man nicht hindurchsehen konnte.

Die Frau mit der Stachelfrisur trat ein und stellte sich als Sergeant Cochran vor. Sie bot Shell einen Stuhl auf der einen Seite des Tisches an, sie selbst nahm auf der anderen Platz. Neben ihr war noch ein dritter Stuhl frei, der leer blieb. Sie warteten.

»Du kannst mir alles erzählen, Michelle«, brach die Frau schließlich das Schweigen. »Du kannst mir davon erzählen. Wenn du möchtest.«

Shell hob den Kopf. Meinte sie etwa mich?

»Ja, Michelle. Du kannst mir vertrauen.«

Sag kein Wort. Shell versuchte zu sprechen, doch die Worte waren wie Steine, die ihr in der Kehle steckten. Sie schüttelte den Kopf. Es hatte keinen Sinn.

»Also Schweigen?«

Shell nickte, Schweigen.

»Das ist dein gutes Recht.« Die Stachelige lächelte. Das Wort *Recht* schien auf dem Tisch zu liegen wie eine ausgespielte Karte, die zu ihnen hinaufäugte. Minuten vergingen.

Die Tür öffnete sich. Ein Mann kam herein. Er hielt inne, die Hand auf der Klinke. Shell hörte, wie seine Zunge gegen die Zähne schnalzte, *klick-tschick-tick.*

»Das ist sie?«, sagte er gedehnt. Shell starrte ihn an. Er schaute zur Seite, als würde er schielen oder als wäre ihr Gesicht einfach zu hässlich, um es anzusehen. Er trug einen grauen Anzug und ein makellos weißes Hemd. Und er strahlte eine Unruhe aus, als wäre in dem Raum nicht genügend Platz für ihn vorhanden. Sein Haar war rotblond, glatt und zurückgegelt. Die struppigen Augenbrauen waren das Einzige an ihm, was nicht gepflegt wirkte.

»Jawohl, Sir«, sagte die Frau und setzte sich kerzengerade auf. »Das hier ist Michelle. Michelle Talent.«

»Mit dem Vater bin ich gerade fertig. Seine Aussage wird noch getippt.«

Sergeant Cochran nickte. »Sie ist erst sechzehn, müssen Sie wissen.«

»Und das medizinische Gutachten?«

»Ist erledigt.«

»Das weiß ich. Aber war es schlüssig?«

»Ja, Sir.«

»Gut. Dann sind wir ja fast fertig.«

Die Frau zuckte mit den Schultern.

Mit großen Schritten betrat er den Raum und ließ eine

dicke Akte auf den Tisch fallen, genau auf die Stelle, wo in Shells Fantasie die Karte mit dem Wort *Recht* gelegen hatte. Er setzte sich und begann mit den Fingerspitzen auf die Akte einzutrommeln. »Großartig«, sagte er. »Dann mal los. Schneiden Sie mit.«

Die Frau griff nach oben in ein Regal und schaltete den Kassettenrekorder ein. Shell hörte das leise Quietschen des Bandes, das von einer Spule auf die andere lief. Der Mann lehnte sich in seinem Stuhl zurück und wartete. Dann räusperte er sich und nannte Zeit, Datum und Ort. Schließlich seinen Namen: Superintendent Dermot Molloy. Wieder begannen seine Finger zu klopfen.

»Und nun dein Name«, sagte er. »Kannst du ihn bestätigen? Nur für die Aufnahme?«

Shell hob den Kopf und sah ihn an. Seine Augen waren wie Rasierklingen. Sie wandte den Blick ab und nickte.

»Kannst du es lauter sagen?«

Shell zog an den Flusen ihres alten Pullovers.

»Wie bitte, ich hab's nicht mitgekriegt.«

Seine Worte schwirrten ihr durch den Kopf, auf der Jagd nach ihren Gedanken.

»Ich bin Michelle«, flüsterte sie. »Wie Sie gesagt haben.«

»Gut.« Er kramte etwas aus seiner Tasche: eine Schachtel Zigaretten, mit der er kurz auf die Akte klopfte, dann öffnete er sie.

»Was dagegen, wenn ich rauche, Michelle?«

Sie schüttelte den Kopf.

»Möchtest du vielleicht auch eine?« Er hielt ihr die Schachtel hin und bot ihr eine an. »Ich war jünger als du, als ich anfing. Molloy heiße ich, Michelle. Nenn mich einfach nur Molloy.«

Sie sah ihn wieder an. Er lächelte. Oder zumindest hoben sich seine Mundwinkel ein wenig. Die Haut rings um seine Augen war hart und glatt.

Sie schüttelte den Kopf. Nein, von Ihnen nicht.

»Du hattest ein Baby, nicht wahr, Michelle?«

Sie zuckte zusammen. Das Wort *Baby* hörte sich seltsam an aus seinem Mund, als hätte man es seiner kleinen wunderbaren Anmut beraubt. Sie schluckte und senkte den Blick.

Molloy beklopfte die Akte. »Es steht hier drin. Wort für Wort. Dein Vater hat uns alles erzählt.«

Dad? Alles? Also hatte er es die ganze Zeit gewusst? Sie dachte an sein Verhalten in den vergangenen Wochen, wie er sie angestarrt, dann zu Boden geblickt hatte, die Stirn in Falten, sich wie in Trance bewegt hatte.

»Seine Aussage wird gerade getippt, während wir uns hier unterhalten«, fuhr Molloy fort. »Und weißt du, was dann daraus wird, Michelle?«

Sie schüttelte den Kopf.

»Es werden Tatsachen draus. Beweisbare, nicht zu leugnende Tatsachen.« Er zündete sich seine Zigarette an und stieß den Rauch aus, blies drei wabernde Rauchringe quer über den Tisch. Sie blieben zwischen ihnen in der Luft hängen, stiegen nach oben, blähten sich auf und gingen dabei auseinander. »Tatsachen sind etwas Komisches, Michelle«, sagte er nachdenklich. »Es gibt Tratsch, Gerüchte, Verdächtigungen. Und dann gibt es Tatsachen. Und um die kümmern wir uns hier. Wir sind die Garda Síochána, Irlands unbewaffnete Polizei, und unsere Aufgabe ist es, Sachverhalte aufzudecken. Wenn man uns belügt – oder uns Tatsachen verschweigt, weißt du, was dann passiert?«

»Nein«, flüsterte Shell.

»Man kommt ins Gefängnis, Michelle.«

»Ins Gefängnis?«

»So ist es. Ohne Wenn und Aber. Cochran, reichen Sie mir mal den Aschenbecher.«

Die Frau griff hinauf ins Regal und holte einen mit Zigarettenstummeln randvoll gefüllten Aschenbecher aus Zinn herunter. Molloy schnippte seine Asche hinein.

»Also, heraus damit, Michelle. Sag einfach Ja. Oder nicke. Du hattest ein Baby, nicht wahr?«

Shell nickte. Ihre Augen wurden feucht. Sie gab sich alle Mühe, die Tränen hinunterzuschlucken, doch sie ließen sich einfach nicht aufhalten.

»Miss Talent nickt«, sprach Molloy auf das Band. »Einen Wonneproppen«, sagte er, als wollte er ausprobieren, welche Wörter ihm noch so einfielen. Die beiden p kollidierten, hart und brutal. »Einen Wonneproppen, den du nicht haben wolltest. Ist es nicht so?«

Ebenso gut hätte er ein Messer ziehen können. *Nicht. Haben. Wolltest.* Drei Stichwunden, zwischen die Rippen. Shell dachte daran, wie sie sich stattdessen gewünscht hatte unter Amenorrhö zu leiden. Dann, wie sie sich überlegt hatte das Boot nach England zu nehmen, um dort abzutreiben. Dann an die schwarze Mülltüte, die grauweiße Schnur, das schmierige Zeug und wie Jimmy es abgewischt hatte, bis darunter die leuchtend blauen Augen und das Näschen zum

Vorschein gekommen waren, die winzigen Hände und blauen Äderchen.

Sie schüttelte den Kopf.

»Miss Talent schüttelt den Kopf. Du gibst also zu, dass du es nicht haben wolltest?«

Wieder schüttelte sie den Kopf. Sie begann auf ihrem Stuhl vor und zurück zu schaukeln. Bleiern legte die Luft des Raumes sich auf ihre Lungen. Sie schaukelte heftiger. Das Geflecht der kleinen Adern, der glatte, kühle Kopf, haarlos, hilflos.

»Sag es, Michelle. Sag es. Du wolltest es nicht haben, richtig?«

Der Rauch wehte ihr ins Gesicht. Die Worte sickerten in ihr Hirn, verhöhnten sie. Sie schaukelte, erschauerte. Die Spule des Rekorders knirschte.

»Du brauchst es nur zu sagen. Dann lassen wir dich in Ruhe.«

Shell schloss die Augen. Sie war Petrus vor dem Tribunal. Der Hahn würde jeden Moment krähen. Er stand kurz davor, Jesus zu verraten. Wenn der Hahn doch nur krähte, bevor sie etwas sagte, dann würde sie die Verhandlung überstehen. Dann würde die Prophezeiung nicht eintreten. *SAG ES, SAG ES. Sag kein Wort, Shell.* Molloys und Dads Worte, im Nahkampf. Sie keuchte, die Handflächen gegen die Ohren gepresst. Es war schlimmer, als zu gebären.

»Sagen Sie es, Miss Talent. Danach werden Sie sich besser fühlen. So ist das bei jedem.«

Sie öffnete die Augen. Die Stimmen, die sich gegenseitig zu übertönen versuchten, brüllten in ihrem Kopf, aber sie gehorchte ihnen nicht. Sie redete. Nicht die Worte, die der Mann hören wollte, sondern ihre eigenen. Worte, die sie fast umbrachten, sie zerfetzten, aber sie sagte sie. »Ich habe mein Baby geliebt«, schluchzte sie. »Geliebt hab ich sie. Geliebt.«

Die Worte donnerten durch den Raum wie umstürzende Stühle. Sie lag mit dem Oberkörper auf dem Tisch, beide Arme von sich gestreckt. Die Akte wurde unter ihr hervorgezogen, der Rekorder ausgeschaltet.

Irgendwo in einer anderen Welt fiel eine Tür zu.

Vierunddreißig

Später.

Molloy und Cochran unterhielten sich flüsternd.

Shell war draußen auf dem Acker beim Steinkreis gewesen. Nun befand sie sich wieder in dem Raum mit dem Milchglasfenster. Sie hörte den Regen, der gegen die Scheibe schlug, und das Murmeln des Mannes und der Frau, die an der Tür standen. Sie hob ihren Kopf nicht von der Tischplatte. Die beiden merkten nicht, dass sie alles mitbekam.

Sie lauschte.

»Sie ist völlig durcheinander, Sir.«

»Nein. Ich denke, ich durchschaue sie, Cochran.«

»Inwiefern?«

»Sie wollte ein Mädchen, ganz klar.«

»Sie meinen …?«

»Sie hat eine Abwehrhaltung. Es wurde ein Junge und sie konnte es nicht ertragen.«

»Aber …«

»Also bringt sie das Kind um. Ich wusste es. Von Anfang an.« Molloys Stimme, leise, abgehackt.

»Was wussten Sie, Sir?«

»Dass sie es war. Der Vater lügt.«

»Lügt?«

»Er lügt, um sie zu schützen. So was merke ich immer.«

Sie sprechen über mich.

Shell hob den Kopf. Der Mann und die Frau schauten zu ihr herüber.

»Michelle«, sagte die Frau. »Kann ich dir irgendetwas bringen? Eine Tasse Tee? Wasser?«

»Nein«, sagte sie.

»Möchtest du deinen Vater sehen?«

»Nein.« In dem winzigen Raum wirkte ihre Stimme laut. Dad war der Letzte, den sie zu sehen wünschte. »Nein«, wiederholte sie leiser. »Es geht schon.«

»Gut.«

»Ich möchte eine Aussage machen.« Sie nickte der Frau zu.

»Wirklich?«

»Ja. Ich möchte Ihnen gegenüber eine Aussage machen.«

Die Nasenflügel des Mannes bebten, seine Lippen zuckten von Shell hinüber zu seiner Kollegin. Er warf einen Blick auf seine Armbanduhr. »Ich gebe Ihnen zwanzig Minuten. Die Sache soll heute noch unter Dach und Fach.«

Er verließ den Raum und schloss die Tür hinter sich.

»Bist du sicher, dass du reden möchtest, Michelle?«, fragte Sergeant Cochran.

»Ja.«

»Und du willst die Wahrheit sagen?«

Shell nickte. »Die Wahrheit.«

Sergeant Cochran schaltete den Kassettenrekorder wieder ein und sprach die Namen, den Ort und die Zeit aufs Band.

Das geisterhafte Rauschen erfüllte den Raum.

Draußen pfiff der Wind um das Gebäude.

Shell fing an zu reden.

Sie begann mit dem Körperbuch und wie sie es aus dem Bibliotheksbus gestohlen hatte. Die Sätze kamen, einer nach dem anderen. Als würde sie ein Manuskript vorlesen, das sie auswendig gelernt hatte. Teilnahmslos und leise, ohne jeden Kommentar. Es hätte eine andere Zeit sein können, ein anderer Ort, eine andere Person: die Geschichte einer Fremden. Lediglich an der Stelle, als Jimmy die grauweiße Schnur durchtrennte, musste sie weinen. Shell fiel wieder ein, was in dem Körperbuch gestanden hatte: dass man die Nabelschnur zuvor an zwei Stellen abklemmen musste, ehe man sie in der Mitte durchschnitt. Das hatte sie vergessen ihm zu sagen. War das der Fehler? Ist das Baby deswegen gestorben? Oder war es schon vorher tot? Zum Schluss berichtete sie von dem Steinkreis auf dem Acker hinterm Haus.

Sergeant Cochran unterbrach sie nicht. Nachdem Shell geendet hatte, war das geisterhafte Rauschen wieder in dem Zimmer zu hören und das Heulen des Windes kehrte zurück.

»Ich habe nur noch ein paar Fragen, Michelle«, sagte Sergeant Cochran nach einer Weile. »Meinst du, dass du sie beantworten kannst?«

Shell nickte.

»Wo befand sich dein Vater in dieser ganzen Zeit?«

»Soweit ich weiß, in Cork.«

»In Cork?«

»Unter der Woche fährt er immer dorthin, um zu sammeln.«

»Um zu sammeln?«

»Spendengelder.«

»Verstehe.« Die Frau wirkte verdutzt. Sie verstand überhaupt nichts. »Soll das heißen, dass er gar nicht da war?«

»Nein, Miss. Er war nicht da. Ich hab's ihm nicht erzählt. Wir waren nur zu dritt, Jimmy, Trix und ich.«

»Und ihr habt das Baby auf dem Acker begraben?«

»Ja. In der Mitte. Auf dem Acker hinter unserem Haus.«

»Wie ist das Baby dann in die Höhle gekommen, Shell? In die Höhle drüben auf der Ziegeninsel?«

Shell hob den Kopf. »Die Höhle?«, wiederholte sie.

»Ganz recht. Du sagtest doch, dass du sie kennst?«

Shell nickte. Haggertys Höllenloch. Die Abdeckerei. Sie erschauerte. *Wir fesselten sie und überließen sie der Willkür der Wellen.*

»Wie ist es dort hingekommen? Hast du es dort hingelegt?«

»Nein. Soweit ich weiß, liegt das Baby immer noch im Feld. Es sei denn …«

»Es sei denn?«

Sie stockte. »Es sei denn, jemand hat es ausgegraben. Und dann die Steine wieder zurückgelegt. Und die Erde. So wie es vorher war.« Shell merkte, wie der Tisch ins Schlingern geriet, die Astlöcher in der hölzernen Tischplatte begannen sich zu drehen. Sie schloss die Augen und schluckte. Aber wer würde so etwas denn tun? Sie schüttelte den Kopf und öffnete die Augen wieder. Jimmy nicht. Trix auch nicht. Nein.

»Das ist also deine Geschichte?«

Shell nickte.

»Eine letzte Frage, Michelle.« Die Frau faltete die Hände auf dem Tisch und beugte sich nach vorn. »Wer war der Vater des Kindes?«

Eine Schraubzwinge legte sich um Shells Hals. Declan, der in den Nachtklubs von Manhattan trank. Der bis zum Morgengrauen die Zeit totschlug, indem er ein Bier nach dem anderen kippte. *Du bist eine Klasse für sich,* hatte er gesagt, mit lachenden Augen. Der Gerstenhalm strich ihr, wisch, über den Bauch, im nächsten Moment sah sie Declan vor sich, wie er mit dem Gesicht nach unten in einem Kuhfladen lag.

Sergeant Cochran wartete. Es ging sie einfach nichts an.

»Niemand«, antwortete Shell.

»Niemand?«

Shell schüttelte den Kopf.

»Das ist nicht möglich, Michelle. Heutzutage gibt es keine jungfräulichen Geburten mehr. Meines Wissens jedenfalls nicht.«

»Niemand Wichtiges.«

»Ist das alles, was du zu sagen hast?«

Shell nickte. »Ja.«

Sergeant Cochran schaltete seufzend den Kassettenrekorder ab. Sie lehnte sich zurück und deutete mit der Hand zu dem Gerät hinüber. »Ist das die Wahrheit, Michelle?«

»Die Wahrheit?« Shell lächelte und dachte an ein Lied aus Mums Gesangbuch für die Weihnachtszeit:

Dies ist die Wahrheit uns'res Herrn,
der Liebe kündet nah und fern.
Drum weise mir nicht deine Tür,
denn seine Botschaft gilt auch dir.

Eine süße Traurigkeit schwang in den Tönen mit und Mums Augen schauten sie aus der Ferne an, als sie die Melodie sang. Sie blickte aus dem Fenster, über die Felder, und mit ihrer Stimme war das ganze Haus plötzlich erfüllt von Weihnachten. Vielleicht hatte Molloy ja Recht gehabt. Man fühlte sich tatsächlich besser, wenn alles ausgesprochen war.

»Ja«, sagte sie. »Es ist die Wahrheit.«

Sergeant Cochran legte die Hände auf den Tisch und rieb sich die Knöchel. Ihre Augen unter dem senkrecht abstehenden Haar wirkten kühl und traurig. »Das behauptest du«, seufzte sie. »Weißt du, was Superintendent Molloy dazu sagen wird?«

»Nein.«

»Er wird sagen: Es widerspricht den Tatsachen.«

Fünfunddreißig

Die Tür öffnete sich. Der Tatsachenmann kam wieder herein und wedelte mit einem getippten Text.

»Das ist die Aussage Ihres Vaters«, sagte Molloy, während seine Augen sie durchbohrten. Er faltete das Blatt in der Mitte und steckte es in die Tasche seines Jacketts.

Sergeant Cochran beugte sich vor und flüsterte ihm etwas zu.

Shell stand auf und wandte sich ab. Niemand hinderte sie. Sie trat an das Milchglasfenster, fuhr mit der Hand über die geriffelte Oberfläche, stellte sich den sturmgeplagten Tag dahinter vor.

Das Geflüster hielt an, heftig und eindringlich. Sie hörte, wie das Band zurückgespult wurde, das Geisterrauschen begann von neuem, dann kamen ihre eigenen Worte, schwach und gespenstisch, höher, als sie sich den Klang ihrer Stimme vorgestellt hatte. Schrill und dünn war sie, wie ein Strohhalm, den die leichteste Brise fortwehen konnte. Shell hätte am liebsten die Ohren abgeschaltet, doch in diesem winzigen Raum gab es kein Entrinnen.

»Kommen Sie bitte wieder her, Miss Talent.« Molloys Stimme bohrte sich in sie wie ein Metallhaken.

Sie setzte sich wieder auf den Stuhl, hob langsam den Kopf und sah ihn an. Sein Mund stand offen, wie eingefroren, die Oberlippe nach links verzogen, so dass ein großer Schneidezahn zu sehen war und eine schmale Zungenspitze. Shell wandte den Blick ab.

»Blödsinn«, sagte er. Seine Faust sauste auf die Tischplatte nieder. »Kompletter Blödsinn, das ist es doch?«

Shell schnappte erschrocken nach Luft.

»Was? Oder etwa nicht?«

Sie atmete aus. »Nein.« Aber sie sagte es so leise, dass er es nicht hörte.

»Sie erwarten doch nicht etwa, dass ich diesen Mist glaube?«

Shell kniff die Augen zu.

»Babys, die mit der Hilfe von kleinen Brüdern entbunden werden? Kleine Schwestern, die Kinderbettchen aus alten Kartons basteln? Babys, die auf dem Acker begraben werden? Miss Talent. Sie wissen es und ich weiß es. Das sind Ammenmärchen.« Wieder schlug er mit der Faust auf den Tisch. »Eine Eins, Miss Talent, für Ihre Fantasie. Eine Sechs, Miss Talent, für den Wahrheitsgehalt.«

Molloy lehnte sich zurück. *Klick-tschick-tick* machte seine Zunge, dann gab er ein gedehntes Stöhnen von sich. Sergeant Cochran saß neben ihm, befand sich nun aber am Rande des Geschehens und spielte keine Rolle mehr.

»Die Tatsachen, Miss Talent. Ich will die Tatsachen.« Seine Fingernägel klickerten auf der Tischplatte, wie auf der Tastatur eines Akkordeons. Er zog das schriftliche Protokoll wieder aus der Brusttasche seines Jacketts, faltete es behutsam auseinander und strich es auf dem Tisch glatt. Eine Minute verging. Molloy saß reglos da. »Ich bin kein besonders geduldiger Mensch«, zischte er flüsternd, wie auf dem Beichtstuhl. »Sergeant Cochran hier wird das bestätigen. Sie wachen jetzt besser auf, junge Dame, wenn Sie nicht wollen, dass ich völlig die Beherrschung verliere. Denn das ist dann kein schöner Anblick, nicht wahr, Sergeant Cochran?«

Seine Stimme wurde lauter.

»Ich habe hier drei Versionen der Ereignisse. Als Erstes habe ich klare Beweise: das in der Höhle aufgefundene Baby samt dem medizinischen Gutachten des Arztes bezüglich der Todesursache. Zweites habe ich ...«, er tippte auf das Protokoll, »die Version, die Ihr Vater uns erzählt hat. Und drittens habe ich diese ...«, seine Hand streifte den Rekorder, »... Ihre Geschichte. Hören Sie zu, Michelle. Version Nummer eins ist wahr und von niemandem anzuzweifeln. Heute Morgen wurde von einer Frau, die mit ihrem Hund am Strand spazieren ging, ein toter Säugling gefunden. Der Hund schnüffelte in der Höhle herum und kam nicht, als die Frau ihn rief. Also ging sie hinein und fand – in einer Babytragetasche, spärlich bekleidet – den Säugling. Mausetot, erfroren. Sie verständigte die Garda. Als wir dort hinkamen, konnten wir ihren Fund bestätigen. Der Gerichtsmediziner arbeitet noch an seinem Bericht. Aber er hat nicht den geringsten Zweifel, dass dieses Kind vor kurzem geboren wurde, dass eine unbekannte Person es in die Höhle verbrachte und dann grausam sich selbst überließ, bis es starb. Brutal und in voller Absicht den Elementen ausgesetzt. Wissen Sie, was Aussetzen bedeutet, Miss Talent?«

»Nein«, flüsterte Shell.

»Wie ich höre, hat man es im alten Rom getan. Und in China. Und wer weiß, wo noch. Aussetzen ist eine Methode, ein Kind zu töten, ebenso sicher, als würde man ihm den Schädel einschlagen. Oder es mit einem Kissen ersticken. Oder ihm ein Messer ins Herz stoßen. Aber ein Kind auszusetzen, Michelle, ist die feige Art, es umzubringen. Der Täter denkt vielleicht, es sei weniger schlimm, als selbst zu töten. Die Kälte wird das für mich erledigen, denkt er, und ich habe ein reines Gewissen. Aber das Kind, Michelle. Versetzen Sie sich in seine Lage. Es leidet mehr. Stellen Sie sich vor, wie dieses kleine Baby sich gefühlt haben muss, allein in dieser fremden, feuchten Höhle. Mit dem Geräusch der Gezeiten, dem Wasserpegel, der draußen anstieg und zurückging. Die Kälte in seinen Fingern. Stellen Sie sich vor, wie es geschrien haben muss, Miss Talent, so laut, wie seine kleinen Lungen es zuließen. Aber vergeblich. Denken Sie daran, Miss Talent. Und dann sagen Sie mir die Wahrheit.«

Shell saß in ihrem Stuhl, die Kehle zugeschnürt, wie hypnotisiert. Haggertys Höllenloch. Die unebenen schwarzen Wände. Kalter Sand und kalte Steine. Das Stöhnen des Windes in den versteckten Felsspalten. Der kleine weiße Körper, zappelnd, um wieder warm zu werden. Ein furchtbarer Ort zum Sterben. Stimmen, laut und wahnsinnig, klangen ihr im Ohr. Sie sangen ein altes Weihnachtslied: *Der Mond schien hell in jener Nacht, doch draußen war es bitterkalt ...*

»Ganz recht, Michelle. Langsam kommen Sie zur Besinnung, nicht wahr?«

Sie konnte seine Gedanken spüren, wie sie in ihrem Kopf

umherjagten, in ständiger Bewegung, rastlos, wie sie schmerzten. Er wollte sie dazu bringen zu gestehen. Warum es nicht einfach sagen? Was machte es für einen Unterschied? Ihr Baby war tot, ihr Inneres war tot, alles war tot.

»Mr Molloy«, sagte sie und schluckte.

Er beugte sich eifrig nach vorn. »Ja, Michelle?«, ermunterte er sie.

»Mr Molloy«, wiederholte sie. Sie schloss die Augen und holte tief Luft. »Ich habe es nicht getan.«

Er tat, als hätte sie nichts gesagt. »War es das Schreien, das Sie nicht ertragen konnten?«, fuhr er fort. »War es das, Michelle? Das Schreien? War dies der Grund, warum Sie das Baby an diesen dunklen Ort mit den dicken Felswänden ablegten? Damit sie das Schreien nicht länger hören mussten?«

Shell öffnete die Augen. »Das Schreien?«, murmelte sie. Sie schüttelte den Kopf und biss sich auf die Lippen. »Das Schreien?« Das war es. »Mein Baby ... mein Baby hat nie geschrien. Kein einziges Mal. Ich habe nicht gehört, wie sie geschrien hat. Nie. Nur hier drin habe ich ihr Weinen gehört.« Sie berührte ihren Kopf. »In meinen Gedanken. Dort hat sie geweint. Und sie weint immer noch. Aber in Wirklichkeit ... nein, sie hat nie geschrien.«

Shell stützte sich mit den Ellbogen auf den Tisch und presste die Knöchel ihrer Hände auf die Augen, bis gelbe Streifen unter den Lidern erschienen. Sie hörte, wie der Mann, der ihr gegenübersaß, geräuschvoll ein- und ausatmete. Es war wie das Tosen der Brandung, die draußen heranrollte und sich wieder zurückzog. Die Abdeckerei. Totes Fleisch an Haken. *Diese Höhle, Shell, ist ein Höllenloch. So wie ganz Irland. Das*

Baby weinte nach seiner Mutter, und die Wellen hörten nicht hin. Das Angelusgeläut dröhnte, übertönte das Weinen.

»Ich habe noch nie von einem Baby gehört, das nicht geschrien hat!«, zischte Molloy. Sein Mund war direkt an Shells Ohr.

»Ich habe es Ihnen doch gesagt. Sie hat nicht geschrien. Weil sie tot war. Ich habe es nicht gemerkt. Jedenfalls nicht gleich. Aber sie war von Anfang an tot. Sie kam tot zur Welt.«

»Ich weiß, dass das Baby tot ist, Michelle. Das müssen Sie mir nicht erzählen. Ich habe es gesehen. Sie nicht. Wissen Sie, wie der Tod aussieht, Michelle?«

Shell ließ die geballten Fäuste sinken und starrte auf das Aussageprotokoll, das auf dem Tisch lag. *Ich, Joseph Mortimer Talent, wohnhaft in der Coolbar Road, Grafschaft Cork, versichere, dass das Folgende die Wahrheit ist ...*

»Wissen Sie es, Michelle? Denn es ist nicht schön. Die Haut sieht seltsam aus. Der Körper beginnt zu riechen ...«

Shell saß wieder an Mums Totenbett, neben sich das wächserne Gesicht und die gelben Hände, die den milchweißen Rosenkranz umklammerten. Sie hielt sich beide Ohren zu. »Nein!«

»Hören Sie zu, mein Fräulein. Hören Sie mir gefälligst zu.«
»Nein.«

»Hören Sie, Michelle, der Tod ist endgültig. Mord ist eine Todsünde. Und Ihr Baby, ein für alle Mal, war kein Mädchen, sondern ein Junge!«

Shell erhob sich, die Hände an den Ohren. Sie war der Vogel, den der Sperber erwischt hatte. Sie öffnete den Mund, um zu schreien, aber es kam kein Ton. Sie stand in dem Raum mit dem Milchglasfenster und schrie lautlos. Das Geflecht der kleinen Adern. Die Dunkelheit, die unebenen Wände. Die Toten erstanden wieder auf und erschienen in großer Zahl. Zwei helle Flecken flimmerten schwebend vor der Wand, an der die Farbe abblätterte: die Seelen der Verstorbenen. Ihr Baby Rosie und Mum waren gemeinsam gekommen – nicht um sie zu quälen, sondern als Rettung. Als die beiden am Rande ihres Sichtfeldes auftauchten, wusste Shell, dass sie in Sicherheit war. Das helle Licht ihrer Engelsflügel hüllte sie ein. Der Mann würde ihr niemals etwas anhaben können.

Sechsunddreißig

Der lautlose Schrei bewirkte, was die Wahrheit nicht geschafft hatte.
Molloy verließ den Raum.
Sergeant Cochran brachte Shell zurück in das Zimmer mit den normalen Fensterscheiben. Sie ließ sie Platz nehmen und legte ihr einen Arm um die Schulter. Sie sagte Nettigkeiten, aber Shell hörte nicht zu. Dann ging sie, um eine Tasse Tee zu holen.
Als die Polizistin zur Tür hinaus war, stellte Shell sich ans Fenster. Die wirbelnden Atome in ihrem Kopf wurden langsamer. Sie atmete tief ein. Die Lagen der Antennen und Schornsteinköpfe unterhalb von ihr verschwammen in der früh einsetzenden Dunkelheit. Lautstark heulte der Wind, doch der Regen war vorüber. Sie berührte die Scheibe mit ihrer Stirn und dachte an Weihnachten: die Geschenke, die sie für Jimmy und Trix eingepackt hatte. Wo sind die beiden jetzt? Wer kümmert sich um sie? Weit entfernt sah sie eine schwankende Kette aus gelben Punkten: bunte Lichter entlang der Hafenpromenade. Etwas klärte sich tief in ihrem Inneren. Ich habe mein

Baby geliebt. Geliebt. Sie summte ein anderes von Mums Liedern vor sich hin, jenes, das sie beim Waschen der Wollsachen immer gesungen hatte:

Grün sprießt die Lilie,
der Tau ihre Zier,
schwer war mein Herz
beim Abschied von dir ...

Es handelte von einem Liebhaber, der untreu gewesen war, von einem Mann, der immer auf seinen Vorteil bedacht war, einer wie Declan vielleicht. Ein aalglatter Herzensbrecher eben. Ob er sich wohl nach Hause sehnte, dort in den Straßen Manhattans? Sie bezweifelte es. Er hatte ihr die ganze Sache eingebrockt und wusste es nicht mal. Wahrscheinlich feierte er eine rauschende Endlosparty, die ganze Nacht hindurch. Shell hauchte an die Scheibe, tippte mit dem Finger auf ihren Atemfleck und zeichnete einen Stern mit fünf scharfen Zacken. *Du bist wie ein brünstiges Mutterschaf, Shell. Und du bist wie ein Stier, der mit den Hörnern irgendwo feststeckt.*

Die Tür öffnete sich. Sergeant Cochran kam mit einem Becher zurück und stellte ihn auf den Tisch. Shell warf einen Blick über ihre Schulter, dann schaute sie wieder aus dem Fenster, ohne sie zu beachten.

»Michelle«, sagte Sergeant Cochran. »Dein Vater möchte dich sehen.«

Sie zeichnete wieder etwas auf die Scheibe. Diesmal einen schiefen Weihnachtsbaum. Hoffentlich hatte er spitze Nadeln.

»Hast du gehört?«

Hinter der bunten Lichterkette wogte der dunkle Ozean.

»Ja.«

»Es ist dein Recht, Michelle, ihn bei dir zu haben, als deinen Erziehungsberechtigten. Er hätte eigentlich schon die ganze Zeit bei dir sein sollen, aber Superintendent Molloy bestand darauf, euch einzeln zu vernehmen, als zwei Verdächtige.«

»Werden Sie mich gehen lassen?«, flüsterte Shell.

Sergeant Cochran schwieg einen Moment. »Ich denke schon, in deinem Fall«, sagte sie schließlich. »Laut Gesetz bist du noch minderjährig. Aber wir müssen wissen, wo wir dich hinschicken sollen. Wir können dich doch nicht allein nach Hause schicken.«

»Aber ich möchte nach Hause«, sagte Shell. »Zu Jimmy. Und Trix.« Sie presste eine Hand gegen das kalte Glas. »Wo sind sie? Was ist mit ihnen geschehen?«

»Jimmy und Trix sind immer noch bei den Duggans, soweit wir wissen.«

»Dann kann ich sie also abholen und mit ihnen nach Hause gehen?«

»Shell. Wir werden deinen Vater die ganze Nacht über hier behalten. Er hat gestanden, verstehst du?«

»Gestanden? Was denn?«

»Dein Baby getötet zu haben.«

Sag überhaupt nichts, Shell. Sag bloß kein Wort. Die schriftliche Aussage. Die Tatsachen. Shells Lippen formten ein O, sie hauchte an die Scheibe. Doch diesmal zeichnete sie nichts. Sie sah zu, wie der Dunstfleck bis auf die Größe einer Münze zusammenschrumpfte, während ihr das Herz zu schwanken schien. Er hatte gestanden. Er hatte gelogen. Gestanden. Gelogen.

»Ich habe es Ihnen doch gesagt«, presste sie zwischen den Zähnen hervor. »Niemand hat mein Baby getötet. Mein Baby ist gestorben. Jimmy, Trix und ich, wir haben es begraben. Auf dem Acker.« Sie drehte sich um. »Mein Baby war ein Mädchen.«

Sergeant Cochran seufzte. »Das behauptest du, Michelle. Ich weiß. Aber dagegen steht die Aussage deines Vaters. Und unser Fund in der Höhle.«

»Ich möchte ihn nicht sehen«, sagte Shell. »Es ist mir egal, was er sagt. Ich will einfach nur nach Hause. Ich möchte zu Trix. Und zu Jimmy.«

Es klopfte an der Tür. Ein Polizist streckte den Kopf herein und Sergeant Cochran ging hinüber, um mit ihm zu reden. Sie flüsterten.

»Du hast offenbar Besuch, Michelle«, sagte Sergeant Cochran laut. »Jemand, der darauf besteht, dich zu sehen.«

»Dad, nicht wahr?«

»Nein, ein gewisser Pater Rose.«

Shell blieb der Mund offen stehen. Pater Rose? Ihre Finger fuhren zitternd Richtung Hals, dann durch ihr Haar. Pater Rose? Sie dachte an die Heilige Jungfrau Maria beim Gebet, die sich blähenden Vorhänge am Fenster, die hellen Lichtstrahlen, das Schlagen der heiligen Flügel. Ihre Augen weiteten sich, sie stolperte zum Tisch.

»Möchtest du ihn sehen?«

»Ich … ich …« Sie sank auf den Stuhl.

»Ist das ein Ja?«

Die Schäfer duckten sich ins Feld, zu Tode erschrocken. Sie griff nach dem Becher mit dem Tee. »Ja«, sagte sie. »Ich denke, schon.«

Sergeant Cochran ging hinaus, um ihn zu holen.

Im Zimmer herrschte Stille, der Wind schwieg.

Shell trank den Tee, ohne zu merken, was sie tat.

Inzwischen musste er es wissen. Alles. Er würde sie für die schlimmste aller Sünderinnen halten, für unwiederbringlich verloren, gefallen in den Höllenschlund. *Der Wagen ist nicht kaputt, eher am Pausieren. Gottes Segen. Bist du hergekommen, um zu beten, Shell? Oder einfach nur, um vor dem Regen Schutz zu suchen?* Er würde durch die Tür kommen und sie würde vor Scham vergehen. Shell wünschte, sie hätte es abgelehnt, ihn zu sehen. Es wäre besser, Dad zu sehen. Sie wünschte ...

Die Tür öffnete sich. Er war es.

Er trug Jeans und eine braune Lederjacke mit einem locker hängenden Kragen aus Lammvlies. Und er schien so unrasiert zu sein wie immer, wenn der Tag sich dem Ende zuneigte.

»Shell«, sagte er. »Da bist du ja.« Es war, als wäre er ihr gerade im Dorf über den Weg gelaufen, vor dem Laden von McGrath vielleicht oder bei einem Strandspaziergang. Er wirkte viel normaler, als sie es in Erinnerung hatte. Pater Rose drehte sich nach dem Polizisten um, der ihn begleitet hatte. »Ich möchte gern mit ihr allein sprechen.«

Der Wachtposten wirkte unsicher.

»Unter vier Augen«, sagte Pater Rose. Er tippte auf seine Armbanduhr. »Fünf Minuten? Sie können draußen warten, wenn Sie wollen.« Der Polizist zögerte. »Es ist ihr Recht. Das heißt, wenn sie danach verlangt. Verlangst du es, Shell?«

»Ja, Pater.«

»Na bitte, sie will es.«

Der Polizist zuckte mit den Schultern und zog sich zurück. »Fünf Minuten«, sagte er. »Und ich bleibe da draußen stehen.«

Die Tür schloss sich. Pater Rose nahm sich den zweiten Stuhl, steckte die Hände in die Taschen seiner Jacke und atmete erleichtert auf. Dann kicherte er.

»Ich habe keine Ahnung von Gesetzen, Shell. Das mit dem Recht hab ich mir einfach ausgedacht.«

»Wirklich?«

»Wirklich. Eine Sünde mehr.« Er lächelte.

Shell erwiderte das Lächeln.

»Aber eins weiß ich. Sie dürfen dich nicht über Nacht hier behalten. Nicht in deinem Alter. Ich habe einen Freund in Dublin gefragt, der Rechtsanwalt ist.«

»Dann lässt man mich also gehen?«

»Es sei denn, du wirst angeklagt. Wird man dich unter Anklage stellen?«

»Ich weiß nicht. Sie reden die ganze Zeit. Dieser Mann. Molloy ...« Ihre Lippen zitterten und sie erschauerte.

»Was? Was hat er getan?«

»Nichts. Ich hab ihm bloß die Wahrheit gesagt. Aber er glaubt mir einfach nicht. Dad ist es, dem sie glauben«, flüsterte sie. »Ich glaube, dass sie ihn anklagen werden. Wissen Sie ... er hat gestanden.«

»Mein Gott.« Pater Rose legte die Hände flach auf den Tisch, die Finger gespreizt. »Was ist denn passiert? Was hat der Mann getan?«

Shell schob den Teebecher beiseite und faltete die Hände

auf dem Tisch, die eine in die andere, so dass ein warmer Hohlraum entstand. »Pater Rose«, sagte sie. Sie schluckte. Es ist sechs Monate her, dass ich gebeichtet habe, und dies sind meine Sünden. »So war es nicht. Es war nicht Dad. Es war nicht so, wie alle denken. Irgendwas ist da durcheinandergeraten. Ich verstehe nicht, wie das passiert ist.«

»Du kannst es mir ruhig sagen, Shell. Vielleicht können wir es gemeinsam wieder entwirren.«

Sie holte tief Luft. Innerhalb von zwei Minuten hatte sie ihm alles erzählt, so wie sie es auf das Band gesprochen hatte: von dem Körperbuch, der Geburt und dem Begräbnis. Doch diesmal fiel es ihr leichter, ohne das geisterhafte Rauschen und die halb geschlossenen Augen, die sie beobachteten. Er hörte zu. Und während sie redete, bewegten sich seine Hände über den Tisch auf sie zu.

»Mein Gott«, flüsterte er, als sie fertig war. Seine rechte Hand legte sich auf die ihre. »Wir haben dich im Stich gelassen.« Seine linke wanderte Richtung Stirn, bedeckte die Augen. »Neulich in der Kirche«, sagte er. »Da bist du gekommen, weil du mich um Hilfe bitten wolltest?«

»Ich … ich …«

»Stimmt doch, oder? Und ich habe es nicht begriffen. Obwohl ich zwei Augen im Kopf habe, habe ich es nicht begriffen. Ich war viel zu sehr mit meinem eigenen Zustand der Gnade beschäftigt. Oder mit dem Mangel daran.« Er hielt inne, sein Kopf schwankte vor und zurück. »Eine letzte Frage, Shell. Ich muss dich das fragen.« Er stockte. »Wer ist der Vater?«

Shell biss sich auf die Lippen.

»Wer war es, Shell? Es war doch niemand in deiner Nähe?«

»In meiner Nähe?«

»Ich meine, jemand aus Coolbar – oder noch näher?«

Shell dachte an Declan im Flugzeug, der dem Tag nachjagte, auf einen anderen Kontinent, dabei die Gratisgetränke runterkippte und sich die Wolken anschaute. *Wir sind immer noch Zugezogene, Shell.* »Nein, Pater Rose«, flüsterte sie. »Niemand aus Coolbar. Jedenfalls jetzt nicht mehr. Es war ...« Aber aus irgendeinem Grund ging ihr der Name Declan Ronan nicht über die Lippen, genau wie es mit Bridies Namen der Fall gewesen war, als sie damals gestritten hatten.

Pater Roses Brauen zogen sich zusammen. »Wer auch immer es ist, er verdient nicht, dass du ...«

Die Tür öffnete sich. »Die Zeit ist um«, rief der Polizist.

Pater Rose stand auf. Er streckte eine Hand aus, berührte Shell an der Schulter und seufzte. »Mach dir keine Sorgen, fürs Erste nicht, Shell. Jetzt kommst du erst mal hier raus. Mrs Duggan hat ein Bett für dich gemacht, das soll ich dir bestellen. Warte hier auf mich und ich regele die Angelegenheit mit Molloy. Ich bin ganz schnell wieder hier, um dich abzuholen. Keine Sorge.«

Die Tür schloss sich hinter ihm. Eine Lücke tat sich auf, dort, wo er gewesen war, still und kühl, als hätte der Raum sich von einer warmen Küche in eine kalte Speisekammer verwandelt. Sie trat wieder ans Fenster und sah, wie der Tag zu Ende ging, eine dünne Linie am Horizont. Shell wischte ihre Fensterbilder wieder weg.

*... als sich ein Bettler aufgemacht,
um Holz zu sammeln, tief im Wald.*

Jimmy saß am Klavier, suchte die Töne, die Glöckchen klangen und die Rentiere flogen. Der Kragen aus Vlies, das glänzende Leder und Lichter am Hafen. Die Lücke füllte sich. *Keine Sorge.* Sie hauchte ein letztes Mal an die Scheibe und zeichnete einen Schornstein, von dem Rauchkringel aufstiegen.

Als die Tür sich wieder öffnete, sah sie, dass er Wort gehalten hatte. Ein triumphierendes Lächeln lag auf seinen Lippen. Der Vlieskragen war aufgestellt, bereit zum Aufbruch, seine Schritte kündigten die nächtliche Fahrt an. »Shell«, sagte er. »Wir gehen. Beeil dich. Isebel wird sonst kalt vom Warten.«

Siebenunddreißig

Sie fuhren die Küstenstraße entlang. Das letzte Schimmern zog sich übers Meer zurück. Pater Rose stellte keine weiteren Fragen. Shell rutschte unruhig auf ihrem Sitz hin und her und betrachtete das Durcheinander. Der Führerschein. Leere Chipstüten. Neues Kaugummipapier. Sie schnupperte.

»Sie rauchen ja wieder, Pater«, sagte sie. »Ich merke das.«

»Woran?«

»Sie kauen nicht mehr Kaugummi. Außerdem rieche ich es.«

Er stöhnte. »Du hast mich durchschaut. Im Handschuhfach liegt eine Schachtel. Bist du so gut und gibst mir eine?«

Sie öffnete das Fach, wühlte darin herum und fand ein einzelnes Kaugummi und eine Schachtel Majors, dieselbe Sorte, die Declan geraucht hatte.

»Darf ich?«, fragte sie mit einem verschmitzten Lächeln und deutete auf die Zigaretten.

»Nein, Shell!«

»War nur ein Witz. Ich bleibe bei den harten Drogen.«

Sie zeigte ihm das Kaugummi und begann es auszuwickeln.

Dann reichte sie ihm eine Zigarette. Er betätigte den Zigarettenanzünder. Sie kauten und rauchten in stiller Eintracht. Der Wagen bog in die Hauptstraße ein. Hinter einer Hecke glommen die Augen einer Wildkatze. Von einem Ast erhob sich flügelschlagend eine Eule in die Luft. Die Nacht war dunkel und still. Die Scheinwerfer, warm und rund wie ein Heiligenschein, erleuchteten nur ein paar Meter des Asphalts, der ringsum an ihnen vorbeiglitt. Dahinter ragten wie schmale Gespenster finstere Bäume auf, die die Zweige nach ihnen reckten. Zu beiden Seiten lauerten still die langen Hecken. Sie waren zu Hause, in Coolbar. Shell kam es vor, als wäre sie eine Ewigkeit fort gewesen.

»Pater«, sagte sie. »Könnten wir am Haus kurz halten?«

»Du meinst, bei dir? Ist es nicht abgesperrt?«

»Unter der Fußmatte liegt ein Ersatzschlüssel. Ich muss ein paar Weihnachtsgeschenke holen. Für Jimmy und Trix. Außerdem ...«

»Außerdem?«

Sie legte die Hände übereinandergekreuzt in den Schoß und senkte den Kopf. »Dürfte ich Ihnen das Grab zeigen? Wo ich sie beerdigt habe? Darf ich?« Er schaute sie an und stieg auf die Bremse. »Ich dachte, vielleicht könnten Sie es segnen. Das Grab. Und mein Kind. Tun Sie es, Pater?« Ihre Stimme schrumpfte zu einer winzigen Nichtigkeit zusammen.

»Keine Sorge, Shell.« Seine Hand berührte ihren Arm. »Natürlich halten wir.« Er fuhr die Steigung zum Hof der Duggans hinauf, bog jedoch früher ab und folgte der Straße zu Shells Haus. »Auf dem Rücksitz liegt eine Taschenlampe«, sagte er.

Sie stiegen aus und gingen hinein. Shell machte überall Licht. Das Haus war eiskalt, verschluckte jeden Ton. Pater Rose wartete in der Küche, während sie die Geschenke unter ihrem Bett hervorholte. Zusammen räumten sie die Reste des Abendessens fort, das sie an dem Tag gemacht hatte. Die Teller, halb voll, standen noch immer dort, wo sie sie auf dem Tisch hatten stehen lassen.

Als sie fertig waren, ging Pater Rose hinüber ans Klavier und berührte das Holz, klappte den Deckel hoch und betrachtete die Tasten aus Elfenbein.

»Kannst du spielen?«, fragte er.

»Nein. Sie etwa?«

»Nur ein bisschen. Mein Bruder Michael war der Musikalische von uns beiden.« Er spielte einen Akkord, der das leere Haus füllte und die Stille unterbrach. »C-Dur, so viel weiß ich noch«, sagte er. Die Töne klangen nach, eine Spur der Hoffnung.

»Wie schön.« Shell lächelte. »Jimmy spielt auch. Das hat er von Mum.«

Pater Rose schloss den Klavierdeckel und griff nach der Taschenlampe. »Du gehst voran, Shell.«

Sie gingen hinaus auf den Acker und stiegen den Hang hinauf. Der Matsch zerrte an ihren Schuhen. Shell wäre beinahe ausgerutscht. Doch er packte sie rechtzeitig am Arm und ließ seine Hand dort. Trotz der Dunkelheit hatte sie keine Schwierigkeiten, die Stelle zu finden. Es war, als würde sie magnetisch davon angezogen. Pater Rose richtete den Lichtstrahl auf den Steinkreis. Nichts hatte sich verändert, seit sie sie dort hingelegt hatten. Daran hatte sie nun keinen Zweifel mehr.

»Hier ist es«, flüsterte sie. »Unberührt. Ich wusste, dass niemand ihr etwas getan hat. Ich wusste es.«

Sie ging in die Hocke und schlang im Halbschatten der Taschenlampe die Arme um ihren Leib. Vom Wäldchen zog wie ein Murmeln eine nächtliche Brise herüber und umwehte sie. Pater Roses Hand hob sich zum Segen. Durch ihre Tränen nahm sie den Klang seiner Stimme wahr, wie einen schwingenden Akkord in C-Dur. *Möge das ewige Licht sie bescheinen, o Herr,* betete er. Eine Eule schrie, wie um in das Gebet mit einzustimmen. *Und ihr ewige Ruhe vergönnt sein.*

Achtunddreißig

Er fuhr über den Berg und ließ sie am Hof der Duggans aussteigen. Die drei Hunde umringten sie schnuppernd und Mrs Duggan erschien an der Tür, hinter ihr roch es nach Braten.

»Shell«, sagte sie, streckte ihr die Hände entgegen und umarmte sie. »Was erzählen diese verrückten Polizisten über dich? Komm herein und trink einen Tee.«

In der Küche war es warm und hell. Von oben war Gepolter auf der Treppe zu hören. Trix und Jimmy stürmten herein. »Shell!«, brüllte Trix und stürzte auf sie zu. Jimmy boxte triumphierend in die Luft und dann sich selbst.

»Beruhigt euch«, sagte Mrs Duggan lächelnd. »Weckt mir nicht den Kleinen auf.« Sie deutete mit einem Kopfnicken zur Heißmangel hinüber, neben der ein Kinderwagen stand. »Er ist eben erst eingeschlafen.«

Es war Mrs Duggans neugeborener kleiner Sohn, der mit dem Loch im Herzen. Shell hatte ihn ganz vergessen. Ihr Herz setzte einen Schlag aus. Mein Gott. Das Durcheinander um sie herum verstummte.

Auf dem Herd zischte spritzendes Fett.

Alle starrten sie an. *Kindsmörderin.*

Sie machte einen Schritt auf den Kinderwagen zu. Ich schaue mir einfach die Babydecke an, nicht das Gesicht. Man erwartete es von ihr, das spürte sie. Ich sage: »Er ist einfach goldig, Mrs Duggan«, und damit ist der Fall erledigt. Ich muss ihn mir nie wieder ansehen. Nie. Sie senkte den Blick und betrachtete die Plastiktiere, die von der Querstange herabbaumelten, eine zitronengelbe Decke mit winzig kleinen Löchern im Gewebe. Am Fußende ein achtlos hineingeworfenes gestricktes Kaninchen als Kuscheltier. Trix drängte sich neben sie.

»Er macht schon wieder eine Blase! Aus Spucke!«

»Sei still, Trix«, sagte Shell. Doch es war zu spät, sie hatte bereits hingeschaut. Da war er, ein Klecks, der auf den runzeligen Lippen zerplatzte. Der Junge hatte Pausbacken und dunkle, zuckende Augenlider. Mums Melodien wogten plötzlich durch den Raum. Das Baby in der Höhle, das Baby auf dem Acker. Das lebendige und das tote. Der Körper des Kindes machte unzählige winzige Bewegungen, ihres dagegen war reglos gewesen. Shell packte den Griff des Kinderwagens und legte das Kaninchen ordentlich hin. »Es geht ihm gut, Mrs Duggan«, stieß sie mühsam hervor.

Ruhe. Ewig. Die Wärme der Wäschemangel, die Betttücher der Müdigkeit, der Geruch nach Essen. Die Geräusche verstummten, die Farben verwischten. Die Welt musste ihren Boden verloren haben. Licht, eeeeeeeeeeewig, heulte die Eule. Irgendjemand stützte sie, half ihr die Treppe hinauf. »Es geht ihm gut, Mrs Duggan, gut«, sagte sie. Das Baby lag in ihren Armen und sie war unterwegs. Mühte sich den Hang hinauf, zum Wäldchen. Die Eule war verschwunden, die Bäume waren kahl. Bettdecken hüllten sie ein. Endlich. Sie legte das Baby ab, irgendwo auf dem weiten Acker, in die wogende Gerste.

Neununddreißig

Shell durfte die Weihnachtsfeiertage im Bett verbringen. Seltsame Dinge tauchten in ihrer Vorstellung auf. Das Gesicht von Molloy. Der Steinkreis. Das Baby in der Höhle. Zwölfmal das Angelusgebet. Brombeeren, die aus der Hecke hervorlugten. *Bist du zum Beten hergekommen oder um Schutz zu suchen, Shell?* Gebet oder Schutz? Die weiß geriffelte Oberfläche der Milchglasscheibe, die Gespensterbäume. *Gestehen, lügen, küssen oder sterben Sie, Miss Talent. War-ar-ar-arte,* sagte die Eule, die in einer Lichtkugel mit den Flügeln schlug. *Ich hasse diesen Ort hier.* Declan, der zum Abschied aus dem heruntergekurbelten Wagenfenster winkte.

Trix leistete ihr im Bett Gesellschaft und zeichnete ihr Schlangen auf den Rücken, die zu Weihnachtsschmuck wurden. Auf dem Feldbett neben dem Fenster sprang Jimmy in seinen grüngelben Socken herum. *Die Schnur haben wir nicht benutzt, Shell. Es kam von ganz allein raus, ehrlich.* Sie überreichten ihr ein Geschenk, eingewickelt in rotes Papier. Ein Parfum, das *Je Reviens* hieß, dasselbe, das Mum sonntags immer benutzt hatte.

Sie schlief wieder ein. Lügen. Gestehen. Sterben. Dad in einer Zelle. Ohne Weihnachtskerzen, nur mit einer nackten Glühbirne. Er hatte gelogen, um sie zu retten, das war ihr nun klar. Sie sah ihn wieder vor sich, in der Küche, wie er an ihr vorbeigestarrt hatte, während Sergeant Liskard wartete. Dads starre Augen, gebannt vom Anblick des Gesichtes am Klavier. Mum. Die ihn unverwandt ansah, unerbittlich. Die Gitterstäbe, das Milchglasfenster, die Eisentür. Wo er nun war, gab es kein Klavier mit Whiskey darin. Wie würde er ohne ihn zurechtkommen?

Sie wachte auf. Mrs Duggan war mit dem Frühstück hereingekommen. Sie legte ihr Baby neben Shell aufs Bett, während sie Jimmys Feldbett richtete. Stille erfüllte den Raum. Der kleine Mund machte Kaubewegungen. Shell hielt ihren kleinen Finger vor die winzige geballte Faust. Seine Finger umklammerten den ihren, passgenau wie Schloss und Schlüssel.

Draußen setzte ein Wunder ein. Schneeflocken schwebten an ihrem Fenster vorbei, eine Seltenheit in Irlands Süden.

»Geht es dir gut genug, um aufzustehen?«, fragte Mrs Duggan.

Shell nickte. »Ich denke, schon.« Sie schälte sich aus den Decken und tappte auf Zehenspitzen zum Flügelfenster hinüber. Durch die weißen Punkte hindurch konnte man bis zum Wäldchen sehen, dahinter den bedeckten Himmel mit noch mehr Schnee.

»Wo ist Dad?«, fragte sie.

»Er ist immer noch dort, auf der Wache. Die Gardai halten ihn fest.«

»Mrs Duggan«, sagte sie leise. »Ich muss zu ihm. Ich muss mit ihm reden.«

»Ja, Shell. Du kannst morgen hingehen. Wenn du ein bisschen zu Kräften gekommen bist. Pater Rose fährt dich.« Sie stellte sich neben sie ans Fenster und rieb, während sie sprach, dem kleinen Padraig den Rücken, damit er sein Bäuerchen machte. »Dein Dad hat gestern angerufen, Shell. Als du geschlafen hast. Er sagte, er hätte ein richtiges Weihnachtsessen bekommen, Truthahn mit weißer Soße. Und dass ich dir fröhliche Weihnachten bestellen soll.«

Der jüngste Hund der Duggans jagte über den Hof, versuchte mit der Schnauze die Schneeflocken aufzufangen und danach zu schnappen. Kein Laut war von ihm zu hören, die Welt war ein Stummfilm. *Fröhliche Weihnachten, Shell.* Der Schnee schoss nach oben, als hätte jemand jedes Detail eines Erinnerungsfotos in eine Schneekugel gepackt und sie verkehrt herum geschüttelt. Zwischen den Flocken blitzten Bilder einer glücklicheren Vergangenheit auf. Dad in der Gischt, wie er neben ihr in den heranrollenden Wellen gestanden hatte, mit hochgekrempelten Hosen. Sie waren gemeinsam hochgesprungen, wenn die Welle in sich zusammenfiel und zu schneeweißem Schaum zerfiel. Mum lief vorbei, ihre Strickjacke um die Taille gebunden, den Fluten ausweichend. Sie blieb stehen, tauchte die Hände hinein, um sie und Dad vollzuspritzen, rannte dann lachend davon, als Dad ins Wasser trat und ein großer Schwall sich über sie ergoss. Shell, damals noch klein, hatte sich an seinen Unterarm geklammert, um das Gleichgewicht nicht zu verlieren. Ihr Füße stampften platschend im Wasser, sie hüpfte auf der Stelle und krähte Dads alten Reim:

Eis, schönes Eis, Eis wird verkauft, je mehr ihr esst, desto schneller ihr lauft! Mum kam zurückgerannt und bewarf sie mit Lassos aus Seetang.

Mrs Duggans Hand legte sich auf ihre Schulter. Der Schnee deckte das Autodach zu. »Du wirst wieder Mutter«, sagte sie leise. »Eines Tages. Ganz bestimmt.«

Vierzig

»Dad«, sagte Shell. »Ich bin es.«

Es war am nächsten Tag. Pater Rose hatte sie zur Garda-Polizeistation nach Castlerock gefahren, aber sie hatte nicht gewollt, dass er sie in den Besucherraum begleitete. Sie und Dad waren in dem Raum mit dem Milchglas allein. Draußen vor der Tür stand ein Polizist. Sie konnte sich kaum überwinden Dad anzusehen. Vor ihr saß ein eingefallener Mann, verhärmt und schmächtig. Mit ausgemergeltem blassgrauem Gesicht. Seine Hand kam über den Tisch auf sie zu, flatternd wie ein Schmetterling.

»Shell. Mein Mädchen.« Seine Lippen zitterten. Sie hätte schwören können, dass in seinen Augen eine Träne aufblitzte, ehe er den Kopf senkte. Sein Finger malte eine Acht auf die Tischplatte, hin und her.

»Geht es dir gut, Dad?«

Er zuckte mit den Schultern.

»Mrs Duggan hat erzählt, dass du angerufen hast. Zu Weihnachten.«

»Hab ich das?«

Sie nickte. »Du hast hier ein Festessen bekommen, Dad, oder nicht? Truthahn? Mit Soße?«

Er runzelte die Stirn, dann lächelte er und zeichnete einen weiteren Kringel. »Ich habe es hier sehr schön gehabt, Shell. Es war ein Fest.«

»Aber Dad, du müsstest überhaupt nicht hier sein.«

Er schüttelte den Kopf, als hätte sie rein gar nichts begriffen.

»Weshalb hast du gestanden?«, stieß sie hervor. »Warum nur?«

Die Figur, die er zeichnete, wurde scharf und zickzackförmig.

»Dad. Warum? Antworte mir.«

»Das Baby ist tot, Shell. Gott sei Dank. Warum noch darüber reden. Aber ich musste es ihnen erklären. Irgendwie musste ich es ja erklären.«

»Aber Dad, dieses Baby in der Höhle. Es war gar nicht meins, versteh doch.«

Er schien nicht zuzuhören. Seine Finger fuhren die Astlöcher im Holz entlang, auf und ab.

»Meins liegt oben auf dem Acker.« Sie brüllte es fast.

Er hob grimmig lächelnd den Kopf. »Ich habe dir das angetan, Shell. Gott vergebe mir dafür. Ich hab all das angerichtet. Ich wusste die ganze Zeit, was mit dir los war.«

»Du hast es doch nicht gewusst, Dad? Wirklich?« Sie erinnerte sich an damals, als er sie mitten im Rosenkranzgebet angestarrt hatte.

»Ich habe versucht es zu übersehen, aber ich wusste es. Ich habe all das angerichtet.«

»Das hast du nicht, Dad. Gar nichts hast du angerichtet.«

Seine Ohren waren wie verschlossen. »Ich habe eine Todsünde begangen. Die furchtbarste.« Er schlug sich mit der Faust dreimal gegen die Brust, als stünde er auf der Kanzel und spräche vor der ganzen Gemeinde das Schuldbekenntnis: *Durch meine Schuld, durch meine Schuld, durch meine übergroße Schuld.* »Es war die Hölle, die Hölle in einem Glas. Man muss nicht sterben, um in die Hölle zu kommen, Shell. Jeder Teufel kann dich jederzeit dorthin bringen. Und der Teufel, der mir erschien, war ihr Abbild. Das von Moira. Meiner Moira. Die immer was Besseres war als ich, im Leben wie im Tod. Immer unerreichbar. Und als ich aufwachte, wusste ich nicht, wo ich war. Das Haus war leer. Es wurde Morgen. Du, Trix und Jimmy, ihr wart fort. Und Moira auch. Alle fort.«

Dads Zähne schlugen klackernd aufeinander. Er redete wirres Zeug.

»Ist dir kalt, Dad?«

»Kalt? Nein, höllenheiß ist mir, Shell. Höllenheiß.« Das Zähneklappern wurde schlimmer.

»Soll ich Hilfe holen? Dir ist nicht gut ...«

»Sei still! Mach sie nicht auf uns aufmerksam. Tu's nicht, Shell.«

»Dad.« Sie beugte sich vor und legte ihre Hand auf seine, damit das zittrige Ziehen unsichtbarer Linien aufhörte. »Du musst es widerrufen. Das Geständnis. Das hat Pater Rose gesagt. Es ist nicht wahr. Das musst du ihnen sagen.«

Er schüttelte ihre Hand ab. Sein Zeigefinger beklopfte das Holz, dann bewegte er sich in einer schwankenden Linie von dem einen Ende des Tisches zum anderen. »Ich habe innerlich die Beichte abgelegt, vor dem Allmächtigen. Aber das wird mich nicht retten, Shell. Jetzt nicht mehr. Es ist zu spät.« Er bekreuzigte sich, aber mitten in der Bewegung hielt seine flatternde Hand inne und sank wieder hinunter auf die Tischplatte.

»Als ich jung war«, sinnierte er, »hatte ich ein unbändiges Verlangen nach käuflichen Sünden.« Er kicherte und begann von neuem Linien zu ziehen, senkte das Gesicht tief hinab, nur wenige Zentimeter über eins der Astlöcher am Rande der Tischplatte. »Die Volksfeste. Die Kumpel. Das Bier.« Er kicherte und schnaufte vor sich hin, als wäre er allein.

Der Wachmann öffnete die Tür. »Die Zeit ist um«, verkündete er.

Shell seufzte erleichtert auf. »Dad, ich muss gehen.«

Er blickte auf. »Wann bist du denn hergekommen?«

»Ich bin schon seit fünfzehn Minuten da, Dad. Wir haben uns unterhalten.«

»Unterhalten?«

»Erinnerst du dich nicht? Über dein Geständnis. Deine Aussage gegenüber der Polizei?«

Er zog eine Grimasse, mehr für sich. »Ach, das.«

»Widerrufe sie, Dad. Sie ist nicht wahr.«

Er lächelte. Aus seinen geröteten Augen sprach Härte. »Ich hab's mir selbst zuzuschreiben, Shell. Dein Freund Molloy, der hat die rechte Einstellung.«

Shell stand auf. »Trix und Jimmy lassen dich schön grüßen«, sagte sie, obwohl es eine Lüge war.

Er sah sie mit trüben Augen an, als hätte er noch nie etwas von ihnen gehört. Dann nickte er. »Sag ihnen, dass sie artig sein sollen«, sagte er. Dad schlang die Arme um sich selbst, hielt sich an den Ellbogen seines Hemdes fest, als steckte er in einer Zwangsjacke. Er biss sich heftig auf die Unterlippe.

»Ich richte es ihnen aus, Dad. Mach's gut.«

»Du gehst? Jetzt schon?«

»Ich komme bald wieder. Versprochen.«

Doch er winkte sie zu sich heran. Widerwillig näherte sie sich ihm. Er flüsterte irgendetwas.

»Wie bitte, Dad?«

»Wenn du das nächste Mal kommst. Falls du's einrichten kannst«, zischte er und packte sie am Arm.

»Was denn?«

»Nur einen Tropfen. Ein winzig kleiner würde reichen.«

»Oh. Ach, das.« Sie lachte. »Du meinst den Whiskey?«

»Pscht, Shell!« Er bedachte sie mit einem mörderischen Blick. Sie wand sich von ihm los.

»Die Zeit ist um«, wiederholte der Polizist. Während er Shell hinausgeleitete, begannen Dads Hände auf den Tisch zu trommeln. Er schrie ihr eine ganze Salve an Verwünschungen hinterher. Als die Tür sich schloss, brach das Gebrüll plötzlich ab.

»Machen Sie sich nichts daraus«, sagte der Polizist. »Er meint es nicht so. Das ist der Alkohol. Beziehungsweise der Mangel daran.« Er zwinkerte ihr zu und lachte. »Das ist doch bestimmt das trockenste Weihnachten, das er je erlebt hat, hab ich Recht?«

Shell betrachtete die düsteren Wände des Korridors. Zum Lachen, zum Heulen. Dad, der mit dem Alkohol verheiratet war anstatt mit Mum. Und nun schon seit so langer Zeit wusste kaum mehr jemand, was für ein Mann er ohne den Alkohol gewesen war. Jimmy und Trix hatten es nie gewusst. Für Shell gab es die Zeit in den Wellen, danach jahrelanges Nichts.

Einundvierzig

Pater Rose wartete an der Pförtnerloge. Auch Molloy war dort, tadellos und stirnrunzelnd. Er hatte Shell ein zweites Mal bestellt, diesmal aber würde Pater Rose dabei sein. Molloy führte die beiden in sein Büro. Auf dem Weg dorthin begegneten sie anderen Polizisten, Sekretären und einem Gebäudereiniger. Wo Molloy auch auftauchte, überall folgte ihm betretenes Schweigen.

Sein Büro war karg und trostlos, mit Drahtglasfenstern und finsteren Schränken voller Akten. Der Geruch von Möbelpolitur hing in der Luft. Molloy deutete auf zwei harte Stühle auf der einen Seite seines fast leeren Schreibtisches und nahm in einem Drehstuhl aus Leder gegenüber von ihnen Platz. Er stützte die Ellbogen auf und faltete die Hände unterm Kinn.

Shell starrte auf den gräulichen Linoleumboden mit den roten und blauen Sprenkeln. Die beiden Männer begannen sich zu unterhalten. Sie hörte nur halb hin. Dad und seine Schmetterlingshände gingen ihr nicht aus dem Sinn. *Das Baby ist tot, Shell. Gott sei Dank.*

»Sie haben doch nichts weiter als ihre Behauptung«, sagte Molloy gerade, als wäre Shell gar nicht anwesend.

»Wir haben mehr als das, stimmt's, Shell? Sie hat mir die Stelle gezeigt.«

»Wollen Sie damit sagen, dass Sie ihr geglaubt haben?«

»Das habe ich. Ich tue es noch.«

»Das ist doch blanker Unsinn. Zwei Babys? In so einem kleinen Ort wie Coolbar?« Molloy schnaubte wie ein Pferd nach einem schwierigen Hindernis.

»Es ist die Wahrheit. Ich weiß es.«

Die Worte gingen hin und her. In Shells Vorstellung zitterten Dads Hände und Lippen nach dem Whiskey im Klavier, dem Geruch des Nachtklubs, dem Rasseln der Sammelbüchsen. *Mach sie nicht auf uns aufmerksam, Shell, tu's nicht.* Sie stellte sich die Hauptstraße von Castlerock vor, die sie kurz zuvor mit Pater Rose entlanggegangen war, durch einen Morgen voller Leute, die Weihnachtseinkäufe machten. Der Schnee war geschmolzen, ein leichter Nebel waberte durch die feuchte Luft, trübte das Straßenlicht. Der Kreis aus Steinen war bereits gesegnet worden. Das war nicht mehr zu ändern.

Jemand stellte ihr irgendeine Frage.

»Was meinst du, Shell?« Es war Pater Rose.

Sie musste blinzeln.

»Könntest du es ertragen?« Er sprach leise.

»Was ertragen?«, fragte sie.

»Wenn wir ihre Ruhe stören, Shell? Wenn wir sie ausgraben würden? Um zu beweisen, dass du die Wahrheit sagst.«

Sie starrte ihn an. »Sie ausgraben?« Sie schüttelte den Kopf. »O nein. Das können wir doch nicht tun.«

»Na bitte«, höhnte Molloy. »Sie lügt.«

Der Steinkreis. Die Wattepolsterung. Das zarte Geflecht der Adern. Alles war gesegnet worden.

»Ich möchte sie nicht stören. Bitte.«

»Wir können sie wieder begraben, Shell«, sagte Pater Rose. »In geweihter Erde. Ich kann es selbst tun.«

Ihre Zähne hatten angefangen zu klappern, wie die von Dad. »Müssen wir?«

»Ich fürchte, ja, Shell.«

Später gingen sie zum Acker. Shell blieb am großen Steinhaufen stehen und schaute den anderen nach. Und wenn das Baby nicht da ist? Wenn jemand den kleinen Körper gestohlen hat? Was ist, wenn ich das alles nur geträumt habe? Die seltsamen Fragen schwirrten ihr durch den Kopf wie Pfeile. Vier Männer, Pater Rose, Molloy und zwei uniformierte Polizisten, stiegen den Acker hinauf. Molloys Gesicht verriet keine Regung, die scharfen Konturen seiner Gestalt teilten den Wind. Warum mussten wir bloß die Steine aufsammeln, Dad? Warum? Pater Rose hatte den Kopf gesenkt, die Hände vor sich gefaltet, die Schultern hochgezogen. Neben Shell standen auf der einen Seite Mrs Duggan und auf der anderen Miss Donoghue, ihre alte Lehrerin. Die Männer hatten die Stelle erreicht und blickten nach unten. Die beiden Uniformierten fingen an mit Gartenkellen zu graben. *Jetzt und in der Stunde unseres Todes, amen.* Miss Donoghues Hand lag auf Shells Schulter. »Es dauert nicht lange, Shell«, sagte sie warmherzig. »Es wird im Handumdrehen vorbei sein.« Sie hatten eigentlich vermeiden wollen, dass sie zuschaute, aber sie hatte darauf bestanden. Die grobe Erde unter ihren Füßen wankte. In ihrer Vorstellung lösten die Gartenkellen einen Erdrutsch aus. Die Grabarbeiten wurden unterbrochen, dann fortgesetzt, langsamer. »Sie haben etwas gefunden«, sagte Mrs Duggan. Die beiden kauernden Männer am Hang hielten inne. Einer stand auf und bekreuzigte sich. Die dunkle Gestalt Molloys ging in die Hocke, seine Hände griffen in die Grube. Der Dritte hatte einen Fotoapparat hervorgeholt. Im trüben Licht sah Shell das Blitzlicht, dreimal hintereinander.

Als der Karton zum Vorschein kam, hätte sie schwören können, dass sie sah, wie der Stechpalmenzweig von Trix herunterfiel. Sie drehte sich um und starrte auf den Haufen aus Steinen, Hunderte übereinander, die Arbeit endloser Morgen.

»Es ist vorbei«, sagte Mrs Duggan. »Gott sei Dank, dass sie sie gefunden haben. Genau wie du gesagt hast, Shell. Jetzt ist der Fall bestimmt erledigt.«

»Komm, weg hier«, sagte Miss Donoghue. »Wir lassen sie damit allein.«

Sie führten sie zu einem wartenden Wagen. Shell stolperte über einen verirrten Stein und blickte ein letztes Mal zurück. Pater Roses Hand bekreuzigte die Luft. *Es ist vorbei, Shell.* Ob er nun gestanden hatte oder nicht, Dad würde freikommen. Man würde ihr Baby wieder beerdigen. Und eines Tages, schon sehr bald, würde dieser Augenblick nur noch Erinnerung sein.

Aber als sie hinschaute, blitzte die Kamera erneut auf. Und noch einmal. Einer der Männer trieb einige Pflöcke in den Boden und spannte ein gelbes Band um die Stelle. Sie sah die Silhouette von Pater Rose, das Gestikulieren seiner Hände, die plötzlich auseinanderschnellten. War er am Beten? Oder protestierte er?

»Was tun sie denn da nur?«, murmelte sie vor sich hin.

»Komm schon, Shell. Sieh nicht hin. Was immer sie dort besprechen, es handelt sich sicher nur um eine Formalität. Es ist vorbei.«

Doch es war nicht vorbei.

Pater Rose kam zurück zu Mrs Duggan und setzte sich mit geballten Fäusten an den Tisch. Ein seltsames Zucken huschte über sein Gesicht.

»Ist alles geregelt, Pater?«, fragte Mrs Duggan, während sie das Teegeschirr herausholte. »Sind sie fort? Wird das Verfahren gegen Shell eingestellt?«

Shell widmete sich den Keksen auf dem flachen Teller und ordnete sie zu einem Schachbrettmuster. Mit Schokolade, ohne Schokolade, mit Schokolade.

»Werden sie Joe nach Hause gehen lassen?«

Pater Rose nahm sich einen Keks vom Teller. Er führte ihn Richtung Mund, hielt inne und legte den Keks wieder hin.

»Ich habe gehört, was sie besprochen haben«, sagte er. »Sie bezeichneten das Ganze als Tatort.« Er legte den Keks unordentlich auf die anderen. Shell sortierte ihn an seinen ursprünglichen Platz zurück, in die Lücke zwischen zweien mit Schokolade. »Sie haben das Baby mitgenommen. Auf Anordnung von Molloy. Für bestimmte Tests, wie sie sagen.«

Shell dachte an Rechenaufgaben und Aufsätze, Arbeitsblätter, die mit der Schrift nach unten auf den Tischen lagen, die tickende Uhr im Klassenzimmer. »Tests?«, fragte sie irritiert.

Pater Rose nickte. »Um herauszufinden, wie es gestorben ist, sagen sie.«

Shells Magen zog sich zusammen. Sie dachte daran, wie Jimmy die Nabelschnur durchgeschnitten hatte, dass sie vergessen hatten sie an zwei Stellen abzuklemmen, wie das Körperbuch es vorschrieb. Die Kekse auf dem Teller begannen sich zu drehen, ein braun-weißes Karussell, Schokolade, keine Schokolade, Schokolade.

Miss Donoghue schob sie sanft in einen Sessel. Mrs Duggan drückte ihr eine warme Tasse in die Hände. »So langsam wird es lächerlich«, bemerkte Miss Donoghue ganz allgemein und ließ sich in einen Sessel fallen, ohne ihren Tee anzurühren. »Das ist doch wohl ein schlechter Scherz.«

»Ich muss um fünf drüben auf der Ziegeninsel sein«, murmelte Pater Rose. Er erhob sich. »Das kommt sicher irgendwie in Ordnung, Shell. Es ist nur eine Formalität. Ganz bestimmt.«

Als er fort war, ließ das Licht in der Küche langsam nach. Das Baby schlief. Miss Donoghue, Mrs Duggan und Shell saßen im Halbdunkel und vergaßen vollkommen die Lampe anzumachen. *Tests.* Sie sah die graue wurmartige Schnur, wie sie um den Körper des Babys geglitten war, und Jimmy mit der Schere.

Der Steinkreis war zerstört worden.

Als die Jungen hereinkamen, lärmend und johlend, zog sich Shell nach oben zurück, in die Stille ihres Bettes. Ohne sich auszuziehen, kroch sie unter die Decken und presste die Fäuste an die Augen, damit die Muster erschienen. *Mach sie nicht auf uns aufmerksam, Shell. Tu's nicht.* Gelbe Flecken explodierten, sanken nach unten wie müde Wolken. Weit entfernt klingelte das Telefon. Bruchstückhaft drangen Stimmen und Rufe zu ihr herauf.

Sie wollte gar nicht wissen, was es war.

Zweiundvierzig

Es war Nacht; Shell lauschte auf den singenden Atem von Trix, die neben ihr schlief, und Jimmy drüben auf dem Feldbett. Sie horchte nach draußen, auf den ersten Vogel des neuen Tages, aber die Finsternis hatte sich festgekrallt und wollte nicht weichen. Die Stille war endlos. Hinter Shells geschlossenen Augenlidern zogen die Seiten des Körperbuches vorbei. Das Baby war tot. *Gott sei Dank, Shell.* Der Steinkreis war zerstört und man würde sie beschuldigen es umgebracht zu haben. Und vielleicht stimmte es ja, weil sie von dem Abklemmen der Nabelschnur an zwei Stellen gewusst und es nicht richtig gemacht hatte.

Doch als sie am nächsten Tag erwachte, hatte Trix sich mit dem Kopf in ihre Achselhöhle gewühlt, und plötzlich war Shell sich sicher, dass sie ihr Kind nicht getötet hatte. Nicht wie Molloy die Sache dargestellt hatte. Sie hatte ihre Tochter nicht in einer kalten Höhle ausgesetzt, um sie dort sterben zu lassen. Das Baby war tot zur Welt gekommen, wie das zu früh geborene Kalb der Duggans. Was also wollte Molloy mit dem toten Körper? Und was behauptete alle Welt von ihr? Und was hatten die Telefonanrufe des vergangenen Abends zu bedeuten?

Sobald sich im Haus etwas zu regen begann, weckte sie Jimmy und schickte ihn nach unten, um heimlich zu lauschen, was die Duggans hinter dem Rücken der Kinder redeten. Nach einer Weile kam er zurück, um Bericht zu erstatten.

»Hast du was gehört?«, fragte sie.

»Nichts.«

»Nichts?«

Er schüttelte den Kopf.

»Du bist mir vielleicht ein Spion. Zu nichts zu gebrauchen.«

»Mr Duggan ist drüben bei den Kühen. Trix ist mitgegangen, um sich die Kälber anzuschauen. Und Mrs Duggan ist in der Küche am Kochen. Mit dem Baby. Die anderen sind draußen im Hof.«

»Und?«

»Nichts und. Nichts zu belauschen. Mrs Duggan wird ja wohl kaum mit dem Baby tratschen, oder? Sie war keine einzige Minute mit Mr Duggan allein.«

Er hatte eine triumphierende Miene aufgesetzt, also musste er etwas herausgefunden haben. »Na los, rück schon raus damit!«

Er zauberte ein Exemplar der Lokalzeitung hinter dem Rücken hervor. »Die hier«, sagte er. »Die ist von heute. Mr Duggan hat sie heute früh sofort im Dorf geholt. Und dann hab ich beobachtet, wie er sie in den Stapel fürs Brennmaterial gesteckt hat.«

Sie riss ihm die Zeitung aus der Hand. Die Buchstaben verschwammen ihr vor den Augen und stellten sich dann wieder scharf, während sie den Artikel las, der auf der Titelseite prangte. Er ergab überhaupt keinen Sinn. Sie las ihn noch mal.

RÄTSELHAFTER FUND TOTER BABYS

Im Zusammenhang mit dem Tod zweier Säuglinge, deren Leichen in der Umgebung von Castlerock, Grafschaft Cork, aufgefunden wurden, verhört die Garda Síochána ein nicht namentlich genanntes 16-jähriges Mädchen sowie ihren Vater. Das eine Kind, ausgesetzt an einem Strand, war Heiligabend von einer Frau entdeckt worden, die mit ihrem Hund spazieren ging. Das andere wurde gestern auf einem Feld unweit vom Haus des besagten Mädchens ausgegraben, offenbar auf Grund eines Hinweises, der von dem Mädchen selbst kam.

Wie Superintendent Dermot Molloy, der Leiter der Ermittlungen, berichtet, sitzt der Vater des Mädchens zurzeit noch in Untersuchungshaft und muss mit einem Verfahren rechnen. Er hat inzwischen ein neues Geständnis unterzeichnet, in dem er zugibt beide Kinder getötet zu haben, bei denen es sich anscheinend um Zwillinge handelt. Die Sechzehnjährige gilt als die Mutter der beiden, die Identität des Vaters muss noch geklärt werden. »Der Fall hat diese kleine Gemeinde, wo Dinge dieser Art bislang unbekannt waren, in einen Schockzustand versetzt«, sagt Superintendent Molloy. »In einem Land wie dem unsrigen, in dem man Kinder liebt, ist Infantizid ein furchtbares Verbrechen, und meine Aufgabe wird es sein, dafür Sorge zu tragen, dass die Täter die volle Härte des Gesetzes trifft.«

Aus Dublin ist ein Team hoch spezialisierter Gerichtsmediziner angerückt, um die beiden Babys zu untersuchen. »Sie werden bestätigen, dass es sich um Zwillinge handelt, und die Todesursache klären«, sagt Superintendent Molloy. »Dann können wir den Fall hoffentlich abschließen.«

Die seltsamen Worte sprangen sie an. *Infantizid. Gerichtsmediziner.* Sie ließ die Zeitung zu Boden fallen.

»Shell …«, sagte Jimmy. »Bist du das, über die die da reden?«

Sie blickte in sein schmales, blasses Gesicht mit den tanzenden Sommersprossen darauf. *Auf Grund eines Hinweises, der von dem Mädchen selbst kam.* Sie warf sich lauthals lachend in ihr Kissen zurück. Allmächtiger. *Beide Kinder getötet zu haben, bei denen es sich anscheinend um Zwillinge handelt.* Zum Lachen, zum Heulen. Sie lachte weiter, bis sie Seitenstechen bekam.

»Jimmy«, keuchte sie. »Das bin wirklich ich!«

Er runzelte die Stirn, dann lächelte er, als hätte er gern mitgelacht und wüsste nicht, wie.

»Zwillinge!«, prustete sie und kicherte hinauf zur Decke. Ihr Lachen schallte die Wände entlang.

»Sei still, Shell! Mrs Duggan wird dich unten hören.«

»Und wenn's die Toten hören, ist mir doch egal. Zwillinge!« Sie erstickte fast. »Kannst du mich mal kneifen?«

Er kniff sie.

»Doller.«

Er bekam ein gutes Stück von ihrem Oberarm zu fassen und kniff sie noch mal.

»Kam ein Baby raus oder zwei, Jimmy?«

»Eins.«

»Sicher?«

»Na klar.«

»Schwörst du es?«

»Ich kann doch wohl zählen, oder?«

»Kannst du's?«

»Beim letzten Test hab ich neun von zehn Punkten gehabt, Shell.«

»Zwillinge!«, heulte sie und hielt sich die Seite.

»Hör auf, Shell. Hör auf zu lachen. Bitte.«

»Morgen finden sie noch ein Baby. Dann werden es Drillinge!«

»Sei still!«

»Es ist ein Weihnachtsmärchen, Jimmy. Das Rätsel um die Babys von Coolbar. Das nächste wird bestimmt im Haus des Priesters gefunden!« Sie quiekte und hustete, ihre Augen tränten. »Okay, Jimmy, ich hör auf zu lachen.« Sie schluckte und presste die Lippen aufeinander. *Zwillinge.* Lachtränen waren ihr die Wangen hinuntergelaufen. Sie wischte sie ab und stieg aus dem Bett.

»Eigentlich ist das aber gar nicht komisch, oder?«, sagte Jimmy.

Das Baby auf dem Acker, das Baby in der Höhle. Ebbe und Flut. Die düsteren, unebenen Höhlenwände. Die Heiterkeit verließ sie, wie Luft, die durch das winzige Loch eines Ballons entwich. Sie schüttelte den Kopf. »Nein, Jimmy.« Sie wühlte nach ihren Sachen. »Es ist überhaupt nicht komisch. Es liegt an diesem Molloy. Er hat es irgendwie auf mich abgesehen.«

»Aber Shell«, sagte Jimmy. »Ich versteh das nicht.«

»Was verstehst du nicht?«

»Wenn du ein Baby hattest, wo kam dann das andere her?«

»Wer weiß? Vielleicht haben die Störche es dort abgeworfen.«

Jimmy machte wieder sein Wangenzelt mit der Zunge. »Hmm.«

»Oder vielleicht …«

»Vielleicht was?«

Sie antwortete nicht. Gedankenverloren zog sie unter ihrem Nachthemd die Jeans an, kämmte ihre Haare und sprühte sich *Je Reviens* hinter die Ohren. Ihr Hirn arbeitete, erwachte zu neuem Leben und erstarb dann wieder, wie der Motor in Pater Roses Wagen.

»Nichts vielleicht«, sagte sie. »Weiß der Himmel, ich weiß es nicht. Jimmy, ich muss los und unseren verrückten Vater besuchen, um rauszufinden, was er diesmal gestanden hat. Willst du mitkommen?«

»Was? Zu Dad?« Es hätte nicht viel gefehlt und seine Zunge hätte die Wange durchbohrt. Er rümpfte die Nase. »Nee.«

»Kann ich dir nicht verdenken. Und jetzt raus mit dir, damit ich mich fertig anziehen kann.«

Dreiundvierzig

Shell holte ihre taubenblaue Tasche hervor und steckte das vergessene Fläschchen Whiskey hinein, das sie in der hintersten Ecke von Mrs Duggans Küchenschrank gefunden hatte. *Ich hatte ein unbändiges Verlangen nach käuflichen Sünden. Die Hölle im Glas, Shell.* Sie hatte vom Delirium tremens gehört, den Wahnsinnszuständen beim Alkoholentzug, kurz DT genannt. Declan hatte immer behauptet, DT stehe für Detoxifikationsterror. Es sei der Zorn der Hölle, sagte er, der einem die Dinge bringe, die man am meisten fürchtete. Als sein Onkel darunter litt, habe er gewaltige Riesenschlangen gesehen, die nach Irland zurückgekehrt seien, um ihn heimzusuchen. Wenn Dad dasselbe hatte, konnte er alles gestehen. Sogar Vierlinge und Fünflinge. Vielleicht würde ein Schluck Whiskey ihn wieder zur Vernunft bringen.

Der Regen wurde zu Schneeregen, als sie und Mrs Duggan durch die Stadt zur Garda-Wache liefen. Der Wind trieb die Flocken vor sich her und nach oben, in ihre Augen, während sie der Hauptstraße folgten und in den kleinen Zickzackpfad einbogen, der den Hang hinaufführte. Sie warteten im zugigen

Eingangsbereich. Die Polizisten kamen und gingen, liefen an ihr vorbei, starrten sie an und wandten den Blick ab. *Das ist sie,* dachten sie bestimmt. *Das Mädchen aus den Schlagzeilen. Infantizid. Gerichtsmediziner. Die volle Härte des Gesetzes.*

Einer der Beamten kam und nickte ihnen zu. »Er ist einverstanden Sie zu sehen. Wenn Sie mir bitte folgen wollen.«

»Soll ich nicht doch lieber mitkommen?«, fragte Mrs Duggan.

Shell schüttelte den Kopf. »Ich muss das allein mit ihm regeln«, sagte sie.

Der Polizist führte sie durchs Treppenhaus hinunter, dann den Korridor entlang bis zur letzten Tür auf der linken Seite: der Raum mit dem Milchglasfenster. Er ließ sie hinein.

»Rufen Sie, wenn Sie mich brauchen«, schärfte er ihr ein. Dann schloss er die Tür, um draußen zu warten.

Dad lag mit dem Gesicht auf der Tischplatte und rührte sich nicht, als sie auf ihn zutrat.

Shell drehte sich um und schaute nach, ob der Wachtposten nicht durch die Glasscheibe in der Tür hereinsah. Dann zog sie das Fläschchen aus ihrer taubenblauen Tasche.

»Dad«, sagte sie. »Ich hab dir etwas mitgebracht.« Sie stellte es neben seiner Hand ab, hielt es jedoch fest.

Er blickte nicht sofort auf. Dann begann ein Auge die kleine goldbraune Flasche zu fixieren. Seine Finger bewegten sich langsam darauf zu, während er sich verstohlen in der Zelle umblickte. Shell zog das Fläschchen zurück.

»Dad«, sagte sie. »Ich gebe es dir. Unter einer Bedingung.«

»Bedingung?« Seine Stimme war nur ein Krächzen. »Welche?«

»Dass du das Geständnis widerrufst. Das mit den Zwillingen.«

»Bedingung.« Es war mehr ein Zischen als ein Wort. Er schloss die Augen. Seine Brauen wölbten sich und Shell sah, wie an seiner Stirn eine Ader pulsierte. Er stieß ein furchtbares Geräusch aus, das Lachen eines Satans. Seine Hand schoss auf sie zu.

»Gib das her!« Ehe sie wusste, was geschehen war, hatte er es ihr aus der Hand gerissen.

»Dad! Nur wenn du widerrufst.«

»Widerrufst?« Er drückte die Flasche, schüttelte sie und drehte sie um. Hielt sie sich unter die Nase, als könnte er den Whiskey durch das Glas hindurch riechen. Fuhr sich mit der Zunge über die Lippen. Er umklammerte sie so fest, dass Shell befürchtete, das Glas würde zerspringen.

»Geh … hinter … mich«, presste er zwischen den Zähnen hervor. »Geh, geh, geh schon.«

Seine Faust hieb auf den Tisch.

Shell sprang zurück, als könnte er jeden Moment explodieren.

Er schleuderte die Flasche gegen die Wand. Sie zersprang und der Whiskey spritzte über die gelbe Tapete wie Urin. Klirrend landete das Glas am Boden.

Shell erstarrte. Der Polizist hatte nichts gehört. Die Tür war massiv. »Dad!«, keuchte sie.

Eine neue Maske hatte sich auf sein Gesicht gelegt, ein seltsamer Ausdruck der Glückseligkeit. Er erinnerte Shell an die Bilder der Märtyrer, bei denen Pfeile die Gliedmaßen oder den Bauch durchbohrten oder Nägel in ihren Handgelenken steckten, während sie in heiliger Verzückung gen Himmel blickten.

»Shell«, sagte er. »Ich habe es getan.« Er streckte die Arme nach ihr aus. Ihr blieb keine andere Wahl, als sich von ihm umarmen zu lassen. Ihr Magen zog sich zusammen. Ihr blieb der Mund offen stehen. Seit Menschengedenken hatte er sie nicht mehr umarmt. Sie roch seinen muffigen Gefängnisgeruch, seinen sauren Atem. »Shell, mein Mädchen.«

Hastig wand sie sich von ihm los. »Dad. Es tut mir leid«, stammelte sie. Ihre Hände rutschten die Tischkante entlang, sie musste sich setzen. Gott im Himmel. Welcher Teufel hat ihn jetzt geritten? Seine Augen blickten sie an wie stille Teiche. »Ich wollte dich nicht zum Trinken verführen, Dad. Bist du wütend?«

»Wütend?« Sein rechter Zeigefinger berührte seine Stirn, dann den Brustkorb, die beiden Schultern. Er lächelte. »Nein.«

»Aber du hattest doch danach gefragt. Letztes Mal.«

»Letztes Mal?«

»Erinnerst du dich nicht? Als ich dich das letzte Mal besucht habe?«

Er winkte ab. »Alle Tage hier kommen einem vor wie ein einziger, Shell. Ich hab meinen Rosenkranz zum Zählen. Aber Zeit spielt keine Rolle mehr.«

»Geht es dir gut, Dad?«

»Es ging mir nie besser, Shell. Ich bin in den Händen des Herrn.«

Sie stockte und beugte sich vor. »Ich bin hier, um dich um etwas zu bitten, Dad. Etwas Wichtiges.«

Ein leichtes Zucken der Missbilligung huschte über sein Gesicht. »Es gibt nichts Wichtiges mehr. Worum geht es?«

»Um dein Geständnis. Dass du die Babys getötet hast. Du musst es zurücknehmen.«

Der Anflug von Ärger war vorüber. »Ach, das.« Seine Hand machte eine ausladende Geste, wedelte ihre Worte davon.

»Aber es stimmt nicht, Dad. Du hast sie nicht getötet.«

»Habe ich, Shell. Ich habe sie sehr wohl getötet.« Er schlug sich gegen die Brust. *Durch meine Schuld, durch meine Schuld, durch meine übergroße Schuld.* »Dein Freund Molloy, der hat die rechte Einstellung.«

»Aber Dad, du hast es nicht getan. Du warst in Cork und hast Spendengelder gesammelt. Weißt du noch?«

»Spendengelder?« Seine Pupillen wurden schwarz und matt. Sein Blick löste sich von Shell und schweifte hinüber zur Wand, auf das Rechteck aus Licht, das vom Fenster kam. »Die Spendengelder?« Seine Hand strich über die Tischplatte. »Nach dieser Nacht, der Nacht nach dem Ostersamstag, Shell, als ich in dem leeren Haus aufgewacht bin, bin ich wirklich in die Stadt gefahren. Ich habe meine Lektion gelernt. Die Straße rauf- und runterlaufen und mit der Büchse rasseln. Spendengelder sammeln. Wie du gesagt hast. Aber dann hab ich alles ausgegeben, unten am Hafen. Das müsstest du mal sehen. Es ist so trostlos dort, Shell, unten am Flussufer, am Hafen. Die Frauen da, alle möglichen Frauen, egal welches Alter. Manche sind so jung wie du, Shell. Wie diese Schulfreundin von dir, Bridie. Genauso dreist und forsch wie sie. Und ich hab da eine nette Dame kennengelernt. Peggy hieß sie. Ein Mann braucht ein Ventil, Shell. So ein Mann wie ich. Aber sie hat mir das letzte Hemd ausgezogen.«

Shell erinnerte sich an den Lippenstift auf den Kragen seiner Hemden. Sie öffnete den Mund, um irgendetwas zu sagen. Dad und seine Maria Magdalenas. Es war nicht zu glauben. Sie brachte keinen Ton heraus.

»Es lag an dem rosa Kleid, Shell.«

»Das rosa Kleid?« Sie dachte daran, wie es zusammengefaltet unter ihrem Bett gelegen hatte. Sie saß wieder an der Frisierkommode, schaute in die Spiegel, während ihre Abbilder in die Welt der Geister entschwanden. Mum.

»Du hast es angehabt. Das rosa Kleid.« Er bedeckte das Gesicht mit beiden Händen, bohrte die Finger in die Augen, als wollte er sie sich ausstechen. »Ich hätte es zusammen mit den anderen Sachen fortwerfen sollen. Aber ich konnte es nicht, Shell. Es war das Kleid, das sie in der Nacht trug, als sie in die Heirat einwilligte. Danach hat sie es nie wieder angehabt. Die Jahre haben es nicht beschmutzt.«

»Die Jahre?«

»Die Säuferjahre.«

Seine Augen funkelten durch den düsteren Raum.

»Ich verstehe das nicht, Dad«, sagte Shell leise. »Das mit dem Trinken ... Was ist so toll daran?«

»Ach, Shell. Es ist nicht der erste Schluck, der zweite auch nicht. Aber der dritte. Er summt im Kopf. Er lächelt im Bauch. Es ist, als würde deine Seele ihre Flügel entfalten.« In seinem Blick lag ein Ozean von Traurigkeit. Seine Stimme stockte. »Nachdem sie gestorben war, hat mich alles, was ihr gehört hat, krank gemacht. Durch die Erinnerung daran, wie sie mich von ihrem Krankenbett aus angeschaut hat, vorwurfsvoll. Sie hat nie ein Wort gesagt. Aber ihr Blick, Shell. Ihr Blick sagte alles. Die Jahre. Die Lügen. Die Sauferei. Und das eine Mal, als ich sie geschlagen habe. Es war nur dieses eine Mal, aber damit hatte ich bei ihr verspielt. Von dieser schlimmen Nacht bis zu dem Tag, an dem sie starb. Ihre Augen verfolgten mich, starrten mich sogar aus dem Bierglas an. Ihre Kleider, ihre Platten, ihre Musikbücher, ich habe alles verbrannt. Du, Jimmy und Trix, ihr wart in der Schule, als ich es tat. Ich habe ein riesiges Feuer gemacht, auf dem Acker hinterm Haus. Die Flammen schlugen bis zum Himmel, waren höher als ich. Ich warf alles auf den Haufen und sah zu, wie es verbrannte. Die Röcke, die Unterwäsche, die Hosen. Die Lippenstifte, die Schals, die Sonntagshüte. Innerhalb von Sekunden war alles fort. Und der Whiskey wärmte mich, während die Asche umherflog und der Geruch nach ihr zu Rauch wurde. Nur das rosa Kleid nicht. Das nicht.«

»Du hast es behalten?«, flüsterte Shell.

Er nickte, die Augen geschlossen, in Gedanken weit entfernt. »Sie hat mit mir getanzt, in dieser Nacht, als sie sagte, dass sie mich heiraten würde. Coolbar hatte die Hurling-Meisterschaft gewonnen und das ganze Dorf war am Feiern. Im Pub war die Hölle los. Ich habe ihr einen Drink aus Portwein mit Zitrone ausgegeben und dann habe ich sie gefragt. Die Band hat gespielt, es klang wie Fingernägel, die über eine Tafel kratzen. Sie nahm einen Schluck und dann schaute sie mir in die Augen und sagte Ja. Ja, Shell. Wir tanzten die ganze Nacht durch. Ich wirbelte sie herum, wilder Rock 'n' Roll. Immer schneller. Die Wände drehten sich. Die Leute brüllten. Wir tanzten so schnell, dass wir fast vom Boden abhoben, mit einer Menschenmenge um uns rum, alle johlten und klatschten. Es gab niemanden außer uns in dieser Nacht. Ich, sie. Und ihr Gesicht, als ich sie herumwirbelte, Shell. Ihre Lippen waren rosa wie das Kleid. Ihre Augen strahlten wie zwei Sonnen. Sie war glücklich. Ich hielt ihre beiden Hände, mit gekreuzten Armen, die Handgelenke übereinander. Ich hatte sie gefragt, ob sie mich heiraten wollte, und sie hatte Ja gesagt. Wir waren glücklich. Sie. Ich. Ihre Haare flogen wie Bänder. Niemand sonst war in dem Raum in dieser Nacht. Niemand.«

Seine Augen fixierten die mit Whiskey bespritzte Wand.

»Ich hab deine Mutter geliebt, Shell.«

Das Licht in dem Raum wurde schwächer, als hätte sich eine Wolke vor die Sonne geschoben. In Shells Vorstellung fielen die Schneeflocken nach oben, als wollten sie dorthin zurück, wo sie hergekommen waren. Mum entfernte sich mit leisen Schritten von ihnen. Shell und Dad waren allein. Die Düsternis kehrte zurück, schweigend und schwer.

Dad sah sie an. »Ich habe sie geliebt, Shell.« Der Scherbenhaufen seines Lebens stand ihm im Gesicht geschrieben.

»Ich weiß, Dad«, sagte Shell. Sie sah sich wieder in den Gischt versprühenden Wellen, stampfend und hüpfend. *Eis, schönes Eis, Eis wird verkauft.* »Ich weiß.« Eine Träne lief ihr die Wange hinunter. Sie nahm seine Hand. »Aber Dad, das Geständnis ...«

Die Tür hinter ihnen öffnete sich, der Polizist betrat den Raum. »Molloys Anordnung«, sagte er. »Tut mir leid. Die Zeit ist um.«

Dad stand auf. Er fuhr sich mit der Hand übers Gesicht, kopfschüttelnd, wandte sich ab und trat an das Milchglasfenster. Sie sah seine Finger, die über das geriffelte Muster der Scheiben strichen. Rauf und runter, hin und her.

»Mach's gut, Shell«, sagte er.

Der wartende Polizist hustete.

»Mach's gut, Dad.« Seine Finger waren wieder wie Schmetterlinge, auf und ab flatternde Schmetterlinge an der Fensterscheibe. Sie sah sein unmerkliches Nicken. Er war meilenweit entfernt.

Ihr blieb nichts anderes übrig, als zu gehen.

Vierundvierzig

Am nächsten Morgen saßen Trix, Jimmy und Shell alle zusammen auf dem Bett und schnitten die vielen Artikel aus. Sie waren über Nacht wie Pilze aus dem Boden geschossen und es hatte keinen Sinn mehr, sie beim Brennmaterial zu verstecken. Tote Babys lagen über die ganze Tagesdecke verstreut. *Superintendent Dermot Molloy erklärt ... Von einer Person, die der Familie nahesteht, ist zu erfahren ...* Trix raffte die Schnipsel zusammen, warf sie in die Luft und ließ sie auf alle drei herabregnen wie Konfetti. Shell schloss die Augen. Irgendwo in einem Labor von Cork lagen die beiden Babys nebeneinander auf einem Tisch. Ein Mann mit Mundschutz stellte Dinge mit ihnen an. Shell sah Spritzen, Scheren, Nadeln. Fäden, Schläuche, Tupfer. Vier blitzblaue Augen.

Mrs Duggan hatte ihnen eingeschärft das Haus nicht zu verlassen. Das gesamte Dorf war in Aufruhr.

Der Himmel war klar und ruhig. Die tief stehende Wintersonne fiel ins Zimmer und auf die Bettdecke.

Shell drehte sich zwischen all den Zeitungsschnipseln auf den Bauch.

»Mal etwas, Trix. Bitte. Mal mir etwas auf den Rücken.«

»Was denn?«

»Egal was. Was du magst.«

Sie spürte Trix' Finger unten am Rücken, dann glitten sie hinauf zwischen ihre Schulterblätter.

»Was ist das?«, sagte Trix herausfordernd. »Rat mal.«

»Weiß nicht.«

»Rate!«

»Ein Baum?«

»Nein.«

»Schlangen?«

»Nein. Rat weiter.«

»Weiß nicht. Was denn?«

»Es ist das Meer. Mit Fischen. Und Superintendent Molloy. Der ist hier.« Shell fühlte Trix' Daumennagel im Kreuz. »Am Meeresgrund. Ertrunken. Sie fressen ihn alle auf.« Ihre Finger wanderten zu den Schulterblättern hoch. »Und hier ist der Himmel. Und das hier ist Rosie, ihr wachsen Flügel.«

Unten knallte eine Tür zu. Mrs Duggan war vom Einkaufen in der Stadt zurück.

Shell ging hinunter, um ihr beim Einräumen zu helfen. Als sie in die Küche kam, blickte Mrs Duggan auf und schnitt eine Grimasse. Vier Taschen mit Sachen aus dem Supermarkt deckten den Küchenboden zu.

»Diese Mrs McGrath«, schnauzte Mrs Duggan. »Die steht mir echt bis hier!«

»Was hat sie denn getan?«

»Es geht nicht darum, was sie getan hat, sondern was sie sagt. Sie ist wie eine Giftwolke.«

Von einer Person, die der Familie nahesteht.
»Und was sagt sie?«

Mrs Duggan griff nach einer der Taschen und packte Waschpulver, Putzmittel und Schwämme aus.

»Das kann man unmöglich wiederholen.«

Die Packung Schwämme fiel zu Boden. Shell hob sie auf, öffnete den Schrank unter der Spüle und legte sie hinein. »Was denn? Was hat Mrs McGrath gesagt?«

»Willst du es wirklich wissen?«

Shell nickte.

»Sie brüstet sich damit, dass sie dein Unglück vorausgesehen hätte, schon vor Jahren.«

Shell dachte an die hämischen, bösen Augen in dem spärlich erleuchteten Laden und wie sie Dads alten Mantel angestarrt hatte.

»Aber es ist noch schlimmer, Shell. Sie behauptet zu wissen, wer der Vater ist. Sie will euch zusammen gesehen haben. In einer eindeutigen Situation, wie sie sich ausdrückt.«

Shell erstarrte. Nackt in Duggans Feld. Nackt in den Wellen. Wann hat die alte Nebelkrähe uns gesehen? Wann? »Tatsächlich, Mrs Duggan?« Ihre Stimme blieb ganz ruhig. »Und wen hat sie angeblich gesehen?«

Mrs Duggan legte ein Stück Schinken in den Kühlschrank und schloss die Tür. »Wen? Ha! Du wirst es nicht glauben. Du wirst es einfach nicht glauben!«

Declan?

Mrs Duggan lehnte sich gegen den Kühlschrank. »Da lachen selbst die Hühner.«

»Wer ist es, Mrs Duggan?«

»Pater Rose. Ausgerechnet er.«

Shell starrte sie verdutzt an.

»Eindeutige Situation? Also bitte. Sie hat irgendwann mal beobachtet, wie er dich in seinem Wagen mitgenommen hat. An einem Regentag.«

»Pater Rose?« Shell zwang sich zu einem Lachen und wandte sich ab. Die Rufschädigung seiner Person. Seines Namens. Seiner Geistlichkeit. Es war, als würde man Jesus vorwerfen mit dem gelähmten Mädchen zu schäkern.

»Shell«, sagte Mrs Duggan. »Ich will nicht neugierig sein. Aber denkst du nicht ...«

»Was?«

»Und wenn es nur ist, um den Klatsch und Tratsch zu beenden. Denkst du nicht, dass du sagen solltest, wer der Vater ist?«

Shell starrte vor sich hin. *Shell stinkt wie ein kleiner Köter ...*

»Ich weiß, dass du versuchst ihn in Schutz zu nehmen. Aber denk mal drüber nach. Hat er das verdient?«

Shells Mund klappte auf. Nein, Mrs Duggan. Hat er nicht. Statt es zu sagen, schüttelte sie den Kopf und trat den Rückzug nach oben an. Sie warf Trix und Jimmy aus dem Zimmer. Sie räumte die Zeitungsschnipsel fort. Sie machte die Betten. Es war um die Mittagszeit und draußen war kaum jemand unterwegs: ein guter Moment, um sich ins Dorf zu schleichen, wenn sie wollte. Sie konnte sich unsichtbar machen. Bei McGrath würden die Rollläden heruntergelassen sein und das GESCHLOSSEN-Schild hing an der Tür. Sie wäre mitten auf der Hauptstraße, ohne von jemandem gesehen zu werden. Vielleicht würde irgendwer aus dem Pub kommen, doch sie würde ihr Gesicht abwenden und in die Allee einbiegen, an deren Ende das große rosafarbene Haus der Ronans aufragte. Dort würde sie anklopfen.

Entschuldigen Sie, Mrs Ronan, dürfte ich nur kurz reinkommen und Ihnen von Ihrer Enkeltochter erzählen, die ich vor kurzem beerdigt habe?

Mr Ronan, ich dachte, ich schau mal vorbei, damit sie im Bilde sind. Ihr Sohn, Declan. Der war's. Nicht Pater Rose.

Bist ein braver Junge, Seamus. Wie läuft's denn so in der Schule? Wusstest du, dass du fast mal Onkel geworden wärst?

Shell malte sich aus ein zweites Mal zu klopfen. Das rosafarbene Haus stand unbeeindruckt und gelassen da. Sie betrachtete die hohen Hecken, die Mr Ronan zu einer Formensinfonie zurechtgeschnitten hatte: Burgzinnen, pilzförmige Bäume, der Kopf eines Pferdes. Auf dem Weg standen hie und da ein paar seiner albernen Gartenzwerge, die anderen lugten vom Steingarten herüber. Sie erinnerte sich, wie Declan erzählt hatte, dass er die kleinen Kerle vertauschte, wenn sein Vater gerade nicht hinsah. Und dass sein Dad immer witzelte, die Gartenzwerge seien lebendig geworden und hätten sich von ganz allein bewegt. In der kalten Luft lag das Haus da und verhöhnte sie und irgendwo hinter dem Atlantik hielt Declan sich den Bauch vor Lachen, wie der verschlagene kleine Kerl mit der roten Zipfelmütze, der aus dem Pampagras hervorlugte. *Winke, winke. Du bist eine Klasse für sich, Shell.*

Niemand würde ihr die Tür öffnen. Mr Ronan war in Cork, bei seinem tollen Job auf dem Finanzamt. Und Mrs Ronan traf sich mit den anderen Damen im Golfklub von Castlerock. Selbst wenn man Shell hereinließ, niemand würde ihr glauben.

Ihr Sohn mit der vollen Punktzahl fürs College ... gab sich mit einer wie ihr ab?

Sie erinnerte sich, wie Declan aus dem Wagenfenster gewinkt hatte, zum Abschied. *Hinter den Bergen, bei den Zwergen.* Sie sah sich und ihn wieder im Feld der Duggans und er kitzelte sie mit der Gerstenähre. Declan und ich, ein geheimer Klub. Er hatte sie schwören lassen nichts zu verraten und sie hatte Wort gehalten. Aber er war eben ein Mann, der immer auf seinen Vorteil bedacht war. Ein aalglatter Herzensbrecher, wie er im Buche stand. Wenn der Tratsch um Pater Rose schlimmer wird, entschied sie, werde ich dich verraten, Declan. Dann, nur dann.

Fünfundvierzig

Am Sonntag sollte Shell nicht mit in die Kirche kommen, doch sie bestand darauf. Mrs Duggan quetschte sie alle miteinander in das Auto; Shell saß vorne, dicht an Trix gepresst, die drei Jungen und das Baby drängten sich auf dem Rücksitz. Mr Duggan lief zu Fuß voraus. Shell hatte ihre taubenblaue Häkeltasche um den Arm gewickelt und sich *Je Reviens* auf die Handgelenke und Ohrläppchen gesprüht. Sie war schon seit Monaten nicht mehr in der Kirche gewesen.

Sie hielten vor dem Portal. Die Glocken läuteten. Das ganze Dorf war da.

»Bist du sicher, dass du mit hineinwillst?«, fragte Mrs Duggan, während die Jüngeren aus dem Wagen sprangen. »Es wird einige Blicke geben.«

»Ich bin sicher«, sagte Shell. Wenn sie starren, starre ich zurück, dachte sie. Sie stellte sich vor, Mrs McGrath so heftig zu fixieren, dass ihr Hut zu tausend Fetzen explodierte, und die Feder verwandelte sich in eine gackernde Ente. Mrs Fallons grau gefärbtes Haar würde in Türkis umschlagen und sie würde in Ohnmacht fallen, flach auf den Rücken. Und Nora Canterville würde ihre selbst gemachte Consommé, klar und rein wie die Seele eines Neugeborenen, wieder hochkommen und als Fontäne aus dem Mund schießen, mit Zwiebelstückchen, die ihr von den Lippen tropften.

Als sie hereinkam, begann das Harmonium schief zu spielen. Es wurde totenstill. Mrs Duggan führte sie den Mittelgang hinunter nach vorn. Shell nahm hundert Blicke wahr, spitz wie Gabelzinken, gerümpfte Nasen, wedelnde Hände – eine Meute kleiner geifernder Tiere. Dann hörte sie das Getuschel, wie Stare auf einer Hochspannungsleitung. Ist mir egal. Sie nahm ihren Platz ein und straffte den Rücken. Sie begutachtete ihre Fingernägel. Sie untersuchte den Inhalt ihrer taubenblauen Tasche. Ist mir so was von egal.

Die Musik setzte wieder mit dem Eingangschoral ein. Die Gemeinde erhob sich. Pater Carroll trat aus der Seitentür. Von Pater Rose war nichts zu sehen. Sie spürte, wie der Blick des Paters an ihr haftenblieb, drehte den Kopf weg und schaute zur Statue der heiligen Theresa. Sie kniff die Lippen zusammen. Die Messe begann.

Der Zug der Drei Könige näherte sich dem Stall, es war Epiphanias.

Bei der Kommunion stand Theresa Sheehy in der Schlange dicht neben ihr, stieß sie mit dem Ellbogen in die Seite und deutete auf ihren eigenen Bauch. Shell verdrehte entnervt die Augen und zeigte die Zähne. Sie schaute in eine andere Richtung und bemerkte den Blick von Mrs McGrath. Die Frau starrte und drehte den Kopf weg, die Nase rümpfend. Shell schluckte die Hostie hinunter und setzte sich. Die Quinns, die die Letzten in der Schlange waren, liefen vorbei, nur Bridie war nicht bei ihnen. Von ihr fehlte jede Spur. Shell fiel wieder ein, was Theresa Sheehy ihr erzählt hatte. *Es heißt, dass sie zu ihrer Tante gezogen ist, nach Kilbran. Ich denke, sie ist nach Amerika abgehauen. Zusammen mit Declan.*

Als die Messe beendet war, stahl sich Shell an der tuschelnden Menge vorbei hinaus und holte Mrs Quinn ein, die bereits draußen auf der Straße war. Sie entfernte sich eilig von der Kirche, zwei ihrer jüngeren Kinder hinter sich herschleifend, die an ihren Armbeugen hingen.

»Mrs Quinn!«, rief Shell.

Bridies Mutter fuhr herum und funkelte sie an. »Shell Talent. Was willst *du* denn?«

Sie hatte einen kastanienbraunen Schal um den Kopf, aber ihr dunkles Haar quoll hervor, verdreckt und feucht. Die beiden Kleinen rannten weiter, den Berg hinauf. Die Frau blickte Shell an und wandte dann den Kopf ab, so als wäre sie Luft. Sie machte Anstalten zu gehen.

»Mrs Quinn!« Shell berührte sie am Arm. »Ich wollte doch nur fragen ... Wie geht es Bridie? Ich habe gehört, dass sie verreist war.«

Die Frau sah sie an, als hätte Shell sie angespuckt. »Dann hast du richtig gehört. Sie ist in Kilbran, bei meiner Schwester May.«

»Sie ist immer noch dort?«

»So ist es. Es läuft sehr gut bei ihnen. Bridie ist seit dem Sommer dort gewesen und hilft bei den Bed-&-Breakfast-Gästen. Sie macht ein Praktikum.«

»Geht es ihr gut?«

Mrs Quinn rümpfte die Nase. »Recht gut. Wir haben sie

über Weihnachten besucht. Als die Schule zu Ende war, sind wir alle zu Tante May gefahren, einfach mal zur Abwechslung. Und Bridie fühlte sich wohl dort. Bestens.« Mrs Quinn starrte sie feindselig an, schüttelte Shells Arm ab und zog ihren Schal enger um sich. »Wir haben sie hingeschickt, um sie von deinesgleichen zu entfernen.«

»Von mir?«

»Du bist kein guter Umgang, Shell. Weder für sie noch für irgendjemanden hier in Coolbar. Wenn ich doch nur gewusst hätte, was für Dinge ihr zwei zusammen ausgeheckt habt. Wenn ich es früher gewusst hätte, dann ...«

»Was dann, Mrs Quinn?«

Bridies Mutter antwortete nicht. Ihre Augen durchbohrten Shell, als wäre sie der Fleisch gewordene Satan. Dann füllten sich ihre Augen plötzlich mit Tränen. Mrs Quinn wandte sich ab. Eine Weile stand sie da, Shell den Rücken zugewandt, und starrte zu Boden, als würde sie vergeblich nach etwas suchen. Ihre Schultern waren hochgezogen, ihre Hände steckten in den Taschen ihres Regenmantels. »Ich muss mich um den Braten kümmern«, murmelte sie vor sich hin und ging weiter, sie stolperte fast. Mrs Quinn flüchtete den Hang hinauf, genau wie Bridie es damals getan hatte, mit ihrem durchsichtigen Schirm in der Hand. Shell starrte ihr verwirrt nach. Andere Kirchgänger strömten aus dem Portal auf den Bürgersteig hinaus, drängten sich murmelnd an ihr vorbei. Shell lief die Straße hinunter, stieg in den Wagen der Duggans und wartete. Während des Gottesdienstes hatte es geregnet und wieder aufgehört und die Autofenster waren voller Tropfen. Die Leute gingen vorbei, warfen verstohlene Blicke hinein, glotzten, als wäre sie ein Ausstellungsstück. Sie stülpte die Lippen vor und schnappte nach Luft wie ein Goldfisch, mit geschlossenen Augen. Declan fiel ihr wieder ein, wie er sie damals beim Singen in der Kirche nachgemacht hatte. Es schien Ewigkeiten her zu sein. Ist mir egal.

Dies also zu ihrer Vermutung, Bridie würde durch Amerika touren, auf der Suche nach dem großen Erfolg. Oder gemeinsam mit Declan New York unsicher machen. Bridie mit der Körbchengröße 34D. *Bridie, Bridie, Bridielein.* Aber Theresa Sheehy hatte sich geirrt. Und das mit der Tanzparty und dass sie Bridie im August gesehen hätte, war gelogen gewesen. Bridie und Declan hatten sich nicht auf der Tanzfläche verrenkt wie zwei Katzen auf einer heißen Herdplatte. Nichts davon hatte gestimmt. Bridie war in Kilbran, zum Glück. Dort machte sie die Betten und schwatzte mit den Gästen. Drehte den Toast in der Pfanne und holte die Pommes aus dem Fett. Sie würde umkommen vor Langeweile. Wahrscheinlich schlich sie sich nachts hinaus und lief zur Hauptstraße, um per Anhalter wegzukommen, die Tasche voll mit geklauten Scheinen, dazu Zigaretten und Kaugummi. Laster würden vorbeidonnern. Und Bridie war unterwegs zum nächsten Ort, wo nachts irgendetwas los war. Egal wohin, bloß weg aus Kilbran, einer grauen alten Marktstadt, wie sie im Buche stand, ohne jedes Leben. Wohl kaum die beste Lage für ein Bed-&-Breakfast-Hotel, und schon gar nicht mitten im Winter.

Shell runzelte die Stirn. Drüben an der Eibe sah sie Jimmy, der sich mit jemandem prügelte, aber sie konnte nicht erkennen, wer es war. Mrs McGrath stand vor dem Kirchentor und tratschte mit Mrs Fallon. Shell war sich sicher, am Ende jedes Satzes die Worte *Pater Rose* von ihren Lippen abzulesen. Der

Gedanke an Bridie verblasste und im nächsten Moment befand sie sich wieder auf der Garda-Wache. *War es jemand aus Coolbar, Shell?*, fragte Pater Rose. *Aus Coolbar oder noch näher?* Sie sah Dad vor sich, seine zittrigen Hände. *Damals nach jener Nacht. Als ich in dem leeren Haus aufgewacht bin. Es lag an dem rosa Kleid, Shell. Ich habe eine Todsünde begangen.*

Sie schlug die Augen auf. Mein Gott. Eine schreckliche Erkenntnis dämmerte ihr. Das ganze Dorf dachte, Pater Rose wäre es gewesen. Und Pater Rose dachte, Dad wäre es gewesen. Und Dad selbst? *Ich habe all das angerichtet, Shell. Ich habe es getan.*

Er stand wieder neben ihrem Bett, tastete nach der Decke, mit halb geschlossenen Augen. *Moira, meine Moira.* Die Nacht zum Ostersonntag. Plötzlich wurde ihr alles klar. Er musste am Morgen aufgewacht sein, ohne jegliche Erinnerung an die vergangene Nacht, und stellte fest, dass er in ihrem Bett lag. Was hatte er wohl daraus geschlossen?

O weh, du alter Tor, du musst betrunken sein,
wenn dein Auge es nicht blickt:
Diese schöne weiße Sau
hat meine Mutter mir geschickt.

Ein Junge aus Jimmys Klasse glotzte ins Auto und streckte ihr die Zunge heraus. Sie starrte durch ihn hindurch, ohne ihn wahrzunehmen, und er jagte davon. Wenig später öffnete sich die Wagentür. Jimmy und die beiden Söhne der Duggans, Liam und John, stiegen ein. Trix folgte und quetschte sich neben Shell auf den Beifahrersitz.

Dann stieg Mrs Duggan ein. »Da bist du ja.« Sie tätschelte Shells Arm. »Alles in Ordnung?«

»Ja, Mrs Duggan. Alles okay.« *Man muss nicht sterben, um in die Hölle zu kommen, Shell. Jeder Teufel kann einen jederzeit dorthin bringen.*

Mrs Duggan seufzte und startete den Wagen. »War das eine Messe, Shell«, sagte sie leise, »oder ein Spaziergang im Zoo?«

Sechsundvierzig

Am nächsten Tag besuchte sie Dad erneut, in der Hoffnung, ihn von seinen Seelenqualen erlösen zu können. Vielleicht würde ihn das ja dazu bringen, zu widerrufen.

Er kam in den Raum mit dem Milchglasfenster geschlurft, angespannt und nervös, und nahm gegenüber von ihr Platz, mit finsterer Miene. Der Wachtposten ließ sie allein.

»Die Nacht zum Ostersonntag, Dad«, flüsterte sie.

»Sei still, Shell.«

»Dad.«

Er packte sie am Ärmel. »Hättest du nicht ein Fläschchen mitbringen können? Nur einen Tropfen. Wie beim letzten Mal? Was?«

Er war in einem Zustand der Verzweiflung. Seine Augen wirkten matt wie schmutzige Münzen, seine Lippen hatten gelbe Risse, sein Haar war dunkel und fettig.

»Letztes Mal wolltest du doch nichts, Dad. Weißt du noch?«

Er stieß ein Knurren aus.

»Du hast es an die Wand geworfen.«

Seine Finger trommelten auf die Tischplatte. »Ich erinnere

mich an keine Nacht. Ich erinnere mich an gar nichts. Verdammt, ich könnte jemanden umbringen.«

»Dad. Du musst dich doch erinnern. Du hast mir doch selbst davon erzählt. Von der Nacht auf Ostersonntag. Wie du aufgewacht bist und niemand war im Haus. Dass Trix, Jimmy und ich weg waren.«

Er stand auf, zuckend. Die Finger seiner rechten Hand fuhren kratzend über seinen linken Oberarm. Er trat an das Milchglasfenster, stand kratzend da, als hätte er Flöhe, starrte auf die weiße Scheibe, als könnte er hindurchsehen.

»Erinnerst du dich, Dad? Erinnerst du dich?«

»Hör auf, Shell. Du klingst wie eine kaputte Schallplatte.«

Sie stand auf und ging auf ihn zu. »Dad.«

»Lass mich in Ruhe, Shell. Ich bin nicht zum Reden aufgelegt.«

»Erinnerst du dich an das rosa Kleid?«

Seine Füße begannen zu tappen, als hätte ihm jemand den Inhalt einer ganzen Schachtel magischen Tanzpulvers in die Schuhe geschüttet. »Großer Gott. Hörst du endlich mal damit auf?«

»Das rosa Kleid, Dad. Das Kleid, das du nicht verbrannt hast.«

»Schluss jetzt, Shell.«

Sie streckte eine Hand aus, damit das Kratzen aufhörte. »Du hast nichts getan, Dad.«

Er hatte sie abgeschüttelt, hielt sich die Ohren zu.

»Du hast nichts getan«, sagte sie lauter. »In der Nacht zum Ostersonntag. Du hast nichts getan.«

Seine Augen waren fest zusammengekniffen, sein Kopf

ruckte und zuckte. Als Nächstes würde er unverständliche Laute ausstoßen und sich am Boden wälzen.

»Dad.« Er öffnete die Augen und sie dachte, dass er jeden Moment losbrüllen würde. Doch er tat es nicht. Seine Füße standen still. Das Kratzen hörte auf. Der Kopf hielt inne.

»Was hast du da eben gesagt?«, flüsterte er.

»Du hast nichts getan, Dad.«

»In der Nacht auf Ostersonntag?«

Sie nickte. *Das Grab war verschlossen, die Welt schwieg.* »Nichts ist passiert.« Mums Finger streiften ihr Gesicht, als sie den hohen Ton ihres Liedes erreichte, jenen raschen reinen Schrei. Dad mit halb geschlossenen Augen. Seine abstoßende Blöße. *Moira. Geh nicht weg, Liebchen, komm zu mir.* »Du hast mich für sie gehalten, nicht wahr?«

Er griff sich mit beiden Händen an die Kehle. »Ihre Augen, Shell. Sie verfolgen mich überallhin.«

»Du bist hereingekommen, Dad. Verwirrt vom Alkohol. Und hast dauernd ihren Namen wiederholt. Erinnerst du dich?«

Er schüttelte den Kopf. »Es ist wie ein verschlossenes Buch.«

»Das Kleid hat dich verwirrt, Dad.«

»Das Kleid?«

»Ich hatte es angezogen und bin darin eingeschlafen. Das rosa Kleid.«

»Gott, vergib mir«, flüsterte er.

»Du warst wie ein Blinder, wie ein Schlafwandler, hast am Fußende meines Bettes gestanden und umhergetastet. Aber Mum hat mich geweckt. Sie ist mir im Traum erschienen und hat mich geweckt. Ich habe mich schnell aus dem Bett gerollt. Und du bist hineingefallen und hast das Bewusstsein verloren. Ich habe dich dort liegen lassen. Das war alles.«

Er knetete die Haut an seiner Kehle. »Alles?«

»Alles.«

»Nichts ... nichts weiter?« Seine Finger fuhren nach oben, begannen an den Lippen zu zupfen. Sie sah die Worte in seinen Augen flackern. *Alles. Nichts. Alles.*

»Nichts.«

»Ganz ehrlich?«

»Nichts. Bei Gott.«

»Ich habe ... dich nicht berührt?«

»Du warst überhaupt nicht dazu in der Lage, Dad.«

»Gelobt sei Gott.« Seine Nasenflügel bebten. Er nickte, schloss die Augen und bekreuzigte sich. Ein Auge öffnete sich wieder. »Ich habe dein Wort drauf«, sagte er.

»Es ist wahr, Dad. Würde ich bei so einer Sache lügen?«

»Gott sei gedankt. Und du bist sicher, Shell?«

»Absolut, Dad. So wahr Gott mein Zeuge ist.«

Es folgte ein langes Schweigen. Shell sank auf ihren Stuhl.

»Ich habe deine Mum geliebt, Shell.« Es war fast ein Wimmern.

»Ich weiß, Dad.«

»Das rosa Kleid ist nicht das Einzige, was ich aufgehoben habe.«

»Nein?«

»Nein. Den hier auch.« Er griff in seine Jackentasche. »Sie haben versucht ihn mir wegzunehmen, aber ich hab's nicht zugelassen.« Er hielt ihr den goldenen Ehering hin, den er bei der

Aufbahrung von Mums Hand gezogen hatte. »Man war der Meinung, dass ich ihn ihr lassen und sie mit dem Ring begraben sollte, aber ich konnte es nicht. Ich nahm ihn ihr ab, ehe der Sarg geschlossen wurde. Er passte mir nicht mal am kleinen Finger, Shell, so zierlich waren ihre Hände. Schlank vom vielen Klavierspielen. Und die Art, wie sie über die Tasten jagten, auf und ab, wie winzige Vögel. Also behielt ich ihn in meiner Tasche. Die ganze Zeit, immer in derselben Tasche, an meiner Brust. Überall, wo ich hinging. Sogar hier. Sie haben versucht ihn mir wegzunehmen, aber ich hab's nicht zugelassen.«

Sie starrte ihn an. Sie hatte gedacht, er hätte ihn für einen Drink verscherbelt, aber sie hatte sich geirrt. »Ist sie dir erschienen, Dad? So wie mir?«

Er nickte. »Jeden Tag, in jeder Sekunde, Shell. Ihre vorwurfsvollen Augen. Die mir sagen, dass ich mit dem Trinken aufhören soll.«

Er setzte sich wieder hin und legte den Ring in das Astloch auf der Tischplatte, kreuzte die Arme und griff sich wieder an die Ellbogen, als steckte er in einer unsichtbaren Zwangsjacke. »Wenn sie mich hier rauslassen, bin ich ganz schnell wieder drüben im Pub. Ich weiß es. Lieber geh ich ins Gefängnis, für den Rest meines Lebens. Für euch ist es doch eh dasselbe. Ich bin euch ein miserabler Vater gewesen.«

»Aber Dad. Dieses Baby am Strand. Es hat mit uns überhaupt nichts zu tun.«

»Das sagst du so.«

»Glaubst du mir etwa nicht, Dad?«

»Keine Ahnung. Ich weiß nicht mehr, was wahr ist.«

»Dad, es ist wahr, ich schwöre es. Auf Mums Ring.« Sie berührte den Ring kurz mit der Hand. »Siehst du.«

Er knurrte. »Das sagst du so.«

»Wirst du widerrufen, Dad? Wenn nicht deinetwegen, dann wenigstens für mich?«

Er zuckte mit den Schultern.

»Tust du es? Bitte.«

Er nahm den Ring und schaute durch ihn hindurch, Shell direkt ins Gesicht. Seine Pupille weitete sich, dann steckte er ihn mit einem seltsamen Lächeln wieder in seine Tasche. »Vielleicht. Unter einer Bedingung.«

»Welche?«

»Dass du's mir sagst. Wer wirklich der Vater ist.«

Bei dem Wort »wirklich« schlug er mit der Faust auf den Tisch. Der Detoxifikationsterror war wieder zurück. Die Wut stand ihm im Gesicht geschrieben.

»Dad! Spielt das denn eine Rolle?«

Wieder schlug er mit der Faust auf den Tisch. »Natürlich spielt es eine Rolle! Ich schlag ihn zu Brei! Ich mach Hackfleisch aus ihm. Ich …« Seine Finger knackten. Seine Augen wurden zu schmalen Schlitzen. »Sag … mir … wer … es … war!«, tönte er.

»Dad!«

»Sag mir den Namen von diesem Schuft und ich …«

»Dad. Du kannst ihn nicht verprügeln. Er ist weit, weit weg. Fort.«

»Dann fahre ich ihm nach. Ich mach ihn zu Kleinholz, diesen Schweinehund.«

»Das wirst du nicht.«

»Ich zieh ihm das Fell über die Ohren.«

»Dann sag ich es dir nicht.«

»Besser, du sagst es, rate ich dir.« Er spie die Worte aus wie ein Lava speiender Vulkan. Doch sie bemerkte das verschmitzte Funkeln in seinem Blick.

Shell sank zurück auf ihren Stuhl. Wieder fixierte Dad sie aus zusammengekniffenen Augen. *Declan. Die Zeit ist um. Winke, winke.* »Okay, Dad. Ich sag's dir«, seufzte sie. »Unter einer Bedingung.«

»Herrgott, Mädchen. Ich bin's, der hier die Bedingungen stellt. Was meinst du denn?«

»Dass du widerrufst. Und niemandem erzählst, wer der Vater ist.«

Wieder fluchte er. »Das sind zwei Bedingungen. Du könntest jeden Gesunden in den Wahnsinn treiben!«, schnaufte er. »In Ordnung, ich verspreche es. Ich werd's niemandem sagen. Aber ich zieh ihm das Fell über die Ohren, wirst schon sehen.«

»Und du widerrufst?«

Er knurrte, dann nickte er.

»Es war Declan, Dad. Declan Ronan.« Nun ist es heraus, Declan, dein Geheimnis. Die Worte fielen von ihr ab wie alte Kleider. Dad würde es bis auf weiteres niemandem sagen. Aber dann, sobald er ein paar Bier getrunken hatte, würde er es Tom Stack, dem Inhaber des Pubs, erzählen, und der würde es Mr McGrath erzählen und der Mrs McGrath, die es dann in ganz Coolbar herumtratschte. Und Mr und Mrs Ronan würden die Letzten sein, die es erfuhren.

»Declan Ronan?«, keuchte Dad.

Sie nickte.

»Der Messdiener?«

Sie nickte wieder.

»Diese Etepetete-Ronans? Declan?«

»Ja.«

»Deswegen hat er sich also nach Amerika verflüchtigt. Dieser Bengel. Ich bringe ihn um.«

»Nein! Er wusste es nicht. Das mit mir. Das mit … dem Baby.«

»Das Baby?« Seine Stimme klang plötzlich anders. »Waren es keine Zwillinge, wie sie gesagt haben?«

»Nein, Dad. Natürlich nicht.«

»Also ein Junge, wie sie gesagt haben?«

»Nein, Dad. Ein Mädchen, wie *ich* gesagt habe.«

»Ein Mädchen?«

»Ein kleines Mädchen. Winzig. Mit blauen Augen, Dad. Und es kam tot zur Welt.«

»Tot?«

»Trix, Jimmy und ich, wir haben sie auf dem Acker begraben.«

Er bedeckte das Gesicht mit seinen Händen, seine Schultern zuckten. Mein Gott, der Alte weint. »Ach, Shell. Vergib mir. Ich hab dir all das angetan. Ich wusste die ganze Zeit Bescheid und habe so getan, als wüsste ich nichts.«

»Wirst du jetzt widerrufen, Dad?«

Er nickte. »Alles, Shell. Ich tue alles, was du sagst.« Sein Kopf sank wieder auf den Tisch. »Das Enkelkind deiner Mutter. Ein Mädchen, sagst du? War sie ihr ähnlich, Shell? Sag doch.«

Shell erhob sich. »Das war sie, Dad. Ein bisschen.« Ihr Stuhl schleifte kreischend über den Boden. Dad mit seinen leuchtend blauen Augen. Strahlend wie Sonnen. Sie griff nach der Tischkante, klammerte sich fest. Die Welt um sie herum wurde trüb. Sie traute ihm nicht. Es war besser, ihn rasch zum Widerruf zu bewegen, solange die Gelegenheit noch günstig war. Sie rief nach dem Wachtposten.

Der Polizist kam herein und ließ Molloy holen. Stattdessen erschien Sergeant Cochran. Sie stellte den Rekorder an und das Geisterrauschen erfüllte erneut den Raum. Dad stockte und verhaspelte sich, aber dann bekam er die Worte heraus. *Ich, Mortimer Talent, wohnhaft in der Coolbar Road* ... Zwei Minuten später hatte er sein Geständnis widerrufen.

Siebenundvierzig

Shell hatte geglaubt, dass der Fall mit Dads Widerruf abgeschlossen sein würde. Doch es verging ein ganzer Tag und nichts geschah. Er saß nach wie vor in Untersuchungshaft.

Gegen Ende der Woche schaute Pater Rose abends vorbei. Die Jungen und Trix saßen gerade am Küchentisch und spielten *Fünfundvierzig*.

»Herz liegt auf«, rief Liam.

Shell, Mrs Duggan und Pater Rose schauten zu.

»Du hast nicht bedient!«, brüllte Jimmy Trix an.

»Stimmt nicht.«

»Doch. Du hättest das Ass beim letzten Mal ablegen müssen.«

»Das ist mein Ass. Ich kann es ablegen, wann ich will. Stimmt doch, Pater Rose?«

»Frag mich nicht. Ich kenne die Regeln nicht. Wo ich herstamme, spielt man dieses Spiel nicht. Was meinst du, Shell?«

»Wenn Liam Herz vorgibt und du hattest eine Herzkarte, hättest du sie legen müssen, Trix.«

Trix tat so, als hätte sie nichts gehört. Jimmy machte ein

Gesicht wie ein wahnsinniger Gorilla, dann verdrehte er die Augen. Shell zwinkerte ihm zu und das Spiel ging weiter.

Pater Rose berührte Mrs Duggans Arm und deutete auf den Kamin am anderen Ende des Zimmers. »Könnten wir drei uns mal unterhalten?«, sagte er leise. Sie nickte und sie begaben sich außer Hörweite. Mrs Duggan holte Pater Rose einen Whiskey und bot ihm und Shell zwei Sessel an.

»Irgendwelche Neuigkeiten? Wird man Joe bald freilassen?«, fragte sie.

»Es sieht nicht danach aus. Ich habe mich heute mit Molloy getroffen. Er besteht darauf, dass das alte Geständnis gültig ist.«

»Dieser Kerl. Er ist wie ein Hund, der seinen Knochen nicht hergibt.«

»Er sagt, er will den Bericht des Gerichtsmediziners abwarten.«

»Und liegt der denn bald vor?«

»Er kann jeden Tag eintreffen.« Pater Rose senkte die Stimme. »Sagen Sie niemandem etwas davon, aber Sergeant Cochran hat mir im Voraus ein paar Dinge verraten.« Sein Blick wanderte zwischen Shell und Mrs Duggan hin und her. »Offenbar haben die Babys unterschiedliche Blutgruppen.«

Shells Hand legte sich an ihren Hals. Sie bekam kaum noch Luft.

»Das eine hat die Blutgruppe A. Das andere Blutgruppe 0«, sagte Pater Rose.

»Was ... was bedeutet das?«, stammelte Shell.

»Ganz sicher bin ich mir nicht. Aber das klingt doch sehr vielversprechend.«

»Sie meinen, weil Zwillinge dieselbe Blutgruppe hätten«, sagte Mrs Duggan nachdenklich. »Ich habe auch Blutgruppe 0, wie alle hier. Weißt du, welche du hast, Shell?«

Shell zuckte mit den Achseln. »Keine Ahnung. Ich weiß nicht mal, was eine Blutgruppe ist.« Sie schaute zu, wie Pater Rose einen Schluck von seinem Whiskey nahm. »Hat man denn herausgefunden, warum mein Baby gestorben ist?«, flüsterte sie.

Er schüttelte den Kopf. »Entschuldige, Shell, Sergeant Cochran sagte, das sei alles, was sie wisse.« Er deutete mit einem Kopfnicken zu den geschlossenen Vorhängen hinüber. »Dort draußen ist die Hölle los«, sagte er. »Die Presse ist überall. Der Pub ist gerammelt voll. Und die Gardai gehen von Tür zu Tür. Pater Carroll hat eine Sondermesse angekündigt.«

»Wofür?«

»Für das Seelenheil der beiden Babys.«

»Kann ich hingehen?«

Pater Rose hob eine Augenbraue. »Eher würde ich dich in die Höhle des Löwen schicken.«

»Aber ich möchte hingehen.«

Mrs Duggans Hand legte sich auf ihre Schulter. »Wir gehen zusammen hin, Shell. Alle zusammen. So wie letzten Sonntag. Werden Sie die Messe lesen, Pater?«

»Nein. Ich verrichte an diesem Tag meinen Dienst auf der Ziegeninsel.«

»Aber sicherlich ...«

»Pater Carroll will nichts davon wissen«, sagte Pater Rose kopfschüttelnd.

Mrs Duggan hob eine Augenbraue und Pater Rose schüttelte wieder den Kopf und winkte ab. Mrs Duggan seufzte und ging, um den Streit am Spieltisch zu schlichten.

Pater Rose machte es sich in seinem Sessel bequem und nahm einen großen Schluck von seinem Whiskey. Shell knetete einen großen Fussel ihres Pullovers zwischen den Fingern. Das Feuer prasselte. Blutgruppe A und 0. Die beiden Babys, nebeneinander auf dem Seziertisch.

»Du hast Schreckliches durchgemacht, Shell.«

Sie zuckte mit den Schultern.

»Mrs Duggan hat mir erzählt, wie du hineingegangen bist und deinen Vater davon überzeugt hast zu widerrufen.«

Sie nickte.

»Wie hast du das denn bloß geschafft?«

Sie hob den Kopf. Pater Rose schaute sie nicht an, sondern in sein Glas. *Es ist nicht der erste Schluck, Shell, der zweite auch nicht. Aber der dritte.*

»Ich habe ihm gesagt, wer tatsächlich der Vater ist«, sagte sie leise.

Pater Rose nickte. »Verstehe.« Er stand vom Sessel auf, lehnte sich, das Glas in der Hand, an das Kaminsims und starrte in die Flammen. »In dem Zusammenhang gibt es etwas, was ich dir zeigen wollte, Shell. Wenn ich darf.«

Sie hob die Schultern. »Was denn?«

Pater Rose leerte den Whiskey, stellte das Glas auf dem Sims ab und kramte in einer seiner Innentaschen. Er zog einen alten Briefumschlag hervor. »Nora Canterville, unsere Haushälterin, hat dies vor einiger Zeit gefunden, als sie die Gesangbücher durchging. Sie gab es Pater Carroll und er gab es mir.«

»Was ist es?«

»Sieh es dir an.« Er reichte es ihr herüber. Es war eine Einkaufsliste in ihrer Handschrift. *Eier, Speck, Toastbrot. Ochsenschwanzsuppe. Brühwürfel.* Die Liste war noch länger. Darunter hatte sie noch mehr hingekritzelt, wilder, mit einem stumpfen Bleistift. *Entschuldige, Bridie. Bei Gott, ich wusste nicht, dass du mit ihm gehst.* Und daruntergequetscht stand in einer anderen Handschrift: *In diesen Klamotten bringt er selbst einen Hund zum Kotzen. Du kannst ihn haben, Shell, und den BH dazu.*

Sie war wieder bei der Kreuzwegandacht am Karfreitag. Bridies Nasenflügel bebten. Sie entblößte die Zähne, Gehässigkeit sprach aus ihren Augen. Simon von Kyrene hatte den hinteren Teil des Kreuzes angehoben. Shell erinnerte sich, wie der Zettel geschrieben worden war, wie Dad sie und Bridie fast dabei erwischt hatte und wie sie ihn rasch ins Gesangbuch gelegt hatte. Die Worte verschwammen ihr vor den Augen. *Entschuldige. Gott. Hund. Kotzen.* Pater Rose schwieg, abwartend. Bitte lass mich sterben, hier auf der Stelle.

»Das Mädchen, das dort erwähnt wird, Bridie«, sagte Pater Rose schließlich. »Sie war es doch, mit der ich dich an diesem Tag im Streit gesehen habe, oder? An dem Tag, als wir die Küste entlanggefahren sind?«

Shell nickte, ihr war furchtbar zu Mute. »Bridie Quinn. Wir waren Freundinnen. Bis …«

»Bis was?«

Sie konnte nicht antworten.

»Und wer war es, von dem Bridie behauptete, er könne einen Hund zum Kotzen bringen, Shell? Willst du mir das sagen?«

Shell biss sich auf die Lippen. Declan. Nun ist es heraus, dein Geheimnis.

»Du willst nicht?«

Sie schluckte. »Sie wissen es, Pater, nicht wahr?« Mit dem Gesicht in einem Kuhfladen.

»Ich kann es mir schon denken, glaube ich. Er ist nicht mehr in Coolbar, hast du doch gesagt?«

Sie nickte.

»Er ist fortgegangen? Nach Amerika vielleicht?«

Sie nickte wieder.

»Und er war der Vater, Shell?«

»Ja.« Ihre Stimme war kaum zu hören.

Sie blickte auf den Zettel und hätte ihn am liebsten zerknüllt. Die Worte *in diesen Klamotten* quälten sie. »Ist dieser Zettel der Grund dafür, dass Pater Carroll Sie nicht mehr die Messe lesen lässt?«, stammelte sie. Er denkt, dass Sie es gewesen sind, nicht wahr? Er denkt dasselbe wie Mrs McGrath. Was alle denken.

»Er hat seine Gründe, Shell. Gute Gründe wahrscheinlich.« Pater Rose griff nach dem Whiskeyglas auf dem Kaminsims, völlig vergessend, dass er es bereits ausgetrunken hatte. Er fixierte das Zickzackmuster der geschliffenen Rauten, als wäre der Verlauf seines restlichen Lebens darin gebannt. Dann schaute er auf. Seine müden Augenlider hoben sich und ein weicher Schimmer lag in dem Blick, den er ihr zuwarf. Er lächelte.

»Pater«, sagte Shell. »Erzählen Sie es Pater Carroll. Erzählen Sie ihm die Wahrheit.« Sie reichte ihm den Zettel. »Bitte.«

Er gab ihn ihr zurück, wie eine alberne Spielkarte, die niemand wollte, der Joker im Kartenspiel. »Nein, Shell, du behältst ihn. Pater Carroll hat ihn nicht weiter beachtet, keine Sorge. Und gehört ein Brief nicht seinem Verfasser, jedenfalls in den Augen des Gesetzes?«

»Ich habe keine Ahnung.«

»Er gehört dem Verfasser, also dir. Und deiner Freundin Bridie, nehme ich an.«

»Sie ist nicht meine Freundin. Nicht mehr. Sie hat seit dem letzten Sommer nicht mehr mit mir geredet. Und dann ging sie fort.«

»Aber jetzt ist sie wieder zurück, nicht wahr?«

»Wirklich?« Shell blickte verwirrt auf.

»Ich habe sie neulich gesehen, ganz sicher.«

»Das kann nicht sein. Wo denn?«

»Sie lief die Küstenstraße entlang, ganz allein. Ist im Dunkeln per Anhalter gefahren.«

Shell runzelte die Stirn. Mrs Quinn stand wieder vor ihr und redete. *Sie ist in Kilbran, bei ihrer Tante May, und hilft dort bei den Bed & Breakfasts.* »Wann war das, Pater Rose?«

Pater Rose dachte nach. »Mal überlegen. Es war, als ich nach einer Abendmesse von der Ziegeninsel zurückkam. Nicht diese Woche, sondern letzte. Also kurz vor Weihnachten. Ich habe abgebremst und wollte sie mitnehmen, aber als sie mich erkannte, schüttelte sie den Kopf und winkte mich weiter.« Er grinste. »Wahrscheinlich hatte sie keine Lust auf eine Fahrt mit einem Priester. Und schon gar nicht in so einer alten Schüssel wie meiner.« Er stellte das Glas zurück auf das Kaminsims.

»Und Sie sind sicher, dass sie es war?«

»Absolut. Ihr Gesicht gehört zu denen, die man nicht so

schnell vergisst. Du solltest bei ihr vorbeischauen und sehen, ob ihr euch nicht wieder vertragen könnt.«

Geschrei und Tischgetrommel hallten durchs Zimmer. »Fünfundvierzig!«, brüllte Trix am Spieltisch. »Ich hab gewonnen!«

»Gemogelt!«, heulte Jimmy. »Du hast schon wieder falschgespielt!«

Die Karten am anderen Ende des Raumes flogen durch die Luft wie Manna vom Himmel. Pater Rose lachte kopfschüttelnd und machte eine wegwerfende Handbewegung. »Ist die Welt nicht ein Irrenhaus, Shell?«

Achtundvierzig

Nicht nur Coolbar, sondern ganz Irland wartete auf den Bericht des Gerichtsmediziners. Die Abgeordneten im Parlament führten erhitzte Debatten. Die Radiowellen knisterten von Gejammer. Wie weit ist dieses Land gesunken, dass solche Dinge geschehen können, beklagte eine Abgeordnete. In den landesweiten Nachrichten wurde ein Untersuchungsausschuss gefordert. Coolbar befand sich in einem Zustand der Belagerung.

Doch das Haus der Duggans war das ruhige Auge des Sturms. Niemand konnte ihnen zu nahe treten. Radio, Fernseher und Telefon waren abgeschaltet.

Das Wochenende verging. Am Montag gingen John, Liam, Jimmy und Trix wieder zur Schule, die Ferien waren zu Ende. Zuerst wollten sie nicht, aber Shell und Mrs Duggan blieben unerbittlich. Als Mrs Duggan die vier in der kühlen Januarluft aus dem Wagen steigen ließ, schärfte sie ihnen ein: »Wenn irgendjemand eine dumme Bemerkung macht, ihr wisst schon, was für eine, dann reagiert ihr einfach nicht.«

In Shells Kopf herrschte ein Durcheinander an Stimmen

wie Vogelgezwitscher. Man hörte es nur, wenn man darauf lauschte, sonst nicht. Als am Montagmorgen die Stille ins Haus einkehrte, wurde das Stimmengewirr so laut, dass Shell dachte, ihr müsste der Kopf platzen.

> *In diesen Klamotten bringt er einen Hund zum Kotzen.*
> *Blutgruppe A und Blutgruppe 0.*
> *Haggertys Höllenloch. Wo alle Mädchen zum Vögeln herkommen.*
> *Sie lief die Küstenstraße entlang. Kurz vor Weihnachten.*

Als Jimmy von der Schule nach Hause kam, hatte er eine aufgeplatzte Lippe und einen Bluterguss auf der Wange.

»Was ist passiert?«, fragte Shell.

»Das waren dieser Dan Foley und Rory Quinn. Die sind in der Pause auf mich los.«

»Auf dich los?«

»Auf mich los und haben versucht mich auszuquetschen. Sie wollten die Wahrheit wissen.«

»Die Wahrheit?« Sie dachte an Molloy mit seinem makellosen Hemd und den stechenden Augen.

»Die blutrünstigen Einzelheiten. Über dich und das Baby.«

»Und was hast du ihnen gesagt?«

»Ich hab gesagt, du hättest Drillinge bekommen, eins, zwei, drei. Und dass das dritte Kind versteckt wäre, und zwar in Miss Donoghues Arsch!«

»Jimmy! Sie ist in letzter Zeit so nett zu uns gewesen.«

Seine Zunge drückte die geschwollene Wange nach außen, wie ein Zelt. »Egal.«

»Bist du mit diesem Rory Quinn befreundet?«, fragte sie.

»Nein, verfeindet. Er ist ein widerlicher Kotzbrocken.«

»Könntest du mir einen Gefallen tun? Morgen?«

»Was für einen?«

»Könntest du ihn fragen, wo seine Schwester ist? Bridie? Und wann er sie zum letzten Mal gesehen hat?«

Am nächsten Tag kam Jimmy mit einem Gesichtsausdruck wie ein geprügelter Hund nach Haus. »Ich hab gemacht, was du gesagt hast, Shell. Nach der Schule. Und das hier war die Antwort.« Er hielt einen geschwollenen Finger in die Höhe. Der Nagel hing lose herab.

»Was? Rory Quinn hat das getan?« Shell war entsetzt.

Jimmy nickte. »Ich habe ihn nach Bridie gefragt. Und statt mir zu antworten, hat er mich zu Boden geboxt. Und ist mir auf den Finger getrampelt, mit seinem dicken Stiefel.«

»Nur weil du gefragt hast?«

Jimmy nickte. »Er ist ein Kotzbrocken.«

»Er hat dir nichts gesagt?«

»Nein. Er meinte bloß, egal wo Bridie ist, es würde mich nichts angehen. Ich glaube, er weiß es selber nicht genau. Oder er schämt sich.«

»Er schämt sich? Warum?«

»Diese Bridie. Die hat dauernd geklaut. Ich und Seamus Ronan, wir haben sie bei Meehan's mal dabei beobachtet.«

»Und?«

»Wahrscheinlich ist sie im Gefängnis. Nicht in Kilbran, wie ihre Mutter behauptet, sondern im Gefängnis. Und sie schämen sich zu sehr, um es zu sagen. Deswegen schlägt Rory mich nieder, wenn ich ihn frage. Was denkst du?«

»Ich glaube nicht«, sagte Shell. »Aus diesem Grund würde man sie nicht ins Gefängnis stecken. Aber es klingt so, als wäre sie nicht zu Hause. Und Rory weiß wirklich nicht, wo sie steckt, so viel ist klar.« Shell nahm ihn an die unverletzte Hand und nahm ihn mit, um die Wunde zu säubern. Den Fingernagel musste sie ganz ziehen, weil er nur noch an einem seidenen Faden hing. Jimmy wimmerte, aber er weinte nicht.

Als sie fertig war, holte Shell das Telefonbuch hervor und suchte die Nummer von Bridies Tante May in Kilbran heraus. Sie wählte sie, als alle draußen waren, um die Kühe zu versorgen. Es klingelte eine Ewigkeit, bis schließlich eine Frau den Hörer abnahm.

»Könnte ich mit Bridie sprechen?«, fragte Shell. Sie hatte vor lauter Nervosität die Telefonschnur um ihre Finger gewickelt und ihre Stimme klang wie ein Piepsen.

»Mit Bridie?«

»Bridie Quinn.«

»Bridie Quinn ist nicht hier. Wieso sollte sie hier sein? Sie ist zu Hause in Coolbar.«

»War sie denn nicht über Weihnachten bei Ihnen? Zusammen mit den anderen?«

»Nein. Sie konnte nicht kommen. Sie war auf einer Klassenfahrt, hat ihre Mutter gesagt. Skifahren, in Frankreich.«

Eine Klassenfahrt? Nach Frankreich? Seit wann waren die Schüler aus ihrer Schule je weiter verreist als bis nach Ringaskiddy? »Das heißt, dass sie nur den Sommer über da war, um bei den Bed & Breakfasts zu helfen?«

»Wir haben vor einem Jahr mit dem Bed-&-Breakfast-Geschäft aufgehört. Wer spricht denn da?«

»Nur … nur eine Freundin.« Shell beendete das Gespräch, bevor noch weitere Fragen folgten. Sie wäre fast über die Leitung gestolpert, als sie den Hörer auflegte. Skifahren in Frankreich?

In der folgenden Nacht kamen die Stimmen zurück, laut und heftig. Als der Morgen graute, knipste sie das Licht an und holte den Zettel hervor. Sie beugte sich unter ihrer Bettdecke über ihn, als könnte er die Antwort enthalten. Bridie, leichenblass, die so tat, als müsse sie sich übergeben. Bridie in Kilbran, die den Gästen das Frühstück zubereitete. Bridie in Amerika, auf der Reise von einer Küste zur anderen. Bridie in Coolbar, die an der Küstenstraße entlanglief und im Dunkeln per Anhalter fuhr. *Warum schaust du nicht bei ihr vorbei, Shell? Um dich wieder mit ihr zu vertragen?* Mrs Quinn mit aschfahlem Gesicht, die sich von ihr abwandte. *Wenn ich doch nur gewusst hätte, was für Dinge ihr zwei zusammen ausgeheckt habt. Wenn ich es früher gewusst hätte, dann …*

»Was dann?«, flüsterte Shell vor sich hin. »Was hätten Sie dann getan, Mrs Quinn?« Sie knipste das Licht wieder aus. Es kam keine Antwort, nur die Atemgeräusche von Trix und Jimmy, also versuchte sie sich die Frage selbst zu beantworten. »Hätten Sie uns beide nach England geschickt, um dort abzutreiben, Mrs Quinn? Ist es das, was Sie getan hätten?«

Neunundvierzig

Am nächsten Morgen erwachte sie früh, zog ihre Strumpfhosen an und ihre Hosen darüber. Dazu ein warmes Hemd und zwei Pullover, dann schlich sie sich die Treppe hinunter und aus dem Haus, ehe die anderen auf den Beinen waren. Aus dem Schuppen hinterm Haus holte sie Mrs Duggans Fahrrad und radelte die Auffahrt hinunter, ratterte über das Kuhgitter und durchquerte das Dorf. Es war niemand unterwegs, der sie hätte sehen können, als sie in die Küstenstraße einbog, die zur Ziegeninsel führte. Sie passierte das Haus der Quinns zu ihrer Linken, wo im Vorhof ein rostiges Fahrrad auf dem Kopf stand. Die Vorhänge waren zugezogen, schmutzig und vergilbt. Noch war niemand wach. Sie hatte fast überlegt ihnen einen kurzen Besuch abzustatten, stattdessen fuhr sie weiter.

Durch den schneidenden Morgenwind kam sie nur langsam voran. Der Himmel war schwer und trüb, doch die Vögel sangen aus voller Kehle. Sie erreichte den Feldweg, der zum Strand hinunterführte und zu dem kleinen Stück Asphalt, wo Declan den Wagen seines Vaters geparkt hatte. Shell stellte das

Fahrrad an einem Lattenzaun ab und kletterte über den Kies zum Strand hinunter.

Es war Ebbe, vor ihr lagen die Sandflächen in endlosen Mustern aus Licht und Dunkelheit, flach wie Pfannkuchen. Als hinter ihr die Sonne aufging, begannen sie weiß und gelb zu schimmern. Shell lief über den Sand dahin und wünschte, sie hätte einen Schal dabeigehabt, um ihre umherfliegenden Haare zu bändigen.

Das Meer macht Spiegel auf dem Sand,
die mein Fuß zertritt.
In ihrem Blick schwingt jedes Mal
Trauer und auch Freude mit.

Es war das Lied, das sie und Mum bei ihren gemeinsamen Strandspaziergängen erfunden hatten. Als sie die Worte vor sich hin sprach, wurde ihr plötzlich leicht zu Mute. Sie begann im Gehen fröhlich zu hüpfen und lächelte, zum ersten Mal seit einer ganzen Ewigkeit, so kam es ihr vor.

Draußen auf dem Meer war kein Schiff zu entdecken, und auch keine Spaziergänger mit Hunden waren unterwegs. Sie war ganz allein. Shell näherte sich der Felsnase, wo die Höhle lag. Ihre gute Laune legte sich wieder. Die zerfetzten Reste eines gelben Absperrbandes der Gardai flatterten im Wind. Überall war der Sand aufgewühlt. Offenbar waren die Leute gleich scharenweise in die Höhle gegangen und wieder herausgekommen.

Sie ließ sich auf alle viere nieder und krabbelte durch den Spalt hinein. *Du bist wie ein brünstiges Mutterschaf, Shell. Und du bist wie ein Stier, der mit den Hörnern irgendwo feststeckt, Declan. In einem Dornbusch.*

Im Innern der Höhle hing ein uralter, muffiger Geruch, der alles andere überdeckte. Die Kälte und die Finsternis durchzuckten Shell wie ein Messer. Zuerst konnten ihre Augen nichts erkennen. Dann tauchten die dunklen, unebenen Wände auf und die verstreuten Kiesel. Und dort, direkt oberhalb der Stelle, wo sie und Declan damals gelegen hatten, war der Felsvorsprung, wie ein steinernes Sims. Ein Gebinde lag darauf. Keines aus Blumen, sondern ein paar Zweige eines seltenen Busches, mit Trauben milchweißer Beeren daran. Zusammengebunden mit einem cremefarbenen Band. Sie hob den Strauß hoch und roch daran. Er war frisch und grün. Jemand musste ihn vor nicht allzu langer Zeit hier abgelegt haben, vielleicht gestern.

Jeder konnte es gewesen sein, dachte Shell. Jeder in ganz Irland, der die Nachrichten verfolgt hatte. Oder irgendein Einwohner von Coolbar. Sie legte ihn zurück und kroch wieder hinaus, in Gedanken versunken.

Es war gut, die Höhle wieder zu verlassen. Mum hatte sie als einen Ort der Schönheit bezeichnet, erschaffen durch Wind und Regen, doch an diesem Morgen kam es ihr vor wie ein Grab, ein Grab, von dem kein Toter jemals auferstehen würde. Hastig lief sie zurück, Richtung Autoparkplatz, und hielt sich dabei im Windschatten der Klippen. Auf halber Strecke begann das Stimmengewirr in ihrem Kopf erneut. Sie fand einen geschützten Platz und setzte sich hin, um nachzudenken.

Die Anzeichen für Bridies Schwangerschaft waren offensichtlich gewesen, wenn man es richtig bedachte. Im vergangenen Schuljahr hatte sie häufig blass und müde ausgesehen. Sie hatte über das Schulessen die Nase gerümpft, obwohl man sie vorher immer damit aufgezogen hatte, dass sie alles hinunterschlang wie eine menschliche Mülltonne, egal wie widerlich es schmeckte.

Im Juli musste es dann unübersehbar gewesen sein. Sie und ihre Mutter hatten wahrscheinlich den erbittertsten Streit aller Zeiten geführt. Sie hatten sich nie verstanden: Bridie hatte immer erzählt, dass ihre Mutter ziemlich aufbrausend war. Vielleicht hatte Mrs Quinn ihre Tochter aus dem Haus geworfen. Oder Bridie war freiwillig ausgezogen. Aber sie war weder in Kilbran gewesen, wie Mrs Quinn behauptete, noch in Amerika, wie Theresa Sheehy erzählt hatte. Wahrscheinlich war sie per Anhalter gefahren und nicht viel weiter als bis Cork gekommen. Ohne nennenswerte Ersparnisse, ohne Bleibe, ohne Job. Was hatte sie wohl getan?

Shell hörte Dads Stimme. *Es ist so trostlos dort, Shell, unten am Flussufer, am Hafen. Die Frauen da, alle möglichen Frauen, egal welches Alter. Manche sind so jung wie du, Shell. Wie diese Schulfreundin von dir, Bridie. Genauso dreist und forsch wie sie.*

War es das, was aus Bridie geworden war? Ein Geschöpf der Nacht? Eine Straßendirne? Sie hatte immer etwas von einer Maria Magdalena an sich gehabt, fand Declan. *Bridie, Bridie, Bridielein, wenn man klingelt, lässt sie dich rein,* hatte er gewitzelt. Shell verstand endlich, was er gemeint hatte. Sie verstand es nur zu gut. Bei dem Gedanken daran, dass er jede Einzelne von ihnen mit seinen Versen verspottet hatte, bohrte sich der Absatz ihres Schuhs in den Kies.

Sie blickte aufs Meer hinaus. Ein gelber Pfad erstreckte sich von der aufgehenden Sonne über das ruhige Wasser und verschwand Richtung Horizont. Sie schloss die Augen und stellte sich vor, was wohl geschehen war, in jener Nacht kurz vor Weihnachten, als Pater Rose auf seiner Rückfahrt von der Ziegeninsel gesehen hatte, was er gesehen hatte ...

... Dort war Bridie, die in der stillen Dezembernacht die Küstenstraße entlanglief. Über ihr ging der Mond auf, vor ihr lag flach und ruhig das Meer. Sie war mit einem Baby nach Coolbar zurückgekehrt, sie sehnte sich nach einem Bett, ein paar freundlichen Worten, nach jemandem, der ihr mit dem Kleinen half. Sie hatte beschlossen sich mit ihrer Mutter zu vertragen. Doch als sie nach Hause kam, war niemand da. Sie waren über Weihnachten nach Kilbran gefahren, einfach mal zur Abwechslung. Das hatte Mrs Quinn erzählt und dies zumindest hatte gestimmt, Shell wusste es. Aber Bridie hatte es nicht gewusst. Sie war den ganzen Weg von Cork per Anhalter gefahren, um ein leeres Haus vorzufinden.

Shell war nun eins mit Bridie, näherte sich Coolbar, unbeobachtet. Sie hatte die Lichter von Coolbar durch die Bäume hindurchschimmern sehen. Sie brauchte dringend eine Kippe, eine Ölfunzel, wie Declan sie oft genannt hatte. Bald würde die Nacht hereinbrechen, dann wäre sie wie ein Geist in der Finsternis, ein Weihnachtsgeist, den niemand sah. Sie hatte sich danach gesehnt, dass jemand da war, der ihr das schreiende Baby abnahm. Nach ihrem eigenen Bett, dem vertrauten Duft der Bettwäsche, nach dem Wind, der gegen das Fenster peitschte, nach den alten Träumen, die sie früher als Kind gehabt hatte.

Aber es brennt kein Licht. Der Wagen ist fort. Niemand ist da. Sie ist allein.

Sie weiß nicht, wohin. Sie folgt weiter der Küstenstraße, ohne zu wissen, warum. Ein Auto fährt vorbei, macht einen Bogen, um ihr auszuweichen. Sie springt in eine Hecke. Versteckt das Baby. *Das war knapp.* Klettert den Hang hinauf und läuft quer über die Felder. Über das kurze Gras, an den Gattern und Hecken vorbei. Die Babytragetasche schleppend. Das Kind schreit vor Kälte, wie eine kaputte Schallplatte. Und der Mond steht am Himmel wie ein Wasserball, der auf den Meereswellen tanzt. Sie kommt zu dem Feldweg und läuft die Abkürzung hinunter zum Strand. Hier draußen ist es taghell. Der Wind ist schneidend. Bridie sitzt an derselben Stelle, wo Shell gerade sitzt. Zusammen mit ihrem Baby. Und sie denkt: *Ich gehe ins Wasser, sobald der Mond höher steigt. Wir ertrinken gemeinsam.* Aber sie tut es nicht. Sie redet mit dem Wind. Das Baby schreit. Die Höhle fällt ihr wieder ein.

Haggertys Höllenloch.

Die Abdeckerei.

Die Höhle, wo Declan immer mit ihr hinging. Wo die Mädchen hinkommen, um zu vögeln. In der die Jungen die Mädchen fesselten und sich selbst überließen. Sie kriecht durch den Spalt hinein, die Babytragetasche vor sich herschiebend. Das Baby schreit immer noch, nur leiser inzwischen, wie das Maunzen einer streunenden Katze. Es ist müde. Drinnen zündet Bridie ein Streichholz an. Und dort ist es, das steinerne Sims in der Felswand. Wie geschaffen für die Babytasche. Sie legt das Kind dort oben ab, hoch und trocken. Wenn die Flut kommt, wird sie das Kind nicht mit sich reißen. Vielleicht hört der Kleine auf zu weinen. Es gefällt ihm hier draußen, denkt sie. Er ist ruhig, seine Augenlider sind endlich geschlossen, seine Wangen sind weich, wie kleine Beutel. Sie schleicht auf Zehenspitzen hinaus, denkt, dass er nun tief und fest schlafen wird. Ich komme zurück, um ihn zu holen. Später.

Draußen unter dem Mond branden die Wellen ans Ufer. Es nieselt und Bridie schwebt über den Sand wie ein Geist. Muss in Bewegung bleiben, um sich warm zu halten. Die Last ist fort. Irgendwer wird es finden und mitnehmen. Bei Gott, bestimmt wird irgendwer es mitnehmen. Das alles hat nichts mit ihr zu tun. Sie ist leicht wie eine Feder und in ihrem Kopf erklingt eine seltsame Walzermelodie. Ehe sie weiß, wie ihr geschieht, ist sie den Hang hinaufgeklettert, hinaus aus dem Wind und wieder auf der Straße, ausschreitend. Das Baby ist am Weinen, nur diesmal in ihrem Kopf, also geht sie schneller. Hinter ihr nähert sich ein Auto. Sie streckt den Daumen aus und es bremst ab. Bridie dreht sich um und schaut nach, wer es ist, als der Wagen zum Stehen kommt, aber dann erkennt sie den Priester, den jungen Kerl in seiner albernen Klapperkiste. Sie schüttelt den Kopf, winkt ihn vorbei und er fährt weiter. Sie entfernt sich immer weiter vom Strand, vom Mond, Richtung Zukunft. Bis das nächste Auto kommt, eine schwarze Limousine, warm und hell, mit einem Fremden am Steuer. Irgendjemand, der sie aus dem Höllenloch herausscheuchen wird, das sie umgibt. Er hält an und bietet ihr an einzusteigen, mit einer brennenden Zigarette, die dort auf sie wartet. Die Scheinwerfer leuchten golden und er will Richtung Stadt. Sie könnte die ganze Strecke mitfahren. Das Radio dudelt den Smooth-Operator-Song, *Across the north and south, to Key Largo,* und der

Regen trommelt im Takt dazu, aber das Baby in ihrem Kopf ist immer noch am Schreien. Also steigt sie ein, nimmt die Zigarette an und schließt die Wagentür. Und er fährt los, aus der Dunkelheit in die Dunkelheit, fort von Coolbar, fort für immer …

Shell nahm die Fäuste von den Augen, und die gelben Streifen verblassten nach und nach. Das Stimmengewirr wurde schwächer, die Sonne auf dem Sand gewann an Kraft. Sie stand auf.

Ein Spaziergänger mit seinem Hund kam vorbei. Ein durchgedrehter Terrier, der den Wellen nachjagte.

So muss es gewesen sein, dachte sie. So kam das Baby in die Höhle. Es gab keine Möglichkeit, es zu beweisen, aber Shell wusste es. Irgendwo in Irland oder jenseits davon saß Bridie und lauschte den Nachrichten, schweigend, ohne ein Wort zu sagen. Und jemand anders, vielleicht jemand aus der näheren Umgebung, legte Gebinde nieder, an jener Stelle, wo Bridie ihr Kind zurückgelassen hatte. Vielleicht Mrs Quinn? Vielleicht.

Molloy hatte Recht gehabt. Aber es war Bridie gewesen und nicht sie, die das Schreien des Babys nicht mehr hatte ertragen können. Ob sie es wohl noch immer hörte? In ihren Träumen? Wo immer sie auch war?

Wut kochte in ihr hoch wie schäumend heiße Milch, Wut darüber, was Bridie getan hatte, auf Mrs Quinn, auf Declan, auf Molloy, auf fast alle im Dorf, sogar auf Mrs Duggan und ihren kleinen Jungen mit dem Loch im Herzen, das man repariert hatte. Sie trat in den Sand, so dass er in alle Richtungen flog. Pater Rose kam ihr wieder in den Sinn, wie er damals zum ersten Mal die Messe gelesen hatte. *Ist euch jemals der Gedanke gekommen, dass es ohne Zorn auch keine Liebe geben kann?* Durch den Wind liefen ihr Tränen die Wange herunter. Sie wischte sie fort, versuchte Pater Roses Stimme zu ersticken, doch es war zwecklos. In ihren Gedanken redete er weiter, als sie wieder aufs Fahrrad stieg und davonradelte. Sie erinnerte sich an das Schaf, das gerade noch rechtzeitig der Kühlerhaube ausgewichen war und sich so gerettet hatte. *In Gottes Hand, das bin ich, Shell. Genau wie du. Genau wie wir alle, Shell.*

Der Asphalt unter ihr zischte, während sie nach Coolbar zurückfuhr. Im Haus der Quinns war immer noch niemand wach. Aber in der Hecke gegenüber blühte ein weißer Strauch, den Shell wiedererkannte.

Das zarte Gebinde, das steinerne Sims, das erfrorene Kind: ein Leid auf dieser Welt.

Fünfzig

Die Nachricht über den gerichtsmedizinischen Befund der beiden toten Babys erschien am folgenden Tag in der überregionalen Zeitung:

DIE ZWILLINGSPROGNOSE

Das Team der Dubliner Gerichtsmediziner hat zweifelsfrei nachgewiesen, dass es sich bei den unweit von Castlerock aufgefundenen toten Säuglingen, einem Jungen und einem Mädchen, nicht um Zwillinge handelt. Zwillingsgeschwister können zuweilen unterschiedliche Blutgruppen haben, wie es bei diesen beiden der Fall war, aber inzwischen wurde auch festgestellt, dass die fetale Entwicklung der beiden Babys nicht übereinstimmt. Obwohl sie ungefähr zum gleichen Zeitpunkt geboren wurden, weist der Zeitpunkt ihrer Zeugung eine Abweichung von etwa fünf Wochen auf, so das Expertenteam. Während das am Strand aufgefundene Baby etwa in der 40. Schwangerschaftswoche (voll entwickelt) zur Welt gekommen sein soll, deutet die Sachlage bei dem Kind des nicht genannten Mädchens darauf hin, dass es sich um eine Frühgeburt handelt, etwa in der 35. Schwangerschaftswoche.

Ebenso ließ sich nachweisen,

dass das letztere der beiden Kinder tot geboren wurde. Laut Befund soll sich die Nabelschnur während der Wehen um den Hals des Kindes geschlungen haben. Tragischerweise geht der Bericht davon aus, dass das kleine Mädchen wohl überlebt hätte, wenn der Beistand einer ausgebildeten Hebamme und eine entsprechende medizinische Nachsorge gewährleistet gewesen wären.

Von der Garda Síochána wird nun erwartet, dass sie sämtliche Anklagepunkte gegen den Vater der jungen Mutter fallenlässt, der sich seit Weihnachten in Untersuchungshaft befindet. Seine nicht der Wahrheit entsprechenden Geständnisse haben im Parlament zu großer Besorgnis über das Vorgehen in diesem Fall geführt; einzelne Abgeordnete fordern einen unabhängigen Untersuchungsausschuss zur Arbeitsweise der Gardai. Superintendent Dermot Molloy steht derzeit für eine Stellungnahme nicht zur Verfügung.

Die Nachricht verbreitete sich wie ein Lauffeuer im Dorf. Jeder behauptete, er hätte es von Anfang an gewusst. Von Mrs McGrath war zu hören, dass das Baby in der Höhle wahrscheinlich ein »Hausiererkind« sei. Sie hätte vor ein paar Wochen fahrendes Volk gesehen, die oben an der Moorstraße campierten, und was könne man von solchen Leuten schon erwarten?

Shell las den Artikel wieder und wieder und zuerst ergab er keinen Sinn. *Fetale Entwicklung. Schwangerschaftswoche. Frühgeburt. Tragischerweise.* Dann erinnerte sie sich an die graue wurmähnliche Schnur um Rosies Hals. An ihre winzigen Gliedmaßen. Sie dachte an das Baby in der Höhle und an jenes, das sie im Arm gehalten hatte, an Bridies Verschwinden und an Declan, der vor und nach Ostern zwischen ihnen hin und her gependelt war wie ein Pferd, das weiterzieht, um eine andere Stelle abzugrasen.

Ein Mädchen und ein Junge.
Blutgruppe A, Blutgruppe o.
Voll entwickelt, Frühgeburt.
Alles passte zusammen.

Shell saß am Flügelfenster im Haus der Duggans und blickte hinüber zum verschneiten Wäldchen. Die toten Babys waren keine Zwillinge, sie waren Halbgeschwister, hineingeboren in ein und dasselbe Jammertal.

Sie betete für ihre beiden Seelen.

Einundfünfzig

Nachdem die Anklage gegen Dad nun fallengelassen worden war, sollte er an diesem Nachmittag heimkommen. Shell kehrte ins Haus zurück, um alles für seine Ankunft vorzubereiten. Auf der Fußmatte lag ein ganzer Berg von Post. Sie warf den Stapel auf den Tisch. Die drei Betten in ihrem Zimmer waren ein einziges Chaos ineinander verknäulter Decken. Sie zog die Bettwäsche ab. Dann öffnete sie das Klavier und holte die Whiskeyflasche heraus. Sie war noch zur Hälfte gefüllt. Sie goss die bernsteingelbe Flüssigkeit ins Spülbecken, nicht ohne zuvor drei Schlucke genommen zu haben. Shell wartete darauf, dass sich nach dem dritten jene Wärme einstellte, von der Dad gesprochen hatte, aber das Einzige, was sie spürte, war ein heftiges Brennen in ihrer Kehle und dass sich in ihrer Nase ein Niesen ankündigte. Sie holte das rosafarbene Kleid wieder aus seinem Versteck unter dem Bett hervor, klopfte den Staub heraus und hängte es zurück in Dads Kleiderschrank. Etwas Unangenehmes haftete dem Zimmer an. Sein Bett sah verheerend aus, die Vorhänge waren zugezogen. Die Luft war stickig und roch nach Albträumen. Shell öffnete die Fenster und der Wind fuhr herein. Sie zog auch sein Bett ab.

Erschöpft setzte sie sich auf Dads Stuhl und horchte. Zuerst war nichts zu hören, nicht einmal die Brise. Dann begann sich hie und da etwas zu regen. Ein leises Knarren, ein Seufzen, der letzte Nachhall eines lang ausgehaltenen Klavierakkords, vibrierend, irgendwo ganz in der Nähe.

Sie ging die Post durch. Rechnungen. Zwei verspätete Weihnachtskarten von irgendwelchen Leuten, an die sie sich nicht erinnerte, weit entfernt lebende Jugendfreunde von Mum, die offenbar gar nicht wussten, dass sie tot war. Dann fiel ihr ein weißer Umschlag, den sie fast übersehen hätte, in die Hände. Mit blauen Luftpostaufklebern, seltsamen Briefmarken und die Adresse war in einer trägen Handschrift geschrieben. Ein Brief an sie. Ihre Augen weiteten sich. An sie? Sie hatte noch nie einen Brief aus dem Ausland bekommen. Shell öffnete ihn.

Die Karte, die zum Vorschein kam, zeigte ein Rotkehlchen, das auf einem verschneiten Zweig hockte und einen Briefumschlag im Schnabel hielt. Es hatte die Flügel ausgebreitet und sein eines Auge zwinkerte. Zwischen den Flügeln ragten schräge Buchstaben auf, die vom einen Rand der Karte zum anderen jagten.

Liebe Shell,
Amerika ist verrückt. New York ist noch verrückter. Ich fahre mit einem großen Laster quer über die Insel, rauf und runter. Der Himmel sieht aus wie Zuckerwatte, bestimmt alles nur Fake. Wir jobben auf Baustellen und saufen und ziehen

um die Häuser und niemand hält uns auf, mich, Gerry und die anderen Jungs. Mir ist mein Weihnachtsgeld geklaut worden, sonst hätte ich Dir einen neuen BH geschickt. Gebaggert wird in einem Etablissement namens Hell's Kitchen in der elften Straße, genau meine Kragenweite, würdest Du sagen. Die meisten Nächte verbringen wir im Irish Pub, der »The Shamrock« heißt. Schlimmer als Dads verdammte Gartenzwerge, sag ich Dir. Aber das Bier da ist gut. Gerade ist ein Mann mit einem angeleinten Frettchen reingekommen, echt, ich bin nicht besoffen. Die Mädchen sind völlig durchgeknallt. Sie trinken einen Singapore Sling nach dem anderen, haben schon zehn intus und wollen immer noch mehr! Gestern war ich oben auf dem Empire State Building und wär fast runtergefallen. Die gelben Taxis drückten sich unterhalb der Wolken am Boden rum wie winzige Abakusperlen. Davon ist mir ganz schwindelig geworden. Aber nicht so schwindelig wie von Dir, Shell. Ich denk immer noch dran.

Liebe Grüße von Du-weißt-schon-wem

Sie sah ihn vor sich, über sein dunkles Bier gebeugt. Die Dollars, die ihm aus den Hosentaschen flogen. Die lauernden Straßendiebe. Das Geklirr der Gläser. Die Mädchen, deren Augen in die Welt hinausklimperten. Zigarettenstummel überall. Der Mann, der seinem Frettchen mit Pfiffen das Zeichen gab, durch einen Reifen zu springen. Die Häuser, die nach vorne und nach hinten kippten. Die blinkenden Taxis. Und dann er, mit dem Baustellenstaub im Haar und dem typischen Coolbar-Gesicht. Wie er seine Karte schrieb, dem Mädchen mit den Sterne-und-Streifen-Augen, das ihm gegenübersaß, keine

Beachtung schenkte, sondern seinen Kugelschreiber von Osten nach Westen bewegte, so selbstverständlich, wie ein Flugzeug nach Hause flog oder ein Brot im Ofen aufging. *Shell stinkt wie ein kleiner Köter, der im Matsch gelegen hat …* Und sie dachte an die Spur der Verwüstung, die er hinterlassen hatte.

Sie schaltete das Heizelement an und hielt die Karte an den glühenden Draht. Das Papier erschlaffte und ging in Flammen auf. Sie legte es auf die Fliesen und sah zu, wie das Rotkehlchen, die Taxis und die Singapore Slings verbrannten. Declan Ronan, der Mann, der immer auf seinen Vorteil bedacht war. Würde sie ihn in diesem sterblichen Leben je wiedersehen?

Winke, winke, Shell. Tschau-tschau, Declan. Spielte es überhaupt eine Rolle?

Sie warf die Überreste in den Mülleimer und staubte das Klavier und die Fensterbänke ab. Dann bezog sie alle Betten mit frischer Bettwäsche.

Zweiundfünfzig

Nachdem die Zimmer gelüftet waren und Shell überall Staub gewischt hatte, holte sie Jimmy und Trix von der Schule ab.

»Warum kann er denn nicht im Gefängnis bleiben?«, maulte Jimmy, als sie hereinkamen.

»Ich will bei den Duggans bleiben«, murrte Trix. »Und fernsehen.«

»Seid still, ihr zwei«, sagte Shell. »Ich kauf euch Süßigkeiten, aber hört endlich auf.«

Sie schickte sie auf den Acker hinaus, zum Spielen.

Sie putzte die schmutzigen Fenster.

Sie backte ein Blech Scones.

Draußen fuhr ein Wagen vor, viel zu früh. Shell erstarrte.

Mr Duggan sollte Dad von Castlerock nach Hause fahren, unter der strengen Auflage, den Verlockungen des Pubs auszuweichen. Werden seine Hände immer noch zittern? Wird er das Klavier öffnen und mich schlagen, wenn er sieht, dass der Whiskey verschwunden ist? Wird er brüllen, wenn mir bei den Spiegeleiern das Eigelb ausläuft? Mit mehligen Händen und zusammengekniffener Miene blickt sie aus dem Fenster. Aber es war nicht Dad. Ein vertrautes Violett näherte sich: Pater Rose und Isebel.

Er kam mit einem leichten »Halloo, bist du da?« zur Tür herein und lächelte auf seine unverwechselbare Art. Sie ließ ihn im Sessel Platz nehmen und wusch sich die Hände. »Kann ich Ihnen etwas anbieten, Pater?«

»Ich kann nicht lange bleiben«, sagte er. Er setzte sich auf den Klavierhocker, den Tasten den Rücken zugewandt. Seine Jacke stand offen, so dass darunter ein Pullover mit Polokragen zu sehen war, der den steifen Kragen seines Priestergewandes verdeckte. Ohne das kleine weiße Rechteck wirkte er ganz verändert, wie ein eher sorgloser Mann, der auf derselben Erde wandelte wie jeder andere. Sie begann eine Unterhaltung, doch die Worte verirrten sich in Sackgassen. Pater Rose saß da und starrte vor sich hin, ein wenig wie Dad es früher immer getan hatte.

»Ich gehe fort, Shell«, sagte er schließlich. »Ich bin gekommen, um mich zu verabschieden.«

»Verabschieden?«

»Ich werde abberufen.«

»Was bedeutet das?«

»Die Kirche schickt mich weg.«

»Schickt man Sie in eine andere Gemeinde? Jetzt schon?«

Er schüttelte lächelnd den Kopf.

»Wohin denn dann? Ins Ausland?« Sie stellte sich vor, wie er mitten in Afrika unter den Armen umherging und kranke Kinder aufhob, um sie der Gnade Gottes zu empfehlen.

»In die Grafschaft Offaly.«

»Offaly?«

»Ja, Shell. Dort gibt es ein Haus für Priester mit krankender Berufung. Für solche, bei denen es nicht so gut läuft.«

Sie starrte ihn verwirrt an.

»Es ist eine Rückzugsmöglichkeit für zweifelnde Geistliche.«

»Und das sind Sie – ein zweifelnder Geistlicher?«

»Ich befinde mich in einer spirituellen Krise, Shell.«

Sie sah ihn vor sich, in der dunklen Kirche, an jenem Tag, an dem die Wehen einsetzten. *Bist du gekommen, um vor dem Regen Schutz zu suchen, Shell? Wenigstens diesen Nutzen haben Kirchen.* »Ich verstehe nicht«, sagte sie und sah ihn fragend an. »Was ist es denn, woran Sie zweifeln?«

»Soll ich es dir wirklich erzählen?«

»Ja, Pater«, sagte sie leise. »Wenn Sie möchten.«

Er lehnte sich ans Klavier und fuhr lautlos mit den Fingern über die gerade erst entstaubten Tasten. »Wenn ich früher eine Kirche betrat, Shell, dann spürte ich, dass dort etwas war, und zwar in jeder Kirche. Der Duft des Göttlichen, etwas, das mehr war als nur Steine. Ich spürte es jedes Mal und jedes Mal machte es mich froh. Doch letztes Jahr ist mir dieses Gefühl hier in Coolbar abhandengekommen.«

»Abhanden?« *Mit meinem eigenen Zustand der Gnade.* »Wie meinen Sie das?«

»Ich habe stundenlang in dieser Kirche gesessen. Ich habe meinen Geist erforscht, in jeder Nische gesucht, hinter jeder Statue, in den Kirchenbänken und oben beim Tabernakel. Ich habe in das ewige Licht gestarrt, aber alles, was ich hörte, war der Wind. Alles, was ich roch, war der Geruch der Holzpolitur.

Ich habe nur mich selbst gespürt, verlassen in einem Universum der Einsamkeit. Und in den Gesichtern der Gemeindemitglieder habe ich nicht das Abbild Gottes gesehen, wie es sein sollte. Ich habe etwas gesehen, was zerbrechlicher ist. Und viel mehr der Endlichkeit verhaftet.«

»Pater ... Pater Rose ...«, stammelte Shell.

Er hob lächelnd eine Augenbraue.

»Ich habe dasselbe gespürt. Ich auch. Das Holz und den Wind in der Kirche, die Leere. Aber dann kamen Sie und alles wurde anders. Sie haben es verändert. Sie haben mich dazu gebracht, wieder zu glauben. An Jesus. An den Himmel. Und dann kam Mum zu mir zurück. Von den Geistern.«

»Wirklich, Shell?«

Sie nickte. »Sie kommt immer noch, in merkwürdigen Momenten. Sie setzt sich ans Klavier, wo Sie jetzt sitzen. Und wenn Jimmy da ist, ist sie in ihm und führt seine Finger über die Tasten, ich weiß es.«

Er lächelte sie an.

»Sie haben das gemacht, Pater. Sie haben bewirkt, dass sie wiedergekommen ist. Erst nachdem ich Ihnen zugehört hatte, begann ich zu spüren, dass sie in meiner Nähe war.«

Er schüttelte den Kopf. »Wenn sie zurückgekommen ist, dann hast du sie selbst zurückgeholt«, sagte er. »Nicht ich.« Er zog einen gefalteten Zettel aus seiner Tasche. »Hier ist eine Adresse für dich, Shell. Die meiner Mutter. Wenn du dorthin schreibst, wird mich dein Brief jederzeit erreichen, egal wo ich bin.«

Er reichte ihr das Stück Papier und erhob sich, um zu gehen.

»Pater ...« Sie suchte nach einer Frage, irgendeiner, damit er noch blieb. »Wie lange werden Sie in Offaly bleiben müssen?«

»Tage, Wochen. Vielleicht Monate. Bis mein Weg sich klärt. Wir müssen übereinstimmen, die Kirche und ich. Wir müssen zu ein und derselben Haltung finden.« Mit diesen Worten schritt er zur Tür. Shell folgte ihm hinaus in den Hof und sah zu, wie er in sein Auto stieg. Auf dem Beifahrersitz lag wie immer der vertraute Krimskrams. Die Zigaretten. Eine Karte. Der Führerschein. Pater Rose kurbelte das Fenster herunter.

»Pater ...«, stammelte sie, als der Motor ansprang.

»Ja, Shell?«

»Spüren Sie manchmal Michael?«, platzte sie heraus. »So wie ich Mum spüren kann?«

Der Motor stotterte und ging aus. »Michael?«

»Ihren Bruder.«

Er legte die Hände auf das Lenkrad und starrte auf den glatten Acker, der sich den Hang hinauf erstreckte. Die Reste des gelben Bandes, das die Stelle der Exhumierung markierte, flatterten im Wind. Oben auf dem Hügel waren zwischen den Bäumen die kauernden Gestalten von Trix und Jimmy zu erkennen. »Komisch, dass du danach fragst. Früher habe ich ihn gespürt. Kurz nach seinem Tod. Michael hatte sich immer gewünscht Priester zu werden, ich nicht. Ich war mehr dieser verrückte, unbedachte Tollkopf. Es war, als würde er mich dazu auffordern, dem Ruf zu folgen und dort weiterzumachen, wo er aufgehört hatte. Aber irgendwann in meinen Teenagerjahren begann er zu schweigen.«

»Wirklich?«

»Ja. Vielleicht hatte er einfach nichts mehr zu sagen. Ich hatte getan, was er von mir verlangte: dem heiligen Ruf zu folgen.«

»Und jetzt zweifeln Sie vielleicht daran, dass er jemals wieder kommen wird.«

Pater Rose lächelte. »Vielleicht, Shell. Ich könnte seine Hilfe ganz gut gebrauchen.«

»Wenn Sie in Offaly sind, Pater, dann könnten Sie doch zu ihm beten statt zu Gott. Vielleicht ist er Ihnen näher. Vielleicht könnte er Ihnen sagen, was zu tun ist.«

Pater Rose dachte einen Moment nach. »Ich kann es ja versuchen.« Er wirkte nicht gerade überzeugt. Und als er die Zündung betätigte und Shell dieses eine Mal nichts dagegen gehabt hätte, dass die Technik versagte, sprang der Motor problemlos an. Pater Rose lächelte ein letztes Mal, die grauen Rasierschatten in seinem Gesicht verzogen sich. »Wir sehen uns sicher wieder, Shell«, sagte er. Seine Handflächen glitten kurz übers Lenkrad, die Räder rollten an. »Irgendwo auf dieser gottverlassenen Insel.«

Das Auto steuerte vom Rand auf die Straßenmitte zu. »Auf Wiedersehen, Shell. Gottes Segen.« Die Worte gingen irgendwo im Motorengeräusch unter. »Auf Wiedersehen, Pater Rose«, erwiderte sie flüsternd. Als der Wagen um die Kurve fuhr, schloss sie die Augen. Sie sah den Acker vor sich, das Grab, die Überbleibsel der gelben Absperrung, doch in der Mitte, umgeben von einem Lichterkranz, war Pater Rose, oder vielmehr die gähnende Lücke, die er hinterließ. Shell sah das Kruzifix, an dem niemand hing, dessen Stöhnen der Wind davontrug. Sie öffnete die Augen und starrte auf die Stelle, wo der violette Wagen in der Kurve verschwunden war. Sie konnte kaum glauben, dass er wirklich fort war. Genau dort erschien nun ein anderes Auto, ein schnittiger Estate: Mr Duggan, mit Dad an seiner Seite.

»Dieser Idiot von Kurat«, sagte Dad, als er ausstieg. »Wir wären fast zusammengestoßen.« Er schloss die Wagentür und lächelte. Shell presste die Lippen aufeinander und biss sich aufs Zahnfleisch. Sie nickte ihm zu. »Hi, Dad.«

»Shell«, sagte er, kam zu ihr herüber und breitete die Arme aus. »Schön dich zu sehen. Schön wieder zu Hause zu sein.«

Dreiundfünfzig

Dad war kein anderer Mensch geworden, nur schweigsamer. Statt nach Alkohol war er nun verrückt nach Karten und verbrachte die meisten Nächte unten im Dorf, um *Fünfundvierzig* zu spielen. Er las immer noch jeden Sonntag von der Kanzel wie ein geistig umnachteter Prophet. Und nach dem Abendessen ratterte er die Geheimnisse des Rosenkranzes herunter wie ein Zug, der durch die Nacht brauste. Er hörte auf Spendengelder zu sammeln und begann wieder mit der Landarbeit. Dazu gehörte, dass er in regelmäßigen Abständen über den Zustand seiner Knochen klagte und Unmengen von Schmerzmitteln schluckte. Shell hatte es nicht leicht mit ihm. Doch sie konnte ihn davon überzeugen, Mums uralte Zweierwanne durch einen moderneren Waschautomaten zu ersetzen. Als der Frühling nahte, säte sie draußen auf dem Acker Grassamen aus und installierte eine nagelneue Wäscheleine, ein Gestell, das sich auf- und zusammenklappen ließ wie ein Regenschirm und bei Wind im Kreis herumwirbelte. Den Steinhaufen ließ sie an seinem Platz. Er war wie ein Leuchtturm, der Unkraut und Flechten anzog.

Kurz nach der Abreise von Pater Rose las Pater Carroll eine Messe zur Beerdigung des kleinen Paul, wie das zweite Baby genannt worden war, und für Shells Baby. Sie log, als man sie nach dem Namen der Kleinen fragte. Weil sie jeden weiteren Tratsch vermeiden wollte, nannte sie den Namen Mary Grace statt Rose. Die Babys wurden in zwei kleinen Särgen auf dem Kirchhof bestattet, im hintersten Winkel für die armen ungetauften Seelen, die bis ans Ende aller Tage im Limbus ausharren mussten. »Dein Unglück tut mir leid«, sagte Mrs Fallon, die die Hände über ihrer Krokohandtasche gefaltet hatte. »Komm doch irgendwann auf ein Stück Kaffeetorte vorbei«, sagte Nora Canterville. Shell schüttelte ihre Hände und nickte, mit eingesaugten Wangen und gesenktem Blick, auf die dicken braunen Stützstrümpfe und geschwollenen Knöchel der beiden Damen starrend. O du mein Heiland, erspare mir solche Beine.

Auch Mrs Quinn nahm an der Messe teil, aber sie kam allein, nahm oben auf der Empore Platz und wechselte mit niemandem ein Wort. Sie beobachtete die Beerdigung vom Kirchenportal aus und ging, kaum dass die Gebete über dem Grab verstummt waren. Shell sah, wie sie den Hang hinaufschritt, mit gebeugtem Rücken. Außer Bridies Mutter war sie die Einzige, die wusste, dass man an diesem Tag Mrs Quinns Enkelkind begraben hatte.

Am darauffolgenden Sonntag verkündete Pater Carroll, dass zu Ostern ein neuer Kurat bei ihnen sein würde, ein pensionierter Witwer, der sich in späteren Lebensjahren der Kirche zugewandt habe. Pater Rose wurde in Coolbar nie mehr erwähnt, aber Shells Erinnerung an ihn verblasste nicht, sondern wurde stärker. Seine Worte, sein Lächeln, seine Gesten begegneten ihr mit jedem Tag. *Wir sehen uns sicher wieder, Shell. Irgendwo auf dieser gottverlassenen Insel.* Sie stellte ihn sich in Offaly vor, kniend vor dem ewigen Licht, und sie betete, er möge seinen Weg finden. Die Adresse seiner Mutter verwahrte sie sicher in ihrer taubenblauen Messetasche.

Ihre alte Grundschullehrerin, Miss Donoghue, schaute eines Abends vorbei und versuchte sie davon zu überzeugen, wieder in die Schule zu gehen. »Du bist doch nicht dumm«, sagte sie. »Das bist du nie gewesen.« Shell weigerte sich. Sie sei fertig mit dieser Institution, sagte sie. Aber am Ende ging sie schließlich auf Miss Donoghues Angebot ein, sich abends von ihr unterrichten zu lassen. Miss Donoghue bestand darauf, es unbezahlt zu tun, was Shell unmöglich ablehnen konnte. Und so begann sie, jeden Dienstagabend hinzugehen, an Dads spielfreiem Tag.

Der Winter ging zu Ende und in einer Woche mit wunderbarem Wetter kam der Jahrmarkt in die Stadt. Im Jahr zuvor waren Jimmy und Trix todunglücklich gewesen, weil kein Geld da gewesen war, um hinzugehen. Diesmal brachte Shell Dad dazu, ihr ein bisschen Geld für ein paar Karussellfahrten zu geben, und an einem Samstagnachmittag brachen sie zu dritt auf und gingen in die Stadt.

Am Pier blitzte und dröhnte die gesamte Parkanlage, als sie ankamen, und verrückte Apparate drängten sich dicht an dicht. Stände glitzerten. Die Luft vibrierte vor heftiger Rockmusik. Sie stürzten sich ins Gewimmel.

»Kann ich welche haben?«, schrie Trix und zeigte auf den Zuckerwattestand. Shell kaufte drei dicke Spindeln und sie aßen sie bis zum letzten Fussel auf. Sie fuhren Autoscooter und

Geisterbahn und bald war von dem Geld kaum noch etwas übrig. Zu dritt wanderten sie zwischen den Karussells herum, um sich die letzte Fahrt auszusuchen.

Eine Frau ging an ihnen vorbei und streifte Shells Ärmel. Shell drehte sich um und blickte ihr nach, doch sie sah nur ihren Rücken, der sich rasch entfernte. Ihr Haar war mit einem Schal aus Chiffon hochgebunden, wie der olivgrüne, den Mum immer bei Spaziergängen am Strand getragen hatte. Die Hände in den Taschen, eilte die Frau Richtung Pier. Ihr Gang hatte etwas Wiegendes, Vertrautes, der Kopf war zur Seite geneigt, als dächte sie an Zeiten und Orte in weiter Ferne, genau wie Mum es immer getan hatte, wenn sie am Strand entlanglief oder ihre ruhigeren Klavierstücke spielte. Zu ihren beiden Seiten wogte die Menschenmenge, doch sie ließ sich nicht aufhalten, suchte sich ihren Weg. Und während sie davoneilte, begann ihre Stimme in Shells Kopf zu singen. Diesmal erkannte sie das Lied sofort:

Am Himmel stand der erste Stern,
da ging sie fort und tat mir weh,
wie der Schwan im Abendlicht,
gleitend über den See.

Die Melodie verklang. *Mum, geh nicht fort.* Shell packte Trix an der Hand und hastete der Gestalt hinterher, aber sie war bereits im Gewühl verschwunden. Nein, dort tauchte ihr Kopf wieder auf, ihr Ellbogen. Sie trug den weichen Ledermantel, den schwarzen, ihren besten.

»Shell«, murrte Jimmy. »Wo willst du denn hin?«

Sie standen vor dem Riesenrad. Die Frau war nirgends zu entdecken. »Ich weiß nicht. Hierhin wahrscheinlich.« Ihre Augen suchten die Menge ab.

»Das Riesenrad«, sagte Trix mit leuchtenden Augen. »Bin ich dafür etwa noch zu klein?«

Ich habe sie verloren. Vielleicht war es ja nur Einbildung.

»Bin ich zu klein?« Die Stimme von Trix, fast nur ein Wimmern.

»Nein, Trix. Gib Ruhe. Nicht, wenn wir alle zusammen gehen.«

Sie kaufte die Fahrscheine von dem letzten Geld. Der Mann ließ sie alle zusammen in dieselbe Gondel einsteigen, klappte die Sicherungsstange über ihren Beinen herunter und das Rad setzte sich in Bewegung, drehte sich ein Stück zurück, damit die Nächsten einsteigen konnten. Als alle Fahrgäste in den Gondeln saßen, begann es zu beschleunigen, wurde schneller und schneller, schwang rückwärts nach oben, dass ihnen der Atem stockte. Trix klammerte sich von der einen Seite an Shell, Jimmy von der anderen, ihre sechs Hände und Füße verknoteten sich. Rückwärts hinauf, wuuuusch, zischte der Wind zwischen ihnen hindurch.

»Heilige Jungfrau Maria«, keuchte Shell. Ihr Magen schlug Purzelbäume.

»Guck mal, Shell. Da!«

Sie hatten die Spitze des Bogens erreicht. Weiß brach die Sonne durch die Wolken und das Meer funkelte. Nun ging es vorwärts hinab, der Jahrmarkt stürzte ihnen entgegen. Und dort, am anderen Ende des Piers, immer weiter hinauslaufend, genau wie die Bibliothekarin es getan hatte, war die in Schwarz und Grün gekleidete Frau wieder, wie ein wandelndes Gedicht. Weiter und weiter lief sie und löste im Gehen ihren Schal. Shell blinzelte und kniff die Augen zusammen, wünschte, sie könnte besser sehen. Wuuuusch. Das Rad krempelte ihr Innerstes nach außen. Die Gestalt entfernte sich immer weiter. Shell reckte den Hals, genau in dem Moment, in dem die Frau sich umdrehte. Sie hatte die Hand erhoben, ihr Schal flatterte im Wind. Ihr Bild flackerte wie eine Flamme, wurde blasser und wehte hinaus auf die weiche Meerlandschaft, ihr Schal aus Chiffon wogte wie eine Welle, bis die Frau kaum mehr war als ein schmales Streichholz. *Mum.* Shells Seele schrie es heraus. Ein letzter Gruß. Aber sie ging, diesmal für immer, dorthin zurück, wo sie einst hergekommen war. Das letzte Flimmern verschwand und übrig blieb das Meer. Nichts als das Meer. In seiner ganzen Weite, riesig und schimmernd, rastlos, mit dem Himmel verschmelzend. Das hinübereilte zu einem anderen Kontinent. Das Rad drehte sich und dort war die Küste zu sehen, das Land, in der Ferne tauchten die dunklen Hügel auf. Menschen waren dort, Häuser, Geräusche. Die Lebenden und die Toten. Träume, Lachen und Tränen. Das Hier-und-Jetzt und das Danach. Bridie, mit blassen Wangen, die das Regenwasser von ihrem durchsichtigen Schirm schüttelte, während sie den Hang hinauflief. Pater Rose in Offaly, der sich in seinem Abendschatten verkroch und auf Gott wartete wie auf den Scheinwerfer eines Leuchtturms. Und Declan mit seiner Reimerei, im Führerhäuschen irgendeines Bulldozers, mit dem er die Großstadt umgrub. *Mum.* Mum in der Geisterwelt, Mum in ihrer Erinnerung, in ihrem Blut. Jimmy jodelte, als stünde er auf dem Gipfel der Alpen, seine Arme flogen über Shell und

Trix hinweg. Sie stiegen und stürzten durch Himmelblau. Trix' und Shells Haare schlangen sich ineinander wie verheddderte Drachenschweife. Trix, Jimmy und sie, eine schweigende Prozession, die sich den Acker hinaufbewegte und die Steine auflas. Immer zusammen. Frei. Mit Mums ewigem Licht, das auf sie herabschien. Und das Leben lag vor ihnen, umgab sie, sprühte aus allen Poren, während sie wuuuuuuuuuuuuh brüllten wie drei geistig umnachtete Eulen. Welche Lust, zu leben, welche Lust!

Danksagung

Ohne die großzügige Unterstützung meiner Schriftstellerkollegen und Freunde Tony Bradman, Fiona Dunbar und Lee Weatherly hätte ich diese Geschichte nicht schreiben können. Einen herzlichen Dank auch an Tony Emerson, Helen Graves, Síle Larkin, Rosarii O'Brien, Carol Peaker und Ben Yudkin. Meine Agentin Hilary Delamere hat mir mit ihrem klaren visionären Blick stets den Weg gewiesen, und mein Lektorenteam war eine reine Freude: David Fickling und Bella Pearson von David Fickling Books sowie Kelly Cauldwell, Annie Eaton und Sophie Nelson von Random House. Dank auch meiner lieben Mutter, die sich die Zeit nahm, so manchen Stein zu sammeln, und an Geoff, meinen so klugen und liebevollsten Kritiker.

»Poesie der verlorenen Illusionen«

Brock Cole
Was wisst ihr denn schon
208 Seiten
Taschenbuch
mit Schutzumschlag
ISBN 978-3-551-31080-4

Als die 13-jährige Linda in einen Mord verwickelt wird, hat sie der Polizei einiges zu erklären, auch wenn ihrer Meinung nach die Fakten eigentlich für sich selbst sprechen. Doch was sie dann über ihr Leben berichtet, lässt nicht nur der Polizei den Atem stocken. Linda erzählt von ihrer Mutter, die zu viel trinkt und sie immer wieder im Stich lässt, vom Herumgeschubstwerden in der Schule, von der Ablehnung durch die Großeltern und schließlich auch von dem Mann, der sie missbraucht hat und der jetzt tot ist.

www.carlsen.de

CARLSEN

Unruhige Zeiten

Siobhan Dowd
Anfang und Ende allen Kummers ist dieser Ort
368 Seiten
Taschenbuch
mit Schutzumschlag
ISBN 978-3-551-31111-5

Nordirland, 1981.
Es ist Sommer und Fergus küsst Cora, das Mädchen aus Dublin. Und er fragt sich: Warum tut die ganze Welt eigentlich nicht genau dies, immerzu? Es ist Sommer und das Land wird erschüttert von den Unruhen, dem Hass, der Gewalt, den Hungerstreiks. Und ob Fergus will oder nicht - er ist Teil von all dem. Also muss er sich entscheiden, für eine Seite, für eine Zukunft. Oder?

www.carlsen.de